图书在版编目（CIP）数据

世界那么大，好巧遇见你 / 童沐恩著. —— 哈尔滨：北方文艺出版社，2018.11
ISBN 978-7-5317-4280-7

Ⅰ.①世… Ⅱ.①童… Ⅲ.①长篇小说 – 中国 – 当代 Ⅳ.①I247.5

中国版本图书馆CIP数据核字（2018）第103763号

世界那么大，好巧遇见你
Shijie Name Da, Haoqiao Yujian Ni

作　者 / 童沐恩

责任编辑 / 王　丹　　　　　　　装帧设计 / 刘浩南

出版发行 / 北方文艺出版社　　　网　址 / www.bfwy.com
邮　编 / 150080　　　　　　　　经　销 / 新华书店
地　址 / 哈尔滨市南岗区林兴街3号　发行电话 /（0451）85951921 85951915
印　刷 / 三河市腾飞印务有限公司　开　本 / 880mm×1230mm　1/32
字　数 / 242千　　　　　　　　印　张 / 10
版　次 / 2018年11月第1版　　　印　次 / 2018年11月第1次印刷
书　号 / ISBN 978-7-5317-4280-7　定　价 / 48.80元

逃学、逃跑、逃婚……普小萄一路都在逃！逃！逃！就连生了个儿子也取名"逃逃"！

目 录 \contents

第一章 ｜ 熟悉的梦境　　001

第二章 ｜ 梦幻婚礼　　007

第三章 ｜ 落跑新娘　　013

第四章 ｜ 六年前的回忆　　019

第五章 ｜ 是星诚，而不是星辰　　025

第六章 ｜ 遗忘　　032

第七章 ｜ 似曾相识　　038

第八章 ｜ 真实身份　　045

第九章 ｜ 一万七千八　　051

第十章 ｜ 免单　　057

第十一章 ｜ 假装坚强　　063

第十二章 ｜ 一见钟情的回忆　　070

第十三章 ｜ 早餐的回忆　　076

第十四章 ｜ 吻痕	082
第十五章 ｜ 事情败露	088
第十六章 ｜ 隐瞒	094
第十七章 ｜ 好自为之	100
第十八章 ｜ 擅自做主的约会	105
第十九章 ｜ 三千元	110
第二十章 ｜ 肇事者	116
第二十一章 ｜ 伤口	122
第二十二章 ｜ 查明真相	128
第二十三章 ｜ 转移目标	134
第二十四章 ｜ 大大的难题	140
第二十五章 ｜ 拉钩钩	145
第二十六章 ｜ 真的是你	151
第二十七章 ｜ 回忆曾经	157
第二十八章 ｜ 曾经的故事	163
第二十九章 ｜ 无力招架	169
第三十章 ｜ 霸道的吻	175
第三十一章 ｜ 伴君如伴虎	181
第三十二章 ｜ 为之动容	187

第三十三章 ｜ 谈判	194
第三十四章 ｜ 无可取代	201
第三十五章 ｜ 迟迟不肯离开	207
第三十六章 ｜ 追求幸福的权利	213
第三十七章 ｜ 神秘的女人	219
第三十八章 ｜ 阴差阳错	225
第三十九章 ｜ 求婚的回忆	231
第四十章 ｜ 再次求婚	237
第四十一章 ｜ 从中作梗	243
第四十二章　妄想症	250
第四十三章 ｜ 这是我的儿子	257
第四十四章 ｜ 下一秒就是未来	264
第四十五章 ｜ 解除合约	271
第四十六章 ｜ 私房钱	278
第四十七章 ｜ 莫名酸楚	284
第四十八章 ｜ 仿佛就在昨天	290
第四十九章 ｜ 疯狂的决定	296
第五十章 ｜ 爱能改变一切	303
第五十一章 ｜ 时光不会老	310

第一章 熟悉的梦境

在漆黑的电影院里,一个女人轻轻地依偎在一位男士的肩膀上。她满眼温柔地看着男士完美的侧颜,柔声道:"亲爱的,等一会儿我们去哪里?"

"去我们该去的地方。"男士用深邃的眸子看向女人渐渐羞红的脸,嘴角勾起了诱惑的笑。

女人慌忙转移了视线,她无法迎接男士那灼热的目光。他的每一个眼神,甚至每一个抿唇的动作,都可以让她脸红心跳……

电影在热烈的气氛中结束了,四周灯光亮起,这才让女人缓过神来。她意识到,整整一个半小时的电影,她竟没有看屏幕一眼。

待周围的人陆续散去,男士把性感的唇移到女人的耳畔道:"跟我来。"

女人虽然面有羞容,但也毫不犹豫地跟上了男士的步伐,直到男士一口气把她领到自己的家,女人才挣脱了男士的手,抿抿紧张到干渴的唇道:"你……带我来这里干吗?"

"这不是你一直想要的吗？"男士脱下外套往沙发上随意一扔，露出了健硕的臂膀。他逼近女人，把她逼到角落里，伏下身子吻住女人的唇……

这一切来得太突然，女人丝毫没有心理准备，她的第一反应就是用手推开了眼前这个霸道的男士。而男士眼中含笑，他张开双臂抵在两边，紧紧地用身子贴住了想要挣脱的女人。在他的眼里，反抗中蕴藏着更多的诱惑。

他的气息在女人的耳边回荡，扰乱了她的心神。她感到了他身体的灼热，火一般的灼热……

男士用手顺着她的柳腰一直向上，最后捧起女人精致的面庞，他看着她妩媚的美目，眼神中满是欲望。

女人心中的欲火渐渐被点燃，情到深处，她再也无法违背自己内心的渴望。只见她颤抖着环住了男士的腰，轻轻踮起脚尖，把娇滴滴的唇主动送到男士的嘴边……

气氛变得火热，就如同九月里最炎热的午后一样，让人感到窒息。

激吻过后，男士把女人抱到那张铺着粉红色蕾丝床单的双人床上，女人娇羞地别过脸，白皙的脸颊染上了两朵红晕，看起来更加娇艳。

男士意犹未尽地舔舔嘴角的甘甜，他看着怀中的人间尤物，最终选择把唇移向了她敏感的耳垂。

"呃……"女人闭上了眼睛，默许了男士所有的胡作非为。

宣泄过后，女人躺在男士的怀里，满脸的幸福；男士倚靠在床头，阳光映照在他的脸上，他左耳上的银色耳钉在不停地闪烁。

时钟"嘀嘀嗒嗒"地走着，使原本激情四射的空气变得静谧、安宁。当女人缓缓抬起眼帘看向他时，她却愣住了：躺在男士怀里的女人，并不是自己，而是一个比自己漂亮很多的女人。

……

午后的阳光，透过粉色的蕾丝窗帘映照在普小萄的脸上。普小萄皱着眉头睁开眼睛，似乎不满意这刺眼的阳光，也似乎不满意自己刚刚做过的梦。

这个梦是那么真实，每隔几天就会上演，断断续续，纠缠了普小萄整整六年。

梦中的场景，普小萄还记得清清楚楚。那粉红色的床单，那女人的娇喘声，还有那男人左耳上的银色耳钉——一切都那么熟悉，却又那么遥远。

梦中的那个女人，即使把她化成灰，普小萄也能认得出来。她很漂亮，甚至漂亮得有些过分，自叹不如的普小萄尽管在梦中一次又一次地受到心灵上的摧残，但每当梦醒时分，她依旧选择默默忍受，独自伤神。

普小萄眯起眼睛看向窗外，只有灼热的阳光刺痛她双眼的时候，她才能暂时摆脱这个梦境。她不想再回忆，不想再回忆这辈子最痛苦的一幕。

"妈妈！"一个胖嘟嘟的小男孩手里拿着红色积木向普小萄跑了过来。

"逃逃。"普小萄缓过神来，冲着他抱歉地笑笑，"不好意思，妈妈又睡着了。"说罢，她揉了揉男孩的西瓜头，充满疼惜。

逃逃是普小萄的儿子，也是她唯一的亲人。

"每次妈妈给我讲故事，都会自己先睡着！哼！"逃逃嘟起了小嘴，胖胖的脸蛋颤了一颤，模样儿看起来很可爱。

普小萄吐了吐舌头，做出一个委屈的表情道："妈妈错了，保证下不为例！"

回想过去那段痛苦的时光，她觉得现在能和自己的宝贝儿子在一起很满足，只要看着他能健康快乐地长大，所有的委屈她都能独自承受。

看着妈妈有些复杂的目光，逃逃歪着脑袋猜测道："妈妈，你该不会又做同样的梦了吧？"

"怎……怎么会……"普小萄躲着儿子的目光，她真后悔自己在一次醉酒后把儿子当成玩具一样抱在怀里，把自己的痛苦和委屈发泄得彻彻底底。更后悔的是，她竟然把儿子生得那么聪明，而且还异常……呃……多管闲事。

见普小萄支支吾吾的样子，逃逃立刻用两只小手拉住了她的大手，一本正经地说道："妈妈，你这样下去早晚会因为抑郁而死掉的！还是找个哥哥开导开导你，顺便填补一下自己的感情生活吧！"

逃逃才五岁啊，就已经关心大人的精神问题和情感问题了！

普小萄尴尬地笑笑，她看着逃逃天真的小眼睛，意味深长地说道："妈妈不需要哥哥，妈妈有你就足够了。"

逃逃听到妈妈的回答后，屁颠屁颠地爬上了床。床下有个小凳子，逃逃总把它当成楼梯踩。

"可是……可是逃逃不希望妈妈死啊！要是妈妈死了，逃逃怎么办？"逃逃的口气变得激动起来。在他幼小的心灵中，他能依靠的只有普小萄，他真不希望自己的妈妈离他远去。

"傻孩子，我怎么会死呢？"普小萄哭笑不得，她掀开被子秀出了自己胳膊上的肌肉，咧开嘴炫耀道，"看见没有？这是肌肉，妈妈健康得很，不会死的。"

"可是……"逃逃的表情很为难。"可是妈妈会因为抑郁而死去，这是精神方面的事情，和肌肉无关。"

"你……你这个小脑瓜，整天都在想些什么？"普小萄用手指刮了一下逃逃的鼻尖，用柔和的声音指责似的问道："小屁孩，你知道抑郁是什么意思吗？"

"知道，"逃逃指指角落上的一本比砖头还要厚的书，"那上面写了好多！还有分析图呢。"

晕死！普小萄恨不得找一块儿豆腐撞上去！

那本关于心理学分析的书，早在几年前就被她放在那里了。当初因为书店周年店庆打了三折，再加上自己一时心血来潮想做一回文艺女青年，于是把书捧回了家。可没想到这本书像有魔力一样，看不到五行字，普小萄便鼾声四起。所以，那本书除了放在角落里给家里营造一丝书香气息之外，唯一与众不同的地方就是上面累积的那层厚厚的灰。

万万没有想到，逃逃竟然会去看这个。

见普小萄因为太惊讶而没有说话，逃逃接着道："妈妈，幼儿园的小美只有爹爹，没有妈妈。抽一天的空儿，我们一起出去玩。你去散散心，再顺便相个亲吧！"逃逃出了一个馊主意。

"相亲？"普小萄差点被自己的口水噎住。

"嗯，相亲！"逃逃坚定地点点头。

"与其说安排我相亲，还不如说你想和小美出去玩吧！我记得那个小美好像挺漂亮。"普小萄打趣地开起玩笑，顺便转移了话题。

"是挺漂亮。"逃逃用手托住下巴，做出一副思考状，"可是她很幼稚，就喜欢玩洋娃娃，和她沟通起来有些困难！"

幼稚……一个五岁的孩子竟然说幼儿园的小朋友幼稚！

"不过,为了妈妈的幸福,逃逃可以找小美一起玩,拉近一点距离。"逃逃说罢就跳下了床,跑到客厅继续玩起了他的智力拼图。

房间里又只剩下了普小萄一个人,她看着地上稀稀落落的玩具,想着刚刚逃逃和她说的话,眼神不知不觉地暗淡了下来。

找个男人嫁了吧!对于一个单亲妈妈来说哪儿有那么容易。何况她已经没有任何自信和力量去重新爱一个人,因为她心里始终住着一个深深爱过的他。

阳光洒在赤裸的手臂上,暖暖的。她起身来到窗前,看着窗外的车水马龙,不经意间把视线定格在对面酒店门口的婚车上。

婚车,随处可见,可是她异常熟悉。因为,她曾经坐在里面……

第二章 梦幻婚礼

记得那一天,城市的商业街特别热闹。道路两旁形形色色的路人都停住了脚步,看着一串以兰博基尼为首的婚车队伍浩浩荡荡驶向市区最豪华的酒店。

紧握方向盘的男士身穿一套黑色西装,注视着前方,深邃的眼神里流露出一丝期盼与喜悦。他的嘴角微微上扬,若有若无的笑给他俊朗的外表增添了一股迷人的魅力。

坐在他身边的是一个穿着婚纱的女人,婚纱属于特别定制,上面镶嵌的不是宝石,而是九百九十九颗珍珠。因为男人知道,他心爱的女人不喜欢钻石,而她是自己的掌上明珠。

白色的婚纱,凸显出女人皮肤的白皙;修长的美颈上,是一张画着淡妆的面庞。女人把头转向窗边,双眸漠然地注视着停下来围观的人群,脸上没有一丝愉悦。

透过玻璃的影像，女人看着自己的容颜，心里喃喃道："这么平凡的脸，怎么和他身边的绝色美女相媲美？"

汽车穿过两边高耸的建筑，阳光透过车窗肆无忌惮地照在女人身上。女人微微皱了皱眉，缓缓低下头，眼神变得更加落寞了。

"我真的应该嫁给他吗？"女人心里很为难。"他万人瞩目……我怎么可能配得上他……"

酒店门口，新闻媒体的记者们早已驻守在这里，准备目睹这场非同凡响的婚礼。"星璨音乐传媒公司总裁蓝浩阳与灰姑娘普小萄的婚礼现场"，用脚指头想想都知道，这肯定是隔天的头条新闻。

这时，布满鲜花的兰博基尼姗姗而来，蓝浩阳风度翩翩地走下车。接着，大步流星地走到另一侧，为他的新娘打开车门。

在蓝浩阳的搀扶下，普小萄踩着五厘米的高跟鞋踏上了脚下的红地毯。当她看到漫天飞舞的玫瑰花瓣飘落在白色婚纱上时，心中的忐忑变成了不安。

"再坚持一下。"蓝浩阳俯在她的耳边轻声说道，"婚礼结束后，就不用再穿高跟鞋了。"因为这个男人知道，他心爱的女人不喜欢华丽的高跟鞋，只喜欢舒服地做自己。

"嗯。"普小萄没有说话，只是抿起嘴角轻声应了一声。

音乐声响起，她配合地把手挎在蓝浩阳的臂弯，接着垂下眼帘看着不断落在红地毯上的玫瑰花瓣，小心翼翼地迈开步伐。

"哇！这就是身价过亿的蓝浩阳？比电视上还要帅！"

"真是不可思议，他真的和她结婚了……"

"啧啧！"

围观的人群议论纷纷，褒贬不断，可这一切普小萄早已习惯。从她决定和蓝浩阳交往的那一天起，她就开始默默忍受，直到现在，不管听到了什么，她都会装作无动于衷。

在此起彼伏的闪光灯中，两个人顺着红毯走上台阶，缓缓地进入酒店。

酒店迎宾处布置得很温馨，到处都是粉色的气球和鲜花。因为这个男人知道，他心爱的女人充满了对美好事物的幻想，最喜欢梦幻一样的粉色。

在楼梯的拐角处，竖立着蓝浩阳和普小萄的结婚照，照片中的两个人笑得很甜、很满足。照片的周围布置着的，依然是普小萄最爱的粉红色气球。

看到这一切，普小萄的心里一颤：为什么？为什么是我最爱的颜色？为什么是我梦想中的粉红色婚礼？为什么……

蓝浩阳一路微笑着没有说话，径直把普小萄带入婚礼现场旁边的休息室，前一秒还受人瞩目、光彩四射的他，这一秒却主动蹲下身子，替她脱下了脚上的高跟鞋。

"不用了，谢谢。"普小萄适时阻止了蓝浩阳想给她揉脚的举动，"不用麻烦你，我自己来。"说罢，她把脸别在一边，自顾自地揉起了泛红的脚尖。

"小萄，我不知道你为什么会变成这样。"蓝浩阳坐在她的身边，口气变得有些淡漠，"我们以前，不是这样的。"

"嗯……"又是一声敷衍的回应，只不过这次声音中带有着一丝颤抖。

"为什么？是我做错了什么？"蓝浩阳问出了埋藏在心中很久的疑问，他不明白为什么，他们的爱情在忽然之间变质了，眼前的女人完完全全变成一个视他如陌生人的人。

普小萄慢慢抬起头,用复杂的眼神看着一脸愁容的蓝浩阳,喃喃道:"你很好,是我自己的问题。"说罢,她重新低下头,不再迎接蓝浩阳深邃的目光。

在尴尬的气氛中,蓝浩阳无言以对。他站起身来转移了话题:"你在这里休息,我先出去应付一下,一会儿派人来接你。"

普小萄把视线移向自己的脚尖,她张开红唇欲言又止,最终吐出一句"嗯……"就再次沉默。

蓝浩阳看着她垂下的睫毛,心中感到异常失落。他转身走到门口,刚想出门却又顿住了,只听他留下一句:"不要离开。"就轻轻地关上了门。

空气似乎变得异常寒冷,独自蜷缩在沙发上的普小萄打了一个冷战。她拿过蓝浩阳事先准备好的毛巾被披在自己赤裸的肩膀上,一转眼看到桌子上静静摆放的几颗糖果。

因为这个男人知道,他爱的这个女人像孩子一样,最喜欢甜甜的糖果。

泪,湿了眼眶。

"蓝浩阳,为何你什么都不明白?"普小萄一边在心里抱怨,一边拼命控制住自己的情绪。

她不想哭,因为自己流过的泪已经太多了。

她自卑,面对这么优秀的男人,她觉得自己配不上他。以前的她很天真,她以为蓝浩阳是真心爱他,所以就算自卑,也会义无反顾地去爱!

可是直到目睹了那一天发生的一切……

脑海中,普小萄回想起那一天她看到的情景。她想忘记,可是往往越想忘记的事情,越根深蒂固。

她痛苦地闭上眼睛。在一片漆黑中,似乎循环播放着那一天的影像,甚至那娇喘连连的声音都越来越清晰。

"蓝浩阳,和我在一起,你真的是心甘情愿吗?"普小萄再次呢喃,不同的是,这次她呢喃出了声音,连强忍着的眼泪也夺眶而出。

泪珠宛如婚纱上镶嵌的珍珠,一颗一颗地落在裙摆上。寂静的房间里,"啪嗒""啪嗒"的声音格外刺耳。

泪,浸湿了她的脸,也勾起了她一直控制的情绪。此时,她的心纠结成了一团乱麻。她不知道自己应该如何面对,如何选择。

这个男人,她很爱,爱到撕心裂肺,可是她又不敢爱,她没有勇气去爱,更没有自信接受他的爱。

"明明说好了,我不要这么脆弱……"普小萄泣不成声。她紧咬着唇,充满了无奈和自责。

"不是你的错,是我太异想天开。"她摘掉头上的白色头纱。这时,她的唇间渗出丝丝血迹,染在红唇上显得更加妩媚。

"对不起,我配不上你。"这是普小萄最后一声哽咽,她赤着脚站起身,打开房门冲了出去。

此时,站在婚礼现场端着酒杯和众人谈笑风生的蓝浩阳,脸上又浮现出往日自信的笑容。这场婚礼对他来说是来之不易的,他现在不想在乎任何事情,一心只希望他可以给心爱的她带来幸福。

他的脑中全都是普小萄身穿婚纱的倩影,他想着一会儿就要举行他们的婚礼,向全世界宣布两个人结为夫妻,他的心很甜,真如蜜一般甜。

"恭喜恭喜!"X.Y广告传媒公司的总裁端着酒杯走了过来,向蓝浩阳表示祝贺。

蓝浩阳优雅地一笑，轻描淡写地回答："谢谢。"

他没有离开的意思，只见他张开嘴继续说道："以后要好好对待这个姑娘，她是个难得的好女孩。"

"不劳您费心，我会好好照顾她。"蓝浩阳礼貌地回答道，没有人看出他眼中闪烁的不友善。

"那就好。"他把杯中的红酒一饮而尽，转身离开了。

距离婚礼开始的时间越来越近，看到牧师走了进来，蓝浩阳也感到久违的紧张。

在社会上"厮杀"了这么多年，干的好事坏事不计其数，这还是第一次有心脏都快要跳出胸膛的感觉。

蓝浩阳向身边的助理顾冉递了一个眼神，顾冉什么话都没说就心领神会，他带着他的两个助手微微欠身，向着普小萄休息的地方走去。

第三章 落跑新娘

五分钟过后,牧师宣布婚礼开始。

奢华的蛋糕旁,有一架白色的三角钢琴。蓝浩阳缓缓走上去坐在钢琴前。在众人惊诧的眼光下,舞动着手指,弹出了自己苦练已久的钢琴曲——《梦中的婚礼》。

因为这个男人知道,他深爱的女人最喜欢这首曲子。她曾经和他说过,如果她有机会学习钢琴,那么她一定要第一个学会这首《梦中的婚礼》。

蓝浩阳的指尖在琴键上来回飞舞,弹出了一个又一个美丽的音符,它们连在一起,变成了最动人的旋律。

蓝浩阳嘴角上扬,露出满足的笑意,他想着:一会儿普小萄听到了,一定会很开心吧!

他万万没有想到,出现在他眼前的不是穿着婚纱手捧鲜花就要与他长相厮守的普小萄,而是慌慌张张朝着他跑过来的顾冉。

"蓝总，普小姐不见了！"说罢，顾冉拿出了头纱和高跟鞋，继续道，"休息室里没有人，只有这两样东西。"

顾冉的一句话犹如晴天霹雳，使蓝浩阳瞬间停下了指尖的舞蹈。他看着刚刚还穿戴在普小萄身上的高跟鞋和头纱，不敢相信地眯起眼睛压低声音道："你说什么？"

"普……普小姐不见了！"顾冉重复道。

虽然顾冉跟了蓝浩阳很多年，既是他称职的助理，也是他信任的朋友，但是蓝浩阳的这种眼神每每出现的时候，顾冉都会紧张到冷汗直淌。

"怎么会这样？"蓝浩阳紧蹙眉头喃喃自语。此时，他脑海中普小萄微笑着走过来的画面变成了玻璃碎片，一片一片刺痛着他的心。

这个女人，他拿到手心里去疼、去爱，在这么重要的场合却抛下他，让他独自承受这样的痛苦和伤害。

见顾冉愣在旁边不知所措，蓝浩阳没有控制住自己的情绪，他气急败坏地冲着他喊道："愣着干什么？快去找人！"他的声音像咆哮，更像宣泄。

看着顾冉慌乱地跑开，蓝浩阳咬着牙握紧拳头狠狠地砸向钢琴的琴键，钢琴发出刺耳的噪声，使得原本其乐融融的婚礼现场变得躁动不安。

前来参加婚礼的嘉宾们见新娘迟迟没有露面，再加上蓝浩阳莫名其妙的话和咬牙切齿的表情，瞬间都猜到了事态的严重性。

就连站在台上经验丰富的牧师也不知所措起来：新娘都跑了，婚礼还怎么进行？！

站在钢琴旁的蓝浩阳低着头，极力控制着自己即将崩溃的情绪。他看着指尖刚刚划过的琴键，心里如千刀万剐一般疼痛。

为了她,他承受着流言蜚语;为了她,他不顾一切和她办理了结婚证。可即使他这么努力,她还是在最关键的时候,毅然决然选择了离开。

那些美好的曾经还历历在目,他们的欢声笑语似乎还在昨天。蓝浩阳越想越难以承受,他的目光随着心情渐渐冷淡,取而代之的是阴冷和凌厉。

任凭时间流逝,任凭婚礼现场变得嘈杂,他只顾呆呆地站在那里,纹丝不动。

这时,满头大汗的顾冉急匆匆跑了过来,他看着已经陷入崩溃的蓝浩阳,小心翼翼地告诉了他一个更加绝望的消息:"蓝总,对……对不起,到处都找不着。"

或许是这句话点燃了蓝浩阳心中的那根导火索。只见他慢慢抬起眼,面无表情的脸,比冰刀还要冰冷。

顾冉还是第一次看到蓝浩阳这种让人不寒而栗的表情,他禁不住倒退了几步,犹豫着开口道:"蓝……蓝总……您先……"

"滚!"蓝浩阳怒吼着打断了他的话,发泄着他的愤怒道,"全都给我滚!"蓝浩阳此时已经失去理智,他看着婚礼现场站在原地不知所措的嘉宾们,继续怒吼,"滚!你们全都给我滚!"

喊罢,他一脚踹翻了放着华丽蛋糕的推车。蛋糕没有了支撑,瞬间被摔在地上,变得一片狼藉。蛋糕最上面两个幸福的小人儿也被摔成两瓣,埋没在废墟之中。

大家见状,全都争先恐后地离开了婚礼现场,没有一个人敢上前制止,任凭蓝浩阳一个人疯狂地发泄。

隔天,所有的报纸都刊登了这样一则头条新闻:

落跑新娘惹怒星璨老总蓝浩阳,婚礼现场惨变,现场一片狼藉。

从那时开始,再也没有人见过普小萄。这个当时成为街头巷尾人们热议的新闻,也在普小萄念念不忘的日子里,被世人渐渐淡忘。

站在窗边的普小萄吸了吸有些酸楚的鼻子,她拉上窗帘,收起了对往事的回忆。她把手里那张泛黄的报纸重新压在床下,报纸上的日期清晰可见,正是六年前。

"逃逃!"普小萄缓了缓情绪,走出门时轻唤道,"想吃什么?我去买菜。晚上我领你逛夜市,好不好?"

只见逃逃放下积木,用疑惑的眼睛看向普小萄道:"妈妈,你又糊涂了,你不是要去参加聚会吗?"

"我不去了。"普小萄蹲下身,摸摸逃逃的脑袋道,"妈妈决定留下来陪逃逃,逃逃也不希望一个人待在家里,对吧?"

"才没有呢!"逃逃摇摇头,露出灿烂的笑容道,"逃逃希望妈妈多出去走走,然后再讲好多好多有趣的故事给逃逃听。"

普小萄欣慰地笑了,有如此懂事的孩子陪在她的身边,这是上天给她今生最大的礼物了。

晚上,普小萄并没有精心打扮,她还是穿着那件黑色的T恤衫加上那条已经洗到发白了的牛仔裤,脚蹬一双平底鞋,准备出门。

"妈妈。"逃逃叫住了她。

普小萄还以为他不舍,于是抿着嘴偷笑道:"看吧,我说留下陪你,你却不让,是不是后悔了?"

只见逃逃眨了眨乌黑发亮的小眼睛,张开小嘴道:"妈妈,你应该穿得漂亮一点,穿小美那样漂亮的裙子,你穿成这样多不好看。"

普小萄翻了个白眼,这孩子……究竟是不是她亲生的!

没有听从逃逃的提议,普小萄还是穿着一套休闲装出了门,如果不是逃逃"好心好意"给她出去放松的机会,普小萄已经记不清自己宅在房间里多少天了。

普小萄走在灯红酒绿的大街上,穿梭在形形色色的人群中,不知不觉,脚步停在了一家酒吧的门口。

酒吧的门面装修得很复古,透过玻璃门可以看得到里面灯火辉煌。在晚上才沸腾的这片闹市区中,这样的酒吧并没有什么特别之处,但吸引普小萄的,是从里面传出来的歌声。

这是一个男人的声音,清澈,但又时不时透露出沧桑。想必他一定是一个摸爬滚打多年却还一直怀揣着梦想并为之奋斗的老男孩。这时,一个熟悉的声音打断了她的思绪。

"普小萄?你怎么站在这里?我等你好久了。"朝她跑来的是她这几年来最好的朋友:童朵朵。

童朵朵是一家服装店的店主,因此,她每次看到普小萄邋遢的样子,都禁不住皱起眉头指责几句,这次也一样。"我说普大小姐,我们这是聚会,不是出去做义工,你多少也穿条裙子,化化妆吧。"童朵朵忍不住埋怨道。

"你怎么和我的儿子一样,我的儿子也是这么说我的。"普小萄嘟起嘴,她觉得舒舒服服比起打扮得光鲜靓丽重要多了。

童朵朵无视了普小萄暗示她是她的儿子这件事情,只见她张开红唇白齿,义愤填膺道:"普小萄,为了你的儿子你也要振作起来,就算你不需要男人,那也得给他找个爸爸吧。"

"打住!"普小萄伸手捂住了童朵朵的嘴,眯起眼睛看着童朵朵道,"你们是不是串通好了,都那么希望我找个男人把自己嫁掉吗?再说了,我虽然单身,但我又不是未婚先孕,我可是领了证的人,你想让我犯重婚罪啊!"

童朵朵拨开普小萄的手,急忙拿出镜子照照自己抹得鲜红的唇道:"干什么!你不找男人我还要找呢,知不知道这口红有多贵!"嘟嘟囔囔了半天,她抬起头看看四周,主动转移话题道,"咦?你怎么不把你那天才儿子带来?"

"他没说要来。"普小萄一边说一边跟着童朵朵朝着前面的KTV走去,"不来也好,免得叽叽喳喳管东管西,你知道吗?他现在竟然研究起了心理学和性格分析!"

听到这里,童朵朵"扑哧"一声笑了出来,她故作优雅地用手遮住咧开的嘴道:"逃逃可真有意思,前途无法估量。就是年纪太小了,不然我就预订了。"

普小萄头上冒出三条黑线,这女人!五岁的孩子都想祸害,看来以后要让逃逃离她远点了。

第四章 六年前的回忆

童朵朵把她带到包厢门口,普小萄听着从里面传来的嘈杂声,禁不住皱起了眉头,果然,她还是不喜欢这种喧闹的地方。

她们走了进去,里面一群男男女女玩得正起劲儿,没有人注意普小萄的到来,当然也没人知道童朵朵特意跑出去接普小萄这件事。

普小萄找了一个幽暗的角落坐下来,她看看旁边那群穿得花枝招展的女人和欢声笑语地玩着骰子的男人,再看看另一堆拼命地抢着麦克风乐此不疲的人,最终还是决定把视线移到另一个角落里一对相拥在一起的激情男女身上。

看不清他们的容颜,但想象得出他们一脸享受的表情。普小萄不禁想起很久以前,在那个寒冷的冬天,他们也这般热烈如火。

童朵朵坐在普小萄身边,她递给普小萄一杯红酒打趣道:"怎么?没有感兴趣的男人?"

"无聊,"普小萄把杯中的红酒一饮而尽,把视线移向那群一脸兴奋的男人身上道,"你看他们,哪一个像能当爸爸的样子?话说,那些人你都认识?"

"大部分吧。"童朵朵耸耸肩,若无其事道,"有些是朋友,有些是朋友的朋友,有些是八竿子也打不着的朋友。"

"八竿子打不着也算是朋友?"普小萄在心里嘀咕道。

这时,一个看起来还挺斯文的男人端着酒杯走了过来,他停在普小萄面前,俯下身扶了扶眼镜道:"美女,要不要喝一杯?"

说罢,他把酒杯递到普小萄的面前。普小萄吓了一跳,因为她以为这个眼镜男是来和童朵朵搭讪的。

普小萄没有接酒杯,她抬起眼看向这个对比起来打扮还算是正常的男人,面不改色道:"先生,不好意思,首先,我不是美女;其次,我不是陪酒的;再其次,我不喝啤酒。"

眼镜男饶有兴致地弯起嘴角,他迎向普小萄有些犀利的目光,话里有话道:"童朵朵,你的朋友这么不给面子,连一口酒都不喝?"

普小萄歪过头,把视线移向一言不发的童朵朵道:"你认识他?"

只见童朵朵尴尬地笑笑,支支吾吾道:"是……朋友的朋友……"解释完,她看向眼镜男替普小萄求情道:"不好意思,我朋友真的不能喝啤酒,不然……"

普小萄心领神会,为了让童朵朵不再为难,没等她说完话,她就拿起桌子上一瓶刚开的啤酒,仰起头"咕咚咕咚"地喝了下去。

或许是被普小萄的霸气吓到,惊讶得嘴巴都合不上的眼镜男话没说一句，就如同一片云彩一样静悄悄地飘走了。

同时被震慑住的还有目睹了整件事情的童朵朵，只见她手忙脚乱地夺过普小萄手里的酒瓶，晃晃里面所剩无几的酒，诧异地睁大眼睛问道："喂！你疯了吧？"

普小萄抿抿唇，忍住嘴里的苦涩和胃里的翻滚，故作镇定道："我是怕给你丢面子。"

童朵朵恨不得找块儿豆腐砸向她，这种理由简直就是天方夜谭！她找了一瓶水塞到普小萄手里，用命令的口吻道："快！漱漱口！不能喝啤酒还逞强，真是不让人省心！"

也不知道为什么，或许是酒精的驱使，普小萄竟然笑了。她摇摇头道："没事儿！这算什么！上次我喝了十二瓶！"

"上次？上次是什么时候？"童朵朵眨眨眼道，"你不是不喝啤酒吗？怎么还能有这么辉煌的战绩？"

"那是什么时候……"普小萄喃喃自语道，"那是六年前。"

还记得六年前的那一天，滴酒不沾的她一个人跑到酒吧，点了整整一箱啤酒——那是她第一次尝到苦涩的滋味。

那时的她天真地以为，嘴巴苦了，喉咙痛了，心里就不会难过了，可事实是，即使喝到吐，心还是会痛到撕心裂肺。

那一天，她一个人哭，一个人笑，一个人举着酒杯干杯，一个人睡着，但即使沉迷在梦里，她也始终摆脱不了在此之前映入眼帘的那一幕：她的家里，她最爱的粉红色蕾丝床上，她最爱的男人和一个赤身裸体的女人。

她还记得他们紧闭着的双眼,还记得她空中飞舞的长发,甚至还记得眼泪流到嘴角的滋味。

她不知道,为什么口口声声说爱她的他,赌咒发誓说要娶她的他,竟然会背叛她。

往事涌入心头,如潮水般澎湃,坐在包厢里的普小萄打了个冷战。她缓过神来,抬起沉重的眼皮看着周围的一切,一样喧闹,一样五光十色。

童朵朵依旧坐在她的身边,普小萄看着她那张精心修饰过的脸上因为担心她而微蹙的眉头,便略带抱歉地道:"朵朵,我没事,你不用像看怪物一样地看着我。"

童朵朵叹了一口气,她当然知道普小萄在逞强。认识她这么多年了,每逢人多热闹的时候,她都格外冷静,就像看透了世俗一样淡然。

虽然普小萄不曾和她说起自己的过去,但是看着普小萄一个人辛辛苦苦带着儿子走到今天,童朵朵也能想象得到,是怎样的伤害才导致一个单身母亲对她曾经的男人绝口不提。

这时,普小萄缓缓开口道:"朵朵,你还记得我们是怎么认识的吗?"

"当然记得。"童朵朵点点头,回忆道,"我记得那天服装店快要打烊的时候,你冲了进来。对了!你身上还穿着婚纱!"

"是啊。"普小萄把视线垂向自己的脚尖,看着那双已经掉漆了的平底鞋,继续道,"那天我跑到你那儿买衣服,却忘记了我身上没有带钱。"

"没错!"童朵朵想起了那个有些滑稽的场景。

那天，正是夕阳西下的时候。一位赤着脚、穿着婚纱的女孩，匆匆忙忙闯入她的服装店，随便拿起一条裙子就跑到更衣室里面换掉，然后捧着一件洁白的婚纱央求她道："对不起，我身上没有钱。这件婚纱很贵的，卖掉应该值不少钱，我拿这个和你的衣服交换。"

说罢，还没等童朵朵反应过来，她迅速从鞋柜里拿出一双平底鞋，甩了句："谢谢。"然后逃之夭夭。

童朵朵还以为只是自己运气不好遇到了一个奇葩，她哀叹着自己被"抢"走的衣服。那几天为了挽回损失，她连吃了三天素，可是她没有卖掉那件婚纱，而是好好地保存了起来，因为它实在太美了。

没想到事情并没有因此结束，过了半个月之后，那个"抢"走她衣服和鞋子的女孩儿找了回来，她掏出刚发的工资，对着童朵朵道："这些钱不知道够不够买那条裙子和那双鞋子？如果不够，下个月我再还给你。"

童朵朵愣住了，她不相信这个世界上会有这么单纯的人，于是那天她没有收她的钱，而是成为她的好朋友。那个女孩儿，正是现在坐在她身边的普小萄。

"朵朵……"普小萄轻唤了一声，"即使我一辈子都是单亲妈妈，一辈子为了逃逃而活，你也不要嫌弃我，好吗？"

"说什么傻话！"童朵朵苦笑一声，"算了，顺其自然吧，就像你说的，要找也要把以前的事情处理掉，而且还要找一个好男人，不能随便把自己嫁了，对吧？"

普小萄苦笑着点点头，但是没人能看得出她心里的伤痛，把以前的事情处理掉?好男人?哪儿有那么简单!

时间不早了,童朵朵决定先送普小萄回家。此时的普小萄上了两趟厕所,再出去吹了吹凉风,顿时感觉酒醒得差不多了。

她们再次路过了那家装修得很复古的酒吧,普小萄拽着童朵朵停下脚步。她听着里面的声音,只可惜那个让她心里为之荡漾的声音已经不在了。

童朵朵觉得奇怪,接她的时候她就站在这里发呆,送她的时候她还站在这里不肯离去,她抬头看看这家名叫"梦匣子"的酒吧,疑惑地问道:"这里,你来过?"

"没有。"普小萄一边说一边拉着童朵朵,"走吧,逃逃还在家里等我。"但当她刚迈开步子准备走的时候,那个声音再次响起。

不知为何,普小萄的腿就像是黏住了一样,牢牢地立在地上迈不动,她无法抗拒那勾住她灵魂的声音,对着童朵朵再次开口道:"朵朵,我请你喝酒!"

说罢,她就拉着一脸疑惑的童朵朵走向梦匣子酒吧。只听得童朵朵不停地在后面嘀咕道:"干什么?不是不喝酒吗?不是要回家陪儿子吗?真是!"

第五章 是星诚，而不是星辰

推开酒吧的大门，五彩的霓虹灯让人应接不暇。她没有走向吧台，而是顺着那个让她温暖的声音，一直找到酒吧的一个小角落。

角落里那还算绚丽的舞台上，一个长发齐肩的男子坐在一把高脚椅上，眼睛微闭，双唇轻触在话筒前，深情款款地唱着歌。那让普小萄心里为之荡漾的歌声，就是从这里发出的。

虽然歌手的模样和普小萄想象的有些出入，但是走近了听，她觉得他的歌声更加动人心弦。不知不觉中，她朝着他缓缓靠近。

见普小萄一副丢了魂的模样，一头雾水的童朵朵一把把她拉到身边，拽着她到了离舞台相对较远的一张桌子上。

身穿职业装，头戴绅士帽的服务生走了过来。他微微欠身，口气恭敬地道："两位小姐，点些什么呢？"

"两杯 Mojito（莫吉托），谢谢。"

"两杯威士忌,谢谢。"

两人异口同声。

"你喝威士忌?"童朵朵不可思议地看向普小萄,今天看见她空腹喝了大半瓶啤酒,已经像看到UFO(不明飞行物)一样稀奇了,现在她竟然要喝烈酒!

普小萄不以为意地点点头,但是她的视线一直没有从舞台上的歌手身上离开。

"请问两位要点什么?"服务生苦笑着再次问道。

童朵朵妥协,她指指普小萄道:"听她的,两杯威士忌,谢谢。"

服务生毕恭毕敬地离开,却被普小萄一把拉住。

"小姐,请问还需要些什么?"服务生带着职业性的微笑问道。

只见普小萄站起身,凑到服务生耳边小声问道:"喂,我问你!上面唱歌的那个男士叫什么?"

"他是不知名乐队的主唱,叫孔烨。"服务生回答。

"孔烨。"普小萄喃喃自语。而一直偷听他们说话的童朵朵把小手一挥道:"好了,你可以走了。"

服务生走开了,留下了若有所思的普小萄和一脸疑惑的童朵朵。

好奇心旺盛的童朵朵看着眼睛都不曾眨一下的普小萄,再看看舞台上深情款款唱着歌的孔烨,心里似乎明白了些什么。

"喂!"童朵朵用胳膊杵了杵普小萄,半开玩笑道,"你刚刚不是还说什么重婚罪,什么不想找对象吗?怎么这一会儿工夫你就瞄上了?还是音乐行业的,眼光很高嘛!"

"你胡说八道什么呢！"普小萄缓过神来，看着童朵朵那闪闪发亮的大眼睛，试图解释道，"我只是……我只是……"

"只是什么？"童朵朵明显不想给普小萄台阶下，只见她撩撩自己的长发道，"玩音乐的就没有个靠谱的，你不会不知道吧？"

"我只是觉得他唱的歌很好听罢了。"普小萄说的是事实，但是不知道为什么，她说到最后几个字的时候，竟然连自己都没有底气，声音变得像蚊子哼哼一样。

"切，"童朵朵接过服务生递过来的威士忌，轻抿了一口，皱起眉头，"普小萄，你要是能把这鬼东西都喝了，我就去帮你要他的电话号码！"

听完这句话，普小萄顿了一下，她转过头看向一脸想看好戏的童朵朵道："此话当真？"

"当然，我童朵朵什么时候玩过赖皮？"童朵朵撇撇嘴。

普小萄想了想，好像童朵朵真的没有赖皮过——除了每次答应她不再帮她找男人——其他事情，朵朵还是很靠谱的。

见童朵朵一脸得意，普小萄也不想认输，难得的倔强促使她端起酒杯，一大口把杯中的威士忌饮尽。

童朵朵惊呆了，她简直不敢相信自己的眼睛，眼前的普小萄哪里还是以前那个唯唯诺诺的普小萄，简直就是散发着光辉的美少女战士，无所不能！百毒不侵！

普小萄放下酒杯，快速吸了两口气，想要缓解口里的辛辣。三秒钟之后，她打了个饱嗝，看着不敢再说话的童朵朵道："此言还当真吗？"

"这……"童朵朵看看周围三三两两的人，再看看舞台上拿起吉他自弹自唱的孔烨，心里犯了难。

虽说童朵朵脸皮已经厚到可以跑到餐厅里只为了偷拿几双筷子的程度，但是在这么多陌生人面前向一个歌手要电话号码这种令人在茶余饭后都津津乐道的话题，她还是需要仔细斟酌一下。

毕竟，她还是单身。

童朵朵的心里纠结得要死，当她满脸堆笑着准备向普小萄耍一次无赖的时候，只听"咣当"一声，她身前的桌子一颤，普小萄直愣愣地趴了上去。

忽然的响声在这个喧闹的地方并不引人注目，但是吓坏了毫无心理准备的童朵朵。只见她急忙抱起普小萄的脑袋，确定她的头没有因为撞击而受伤时，她悬着的心才放到了肚子里，于是乎又"咣当"一声，把她的头重新放了回去。

"喂！你睡着了？"童朵朵戳戳她的肩膀，小声问道。

没有人回应。

"喂！你醒醒！"童朵朵加大了嗓门。

依旧没有人回应。

童朵朵想死的心都有了，虽说普小萄身材娇小，但是自称女汉子的童朵朵也不能脚踩着五厘米的高跟鞋把处于昏迷状态的她扛回家——早知道她喝了一杯威士忌就会变成睡美人，她宁愿让自己的脸皮再厚几层去向孔烨要电话号码。

可这一切都已经太迟了。

三个小时之后，童朵朵终于意识到事情远比自己想象的还要严重，看着周围的人陆陆续续走光，她心急如焚地拨着自己的电话，想请人帮忙，可是老天似乎有意在捉弄她，她想要联系的人不是"不在服务区"就是"您所拨打的电话已关机"。

整整半个钟头，她除了没有拨打110，其他能找的人都找了一圈，可依旧一个都联系不上，这可气坏了责任重大的童朵朵。

她看看时间，十二日凌晨一点四十五分。她决定了，以后每个月的十二日她都不要出门，这一天就是她的倒霉日。

眼看着周围就只剩下她们两个人，就连孔烨都开始收拾起自己的装备，那种无助感让她急得眼泪都要掉下来了。

没有人帮她，她只好使出吃奶的劲儿把她扶起来，因为自己的高跟鞋实在妨碍她的步伐。一气之下，她脱掉高跟鞋，试图赤着脚把她背起来。

这时候，从角落里走来一个人，他大步流星地走到童朵朵面前，口气平淡地问道："嗨！用我帮忙吗？"

听到了异性的声音，童朵朵立刻停下自己张牙舞爪的动作，她本以为是舞台上的孔烨前来帮忙，没想到她一抬头，迎上的是一双深邃到没有一丝尘埃的眼睛。

童朵朵瞬间感到身上像被闪电击中一般灼热，她慌乱地把好不容易搀扶起来的普小萄重新扔回椅子上，自己则脸不红心不跳地穿上高跟鞋，并优雅地伸出了一只手道："你好！我是童朵朵。"

"我叫星诚。诚，诚挚的诚。"星诚礼貌性地抿嘴一笑。

看着星诚嘴角露出两个浅浅的梨窝，童朵朵心花怒放，星诚……好美的名字，配上他那副无与伦比的容貌，简直唯美到比星辰还要美。

仔细想想，这么可爱帅气又乐于助人的男人现在已经濒临灭种了，难道她今天走了大运？适合恋爱的春天就要来了？

只见童朵朵甩甩自己的长发，做出了一个腼腆的表情，星诚却不以为然地指指瘫坐在椅子上的普小萄道："她是你朋友？她……喝醉了？"

"算是吧。"童朵朵尴尬地笑笑，因为她实在不好意思说普小萄只喝了一瓶啤酒加上一杯威士忌就醉到不省人事。

星诚看看桌子上的空酒杯，再看看似乎弱不禁风的童朵朵，麻利地挽起了衣袖，走上前一把把普小萄抱起来，并冲着童朵朵道："我有车，你们去哪里？我送你们。"

他的举动震惊了童朵朵，此时她多么希望被抱在他怀中的不是普小萄，而是自己。早知事情会发展成这样，即使死，她也会抢着喝下那杯威士忌的。

"去我家！"童朵朵想都没有想就脱口而出。

星诚没有理会童朵朵那花痴般的目光，径直把普小萄抱出了酒吧，然后小心翼翼地放到了车的后排座上。这时童朵朵才火急火燎地拎着包踩着高跟鞋赶过来，"噌"的一声钻进车里，并坐在副驾驶座上。

她用余光窥视着星诚的脸，刚才因为太匆忙，她都没有好好欣赏，但现在仔细看看，他细如凝脂的皮肤上棱角分明，尤其是高挺鼻子上那深邃的目光，让人看一眼就不会忘记。

"帅哥，哦不，星诚！你在酒吧工作吗？"童朵朵一脸期待地看着星诚完美的侧颜，禁不住打探道。

星诚好像并不想多说话，他只是"嗯"了一声，就没有了下文。

瞬间有种挫败感的童朵朵快速整理了一下自己的刘海儿，她就不相信星诚对她闭月羞花的容貌不感兴趣。

只见她清清喉咙，轻启朱唇继续道："星诚，你在酒吧里是干什么工作？服务生？还是调酒师？"

"都不是。"星诚专注地看着前方，拐了一个急转弯后面不改色道。

听到星诚这么说，童朵朵陷入沉思，三秒钟过后，只见她故作惊讶地用手捂住嘴，支支吾吾道："你该不会是做……做'那个'的吧……"

星诚的头顶有一群乌鸦飞过，他懒得回答童朵朵这种无聊透顶的问题，于是把嘴巴抿成了一条线，继续保持沉默。

看到星诚没有承认也没有反驳，童朵朵自作主张地把他的反应归为"默认"。

刚刚还小鹿似的乱撞到小脸通红的童朵朵，顿时心里没了底儿。她有些接受不了这个现实，为什么条件这么好的男人会……

童朵朵不断在心中哀叹：好不容易碰见传说中的极品美男，可惜他是……可惜可惜……她恨不得回家后立刻哭晕在厕所，为自己多舛的命运悼念一番。

第六章　遗忘

一路胡思乱想,直到星诚把汽车稳稳地停在童朵朵的家门口时,她这才从悲痛中缓过神来。

星诚走下车,轻轻地把普小莓从后座抱出来,他的一举一动都是那么温柔,像是怕把普小莓碰痛了似的。童朵朵看在眼里,心里更加纠结了。

跟着童朵朵到了她的家,星诚把普小莓放在沙发上,这才擦擦额头上的汗珠,对童朵朵说道:"没什么事的话我先走了。"

没等童朵朵答话,星诚就转过身子准备离开,而童朵朵忽然间张开双臂拦在他的前面,犹豫着开口道:"不休息一下吗?"

不知为何,即使童朵朵认定了星诚是做"那个"的,她也不想让星诚这么快就消失在自己的眼前。

"不用了,我还要赶回酒吧。"星诚决然地拒绝了童朵朵的好意。

童朵朵禁不住醋溜溜地说道:"这么晚了还要回酒吧?还有客人等你

哈……你一定生意很好吧?"

虽然星诚明白童朵朵的言外之意,但也无意辩解,因为他不想在这里浪费时间。

见星诚没有说话,童朵朵心领神会,也是,那种工作怎么能随便泄露呢?于是苦笑着道:"对……对不起,我说得太多了,你渴了吧!我去给你倒杯水!"说罢,童朵朵转身跑进厨房。

趁着童朵朵不在身边,星诚看了一眼安静地躺在沙发上的普小萄,说了句:"我先走了。"就头也不回地走出童朵朵的家,消失在楼道里。

童朵朵听着关门声,缓缓放下了手中的茶杯,喃喃自语道:"命运弄人。真的太可惜了!"

与此同时,在普小萄的家里,逃逃一个人抱着最心爱的毛绒玩具,蜷缩在床上的角落里,睁着小眼睛看着床头那盏微弱的灯。

"妈妈……"他的声音微弱而颤抖,听起来好像刚刚哭过一样。

虽然他成熟到让人觉得不像个孩子,但是不管他的头脑如何发达,他也只是个五岁的、整天嘴里叫着"妈妈"的小孩子。

这次普小萄一夜未归,让他感到了前所未有的恐惧。他听着钟表"嘀嘀嗒嗒"的响声,久久不敢合上眼睛。

早晨,被闹钟惊醒的普小萄从沙发上爬了起来,她的头痛得像要炸开,好像有千万只蚂蚁在脑子里面咬她一样。

这时,打着哈欠的童朵朵顶着一堆稻草一样的头发走了出来。她走到普小萄面前,本想对她嘘寒问暖几句,但没想到自己"非主流"的造型把普小萄吓了一跳。

"你……你是谁?"普小萄瞬间瞪大了眼睛,警惕地向后移了一下。

童朵朵哭笑不得,她弯下身子把脸凑近,用手指着自己的鼻子,咧开嘴道:"普大小姐!看清楚了!我是无敌美少女童朵朵!"

"童朵朵……"普小萄呢喃,顿了三秒钟,她忽然拍了一下自己的木鱼脑袋,口气有些惭愧道,"哦哦,朵朵,我想起来了!"

童朵朵撇撇嘴,她揉了揉自己有些惺忪的眼睛,不依不饶道:"说!刚刚你把我遗失到哪里了?"

"没有啊!"普小萄有些为难地嘀咕道,"鬼才知道你什么时候卸了妆,害得我都没有认出来。"

虽然普小萄说的是唇语,但不知道为什么童朵朵听得真真切切,只见她眯起眼睛,口气中带着威胁道:"你在说什么!再敢胡说八道,信不信我把你丢到河里喂鲨鱼!"

"可是河里没有鲨鱼。"普小萄眨眨眼睛脱口而出。

"你……"童朵朵无言以对,她一把拉起普小萄包裹在身上的被子,气鼓鼓地道,"没时间和你瞎扯,等一会儿我要去开店了,你也别想睡懒觉。"

只听普小萄应了一声,乖乖地站起来,但是忽然间,她又觉得有一件事情很不对劲儿,于是乎她疑惑地皱起眉头,看着麻利地叠着被子的童朵朵,小心翼翼道:"可是……你为什么会在我家?"

"这是我家。"童朵朵一边说一边把被子抱到了卧室,然后径直走到镜子前,审视着自己的黑眼圈,"拜托你清醒一点。为了你,我可是一夜都没有睡好。"

普小萄大惑不解地看看四周,四十二英寸的液晶大电视,还有角落里的跑步机,这两样东西就足以证明了童朵朵的话,并让普小萄缓过神来。

只见普小萄恍然大悟道:"怪不得我浑身酸痛酸痛的,都怪你家的床太硬!"

"那是沙发,"童朵朵翻了个白眼,她从衣柜里随意拿出了一件连衣裙扔给普小萄,"一身的酒味,穿完后记得帮我洗干净。"

普小萄小声答应,她换好了衣服,这才想起来问道:"朵朵,我身上怎么会有酒味?"

"你不会是什么都想不起来了吧!"童朵朵放下手中的粉饼,诧异地走到普小萄面前,看着她一脸的茫然道:"你不记得你昨天拉着我去酒吧喝酒,自己却喝到不省人事?"

"怎么可能?"普小萄指指自己,又指指童朵朵轻笑两声道,"我?拉你喝酒?开什么国际玩笑?你说反了吧?"

"你看我像在开玩笑吗?"童朵朵懒得理她,她用最快的速度化了个淡妆,拎上包,"我先走了,你自生自灭好了。"说罢,童朵朵就穿上高跟鞋,消失在普小萄的眼前。

没有人打扰的普小萄悠闲地打了个哈欠,她本想重新躺在沙发上睡一个回笼觉,但是当她再次闭上眼睛的时候,一张可爱的笑脸出现在她的脑海里。

逃逃!她忽然间惊坐起来,糊涂的她竟然忘了逃逃!整夜把他一个人丢在家里!

意识到犯下滔天大罪的普小萄脸都没来得及洗,就飞一般地赶回了家。

她掏出钥匙打开门,径直奔向卧室打开门一看,竟然发现里面空无一人!

逃逃!逃逃!心急如焚的普小萄打开衣柜,拉开窗帘,甚至趴到了床下……当到处都没有逃逃的影子时,她顿时感到自己的大脑"嗡"的一声,变成一片空白,逃逃不在卧室,那他到哪里去了?

正准备冲出卧室把家里翻个底朝天的她,忽然听到了一丝细微的声响。普小萄立刻冷静下来,她蹑手蹑脚地顺着声音走过去,竟然发现逃逃正站在厨房的小板凳上,在电磁炉上煮着鸡蛋。

可能是电磁炉的声音太吵,逃逃并没有发现普小萄已经回家,他只是静静地站在那里,看着锅中的水慢慢沸腾。

"逃逃……"普小萄的眼眶顿时湿润了。

逃逃听到她的声音,猛地一回头,摇晃着差点从小板凳上摔下去。

普小萄一个箭步上去,及时把他搂在了怀里。她亲吻着逃逃的脸颊,喃喃道:"宝贝……对不起,妈妈错了。妈妈再也不会夜不归宿,把逃逃一个人丢在家里了。"

逃逃天真地一笑,不知道为什么,看到了普小萄,他心里所有的委屈都化为乌有。他用小手抱着普小萄的脖子,张开小嘴道:"妈妈,你的头发臭臭的,快去洗个澡,逃逃做早餐!"

"胡说!妈妈哪儿臭臭的?"普小萄抹抹眼泪,她看着逃逃那双有些红肿的眼睛,却又一脸元气的样子,心疼到了极致。

今天普小萄没有送逃逃去幼儿园,她默许了逃逃可以像无尾熊一样趴在自己身上。然后抱着他,两个人美美地睡去。当睁开眼睛时,已经是下午三点钟了。

此时的逃逃早已精神百倍,他不知什么时候自己跑到地上摆起了玩具,见普小萄醒了,他甜甜地叫了声:"妈妈。"

普小萄侧过身子,看着逃逃一脸天真无邪的样子,嘴边挂上了微笑。

这样一个小小的孩子,从呱呱坠地到今天,形影不离地陪伴了她五年。因为有了他,普小萄才有了支撑下来的勇气,才变得现在这般坚强。

这时,放在枕头下的手机响了,普小萄掏出一看,果真除了童朵朵以外,没有人会给她打电话。

"喂喂!普小萄,你过来一下。"电话那头,童朵朵的口气有些焦急。

"什么事?"普小萄拒绝道,"我要在家陪我儿子。"

"带你儿子一块儿过来!我请他吃冰激凌!怎么样?"童朵朵接着道。

"不用了,"普小萄抵挡住了诱惑。她摇摇头,口气慵懒地回答道,"昨天不知道干什么了,好累,改天吧。"

童朵朵不依不饶,她嘟起嘴,口气变得强硬:"我不管,给你半个小时的时间,你要是不来,我就半夜带着西蓝花挠你家的门!"

说罢,童朵朵挂掉了电话。

她口中的西蓝花普小萄认识,其实就是一只经常蹲在她家服装店门口讨食物的流浪狗,为什么叫西蓝花呢?那是因为童朵朵说它头上的毛造型像西蓝花。

这是真的!真的不是一个冷笑话……

第七章 似曾相识

放下手机的普小萄叹了一口气,她看看还在兴致勃勃玩着积木的逃逃,幽幽开口道:"逃逃,你想吃冰激凌吗?"

逃逃听到"冰激凌"这三个字,立刻放下了手中的积木,他跑到普小萄面前,拍着手欢呼道:"冰激凌!冰激凌!"

半个小时后,普小萄领着逃逃准时来到童朵朵的服装店门口。等候多时的童朵朵打扮得格外光鲜靓丽,她招呼他们进去,并递给了逃逃一个大大的冰激凌。

"谢谢朵朵姐姐。"逃逃兴高采烈地接过冰激凌,坐到小凳子上乖乖地吃了起来。

而普小萄就没有那种闲情逸致了,她懒散地倒在沙发上,看着四周刚刚到货的新衣,说道:"说吧,找我有什么事?如果是相亲,我就拒绝。"

"当然不是啦,"童朵朵坐到普小萄的身边,对着她一脸兴奋,"你还记不记得昨天你带我去的那间酒吧？"

"不记得了。"普小萄想都没想就一口否决道，"一定是你记错了，我真的没有一点儿印象。"

"想不起来也罢。"确定普小萄彻底断片儿了的童朵朵放弃这个话题，她自顾自地拿出镜子照了照，确定自己完美无瑕后，把脸凑到普小萄的脸前转移话题道，"那你闻闻我有没有香香的。"

"香死了，"普小萄把她推开，一脸嫌弃，"一进门就闻到了，朵朵，你喷了多少香水啊！"

只见童朵朵妩媚地笑了笑，撑起裙摆在普小萄身边转了一圈儿，神秘地说："没多少，就是上次从法国带来的迪奥喷到一滴不剩而已。"

一滴不剩？还而已？普小萄震惊得说不出话来，虽然她平时并不关注香水，但是她知道那瓶迪奥是她的宝贝，除了重要场合，她平时都舍不得碰一下！

见普小萄呆若木鸡的样子，童朵朵用手碰碰她的肩膀，张开红唇白齿道："拜托你打起点精神！等一会儿我带你去个地方！让你见个绝世美男！"

"算了算了，"普小萄缓过神来，连连摆手道，"我对男人不感兴趣，尤其是美男子。你看我这邋邋遢遢的样子，还是不要带我出去见人比较好。"

"亲爱的，你想多了，这可是我看上的男人，和你邋不邋遢无关。"童朵朵打断了普小萄的话，接着又忽然转换情绪叹了一口气，"哎……可惜啊可惜。我虽对他有好感，可是他的工作，我实在有些接受不了。"

"他……他是什么工作？"普小萄抬起眼，用脚趾头想想童朵朵看上的男人，绝对不是什么等闲之辈。

童朵朵刚想开口,但是意识到吃得正开心的逃逃还在旁边,于是欲言又止。只见她把普小萄拉到一边,耳语了一番。

"啊?"普小萄听后,下巴差点掉到地上。她捂住惊讶的嘴,睁大了眼睛难以置信道:"朵朵!你口味什么时候变得这么重!这种男人你也想要?"

"嘘!小声点儿……"童朵朵立刻捂住她的嘴,就好像隔墙有耳一样。见普小萄安静下来,童朵朵接着道:"所以我才说服自己没有追他,但是我去做一回他的客人,让他陪陪我,制造一点美好的回忆,这不过分吧?"

"我看你是无药可救了。"普小萄说罢就拉起逃逃,"走!我们回家!"

童朵朵料到普小萄会大吃一惊,但没想到她的反应竟然这么大,其实连她自己也觉得这想法太荒谬,可她无法违背自己的心意,即使百分之一百地确定星诚是做"那个"的,她也还是想去见他,并且她还做了一个大胆的决定,那就是做他的客人。

"亲爱的,你最好了,你要是不陪我去,我会没有勇气的。"童朵朵一边拉着普小萄一边央求道。

可普小萄一脸严肃,她看着童朵朵的眼睛一本正经道:"这种事情没有勇气、不去做更好,总之我是不会跟着你做那种事情的!"

"朵朵姐姐,你要带妈妈去哪里?"逃逃忍不住开口,打断了这种有些尴尬的气氛,他的鼻尖上沾着奶油,模样看起来很是可爱。

"当然是去一个好地方。"童朵朵灵机一动,决定转移话题。她走到逃逃身边,蹲下身子笑着看着逃逃的脸柔声细语道,"逃逃,姐姐带你喝果汁,好不好?"

天真的逃逃立刻被收服,只见他咧开嘴一下抱着童朵朵的脖子,直呼道:

"果汁！果汁！"

只见童朵朵得意地弯起嘴角，抱起逃逃连哄带骗道："那姐姐这就带你去，让妈妈留在这里帮姐姐看店，好不好？"

逃逃犹豫了，但是仔细想想似乎也没有什么不好，于是点点头："朵朵姐姐，那我们快快出发吧。"

此时的普小萄心里升起了一股怒火，她万万没有想到童朵朵让她带着她的儿子来是有计谋的，她更没有想到逃逃这个小叛徒竟然这么快就被一杯果汁给诱惑住了，真是个吃里爬外的小家伙！

见普小萄对着她怒目以对的样子，童朵朵更加喜形于色了。她挑了挑眉，对普小萄道："那我们走了，你好好看家哦！"

说罢，她把逃逃放在地上，装模作样地拿起包，领着逃逃朝着门口走去。

普小萄再也忍受不了了，她怎么可能让逃逃单独跟着童朵朵去酒吧！而且还是跟着她去找男人！这种天理不容的事情她怎能允许！

"等一下！"普小萄怒气冲冲地走到童朵朵面前，看着她那张努力憋住笑的脸道，"仅此一次！下不为例！"

童朵朵的计谋成功了，她努力抑制住内心的喜悦。但是想到等会儿去找星诚，她又不免紧张起来。可是为了让自己不后悔，她还是毅然决然地带着普小萄和逃逃来到了昨晚的那间酒吧门口。

普小萄抬头看看酒吧的名字："梦匣子"。似曾相识。

"昨天晚上……我们来过这里？"站在门口犹豫不决的普小萄半信半疑地问道。

"骗你是小狗！"童朵朵说罢深吸一口气，然后拉着普小萄走了进去。

普小萄的一只手被童朵朵牵着，另一只手紧紧牵着逃逃。看着这个格调虽优雅但有些冷清的地方，心里忽然有了一种莫名其妙的熟悉感。

她把视线移到了角落里的小舞台上，上面没有人，只有一些乐器，她看着那个方向，一个个片段跳进了她的脑海。

一个五光十色的地方……一个长发齐肩的男人……还有一段扣人心弦的歌声……

普小萄甩甩头，她不知道这些片段存在于什么地方，更不知道它们为什么会跳入她脑子里。

童朵朵没有意识到普小萄情绪的变化，她把他们安排在昨天她们坐着的那个地方，点了两杯冷饮，却给她自己点了一杯威士忌。

"你喝威士忌？"普小萄不可思议地看着手拿酒杯但面有难色的童朵朵，眼神中满是怀疑。

只听童朵朵意味深长道："有时候，烈酒会促成很多事情。"说罢，她就像喝药一样仰头喝了一大口。烈酒的苦涩和火辣，使她皱紧了眉头。

普小萄无奈地摇摇头，心里想着童朵朵可能真的疯了，她看看安静地坐在旁边的逃逃，细心地帮他擦了擦嘴巴。

童朵朵似乎看得出普小萄心里的OS（内心独白），只见她抿抿嘴唇，有些幸灾乐祸道："其实昨天你在这里也看上了一个叫孔烨的男人，你还为了要他的电话号码，一口气喝了一整杯威士忌。"

"然后我就失忆了？"普小萄半开玩笑地推测道。

"没错。"童朵朵撩撩头发，又抿了一口酒，继续道，"后来一个叫星诚的男人帮我把你抱回了我家，我才明白了什么叫一见钟情……"

"等等！"普小萄打断了童朵朵的话，睁大眼睛道，"你是说你看上的那个男人……他……他抱了我？"

见童朵朵面不改色地点了点头，普小萄的脸"唰"地一下白了，空窗这么些年，竟然让一个那样的男人给抱了。

童朵朵没有理会普小萄，此时的她满脑子都是星诚那张让她心神不宁的脸，她想着等一会儿去找他的时候要说什么，会做些什么……

这时，刚好有一个服务生从他们身边经过，童朵朵一把抓住他的胳膊，差点碰掉了他手里的红酒。

"小……小姐，请问有什么需要帮忙的吗？"服务生控制着自己火速上升的心跳。要知道他手里的这瓶酒，比他一个月的工资还高。

童朵朵凑近他的耳边，虽心里乱如麻，但还是鼓起勇气小声问道："喂！我问你！你们这里是不是有一个叫星诚的男人？"

"是的。"服务生恭敬地回答道，"不过他通常都是六点之后才来上班。"

六点……童朵朵看看表，还有十五分钟，于是眯着眼睛接着问道："平时他上班之前先在哪里休息？"

"这个……"服务生有些为难地回答道，"我也不清楚，他们这群人很神秘的。"

神秘！童朵朵若有所思地点点头，神秘就对了，毕竟他是做"那个"的。

见童朵朵没有再发话，服务生捧着那瓶红酒逃也似的离开了这个地方。

童朵朵又掏出了小镜子，拿出睫毛膏在睫毛上面刷了刷，而坐在一旁的普小萄忽然有些良心发现，她往她的身边挪了挪，清清喉咙小心翼翼地问道："朵朵，你该不会是认真的吧，你要找……"

说到这里普小葡欲言又止,她实在不好意思把那几个字说出口。

而童朵朵恨不得找块儿豆腐塞住普小葡的嘴巴,难道给她说了自己的计划那么久,她都没有听到耳朵里?

"本小姐什么时候开过玩笑!"童朵朵道,"等着吧,今晚我就让他拜倒在我的石榴裙下!"

普小葡彻底无语,她咽了下口水,重新坐回自己的位置上,把宝贝儿子紧紧地搂在怀里,好像有人会欺负他们一样。

还不知道发生什么事情的逃逃眨巴着小眼睛,看看童朵朵,再看看普小葡,最终还是低下头"咕噜咕噜"地喝着自己的饮料。

见时间不早了,童朵朵感到越来越紧张,她拼命控制着自己狂跳的小心脏,最后一咬牙一跺脚,甩下一句"等我电话"就深吸一口气,踩着最锋利的高跟鞋消失在了普小葡的眼前。

第八章 真实身份

"妈妈,妈妈!"逃逃摇了摇普小萄的胳膊,张开小嘴问道,"朵朵姐姐哪里去了?"

"她……"普小萄哑口无言,她总不能告诉自己的儿子童朵朵是去找男人了吧。于是她顿了顿,苦笑着道:"她去厕所了,我们在这里等她。"

这时,一直安静着的舞台上走上来几个人,他们调试着各种乐器,使得原本惬意的气氛荡然无存。

普小萄有些不满地皱皱眉头,要知道她最不喜欢的就是这种喧闹场合了;逃逃却饶有兴趣地看着他们,把饮料都放到一边不喝了。

与此同时,一个长发齐肩的男人映入普小萄的眼帘,不知为什么,她的心一颤:这就是那个出现在自己记忆中的男人吗?他是谁?

坐在原地的普小萄没有轻举妄动,她静静看着舞台上的器械摆放得越来越满,就连正中央那盏绚丽的水晶灯也旋转起来,映在黑色的大理石上五彩斑斓。

这个画面,真的似曾相识,难道童朵朵没有胡说八道,昨天晚上她们真的来过这儿?

再也按捺不住自己的心,普小萄站起身走上前,咬着唇拍了拍正在调试吉他的一个男人的肩膀,男人诧异地转过头,他看着普小萄的脸,眼神中晃过一丝惊奇。

普小萄却呆住了,眼前的这个男人在灯光的照耀下宛如天使一般,他那透彻的双眸仿佛能洞察一切。他抿嘴一笑,使得普小萄原本不安的心更加紧张了。

"有什么事吗?"男人缓缓开口。

普小萄顿了顿,她移开还放在男人肩膀上的手,然后眼望别处,吞吞吐吐道:"你可以……可以过来到那边去吗?我……我想问你一件事情。"

男人的嘴角上扬,他放下手中的吉他,二话不说跟着普小萄来到了她的座位上。他坐在普小萄的对面,面无表情地看着她的脸。

"你想问什么?"男人率先开口打破了平静。

不知为什么,普小萄紧张得说不出话来,她用手抓着自己的衣袖,张开嘴道:"其实……其实我只是想问问那个长头发的男人是谁?"

男人转过头,看看舞台上正忙前忙后的身影,回答道:"他是不知名乐队的主唱,孔烨。"

孔烨……普小萄在心里喃喃自语,这个名字好像在哪里听到过。

忽然,普小萄一拍大腿——因为这个名字她刚刚在童朵朵的嘴里听过,难道她昨天就是想要他的电话?

普小萄眯起眼睛再仔细看了看正在忙碌的孔烨：遮住脸的长发，有些沧桑的背影，还是个乐队的主唱。她怎么可能向他要电话？

想到这里，普小萄禁不住对童朵朵产生了怀疑，难道这个小妮子从头到尾编了一个故事好让自己放松警惕？

普小萄越想心里越乱，如果这一切都是童朵朵编造的，那她潜意识中模糊的影像是什么？那丢失的记忆又是什么？

见普小萄愣在那里，被她叫来问话的那个男人饶有兴趣地问道："你在想什么？"

"没什么。"普小萄缓过神来，尴尬地笑笑，把视线移向这个男人，又迅速望向别处道，"我只是脑子里有点乱，我不记得昨天是不是来过这里。"

"你来过这里。"男人轻描淡写道，"而且还喝醉了。"

"你……你怎么知道！"普小萄吓了一跳，原来自己真的在这里出现过，并且莫名其妙地多了一个目击证人。

"因为……"男人刚要开口说话，不远处传来了"噔噔噔"的高跟鞋声音，他们不约而同地转过头去，只见童朵朵一脸惊愕地站在离他们不远的地方。

普小萄亲昵地向童朵朵招招手，也不知道怎么了，只见童朵朵快速环顾了一下自己的仪容仪表，然后迈着优雅的步子走了过来。

"嗨！"童朵朵满脸堆笑地打了一声招呼。

"嗨什么嗨！"普小萄略带诧异地问道，"这么快……你们……你们不会这么快就完事了吧？"

只见童朵朵瞪了普小萄一眼，然后侧过脸清清嗓子微微一笑道："星诚，你怎么在这里？我找了你好久。"

"星诚？这名字也有点熟悉，难道他们认识？"普小萄在心里琢磨道。

"你是……"星诚抬起眼，他好像对童朵朵没什么印象。

"我叫童朵朵，昨天晚上你帮我送我朋友回家，还记得吗？"童朵朵耐心地解释道。

没等星诚反应过来，只见普小萄"噌"地一下从椅子上坐起来，指着星诚道："你……你就是做'那个'的……星诚？"

"我是星诚没错，你说的做'那个'是……哪个？"星诚问道。

"'那个'……那个就是……"

没等普小萄说完，童朵朵一把把她拉到一边，压低了声音道："普小萄，别大惊小怪的！把他吓跑了怎么办？"

"我问一下，他就是昨天把我抱回你家的那个人？"普小萄再次确认道。

"没错，比确定你是女的还要确定！"童朵朵说罢，立刻转过身，脸上来了个一百八十度的大转变，笑道，"星诚，这里不方便，我们去那边聊聊。"

而普小萄留在原地，她有些无法接受这个事实，这么好的条件这么美的眼睛，竟然是……

"有什么事在这里说吧，一会儿我要开工了。"星诚没有要离开的意思，他看向童朵朵淡然道。

童朵朵立刻羞红了脸，她看看双手护胸的普小萄，再看看坐在旁边一脸茫然的逃逃，实在不好意思说出自己的决定，可是好不容易见到了自己的男神，她又不想因为胆怯而错过。

于是顿了三秒钟，童朵朵鼓起勇气道："星诚！我……我要做你今晚的客人！"

星诚大惑不解地轻笑一声，泰然道："这里都是我们的客人。"

什么？童朵朵瞠目结舌地看看四周，越来越多的人陆续落座，男男女女一个个应接不暇，这……都是他今晚的客人？

没等童朵朵从震惊中回过神来，只见星诚说了一句："时间到了，先告辞了。"就转身走向舞台的方向。

童朵朵与普小萄面面相觑，因为她们眼睁睁地看着星诚在舞台旁边脱下外套，换上一身闪着金光的夹克，拿着吉他大步流星地走上舞台。

"你……你不是说他是做'那个'的吗？"普小萄缓缓开口道。

此时的童朵朵也是大吃一惊，她看着他在舞台上拿着吉他熟练地调音的样子，心里百感交集，难道是自己误会了？

事不宜迟，童朵朵立刻抓了一个服务生问道："我问你，星诚是做什么的！"

服务生被她的气势惊到，只见他迟疑地说道："您说的是不知名乐队的吉他手星诚吗？"

"你可以走了。"童朵朵打发了服务生，这才意识到原来自己从一开始就搞错了，知道了星诚真实身份的童朵朵松了一口气。既然是酷炫的吉他手，那她可以光明正大地追求了。

童朵朵回到座位上，普小萄本想问个究竟，可是没等她先开口说话，舞台上就传出了优美的旋律，紧接着那个曾让普小萄停下脚步的声音再次传到了她的耳朵里。

"好熟悉的声音……"普小萄喃喃自语道，她闭上眼睛仔细聆听他的每一字、每一句，竟然是那样激动人心。

普小萄睁开眼睛,她看着舞台上的孔烨,难道昨天自己真的想向他要电话?那一定是爱上了他的歌声。

而一旁的童朵朵对孔烨的声音毫不在意。此时,她用手托住下巴,一脸幸福地看着舞台上弹着吉他的星诚,虽然星诚站在后面,没有孔烨那么光彩照人,但是仔细看看,星诚是这几个人当中最引人注目的,因为他的一举一动,都是那样帅气逼人。

与此同时,就连一直在胡思乱想的普小萄也不知不觉把视线转移到了刚刚认识的星诚身上。他站在一边微闭着眼,手指在琴弦上滑动,弹奏出了动人的旋律。灯光照在他的身上,宛如一个王子身上散发出的光芒,让人目眩神迷。

普小萄甩甩头,喝了一口杯中的冷饮。此时杯子中的冰块已经融化,和饮料融为一体。一直没有说话的逃逃拉拉普小萄的手,眨着眼睛道:"妈妈,我还要喝。"

"找你的朵朵姐姐去,她说她请客。"普小萄推却道。

此时的童朵朵心情大好,只见她一挥手道:"服务生!再来十杯!"

第九章 一万七千八

夜色已深,原本冷冷清清的小酒吧突然变得热闹起来。

一群男男女女在普小萄她们面前嬉戏打闹,遮挡了童朵朵直视星诚的那灼热目光。

童朵朵不满地皱起眉头,她对着有些昏昏欲睡的普小萄道:"喂喂!我们换个位置,换到最前面去,怎么样?"

普小萄睁开眼睛,恍惚中她看到了舞台最前方那张高级的沙发椅,于是顿了顿道:"人那么满,那里怎么会空缺,有人预订了吧?"

"没那回事!"童朵朵说罢,迈开长腿就走了过去,坐在舞台的最前方,近距离看着星诚的脸,一脸陶醉。

这一下可苦了普小萄和逃逃,为了搬运童朵朵任性时点的十杯饮料,他们两个来回了好几次才把它们成功地移到最前面的位置,其中来回奔跑的逃逃一路引起了很多人的关注。

"你们看,那个小朋友好可爱!"一个浓妆艳抹的女人指着逃逃道。

逃逃站在离她不远的位置停下了脚步,他有些警惕地看着她,不敢靠前。

"小朋友你过来,姐姐这里有好东西给你吃!"女人拿出一块糖果,在逃逃眼前晃了晃,想要诱惑他。

一听到有好东西吃,生下来就是吃货的逃逃舔舔嘴角,犹豫半天还是开口拒绝道:"我妈妈说,不能吃陌生人的东西。"

说罢,逃逃就迅速地跑开了。

他一下扑进普小萄的怀里,爬到她的身上,狠狠地亲了她一口。普小萄紧紧搂着他——果然还是逃逃才能让她安心。

舞台上的星诚似乎也注意到了他们,当他看到普小萄和一个小男孩这么亲昵的时候,他眼神中原本的自信瞬间凝固。

没有人知道,普小萄其实早就住在了星诚的心里。

一曲结束,整个酒吧变得沸腾起来,这时,星诚放下吉他从舞台上走了下来,他潇洒的身影顿时引起围观他的女粉丝一阵尖叫。

只见他拿起一杯红酒,缓缓走到童朵朵和普小萄面前道:"两位小姐,感谢你们的捧场,我代表不知名乐队向你们敬酒。"说罢,星诚仰头一饮而尽。

幸福来得太突然!

童朵朵万万没想到看似低调的星诚竟然会在大庭广众之下向她敬酒,难道她的春天终于要来了吗?

"那个……谢……谢谢……"童朵朵有些语无伦次,她站起身摸向酒杯,不料除了饮料,就只剩下那杯还剩一半多的威士忌。

或许太兴奋,或许童朵朵一时间大脑短路,她顾不得那么多了,端起那杯酒就喝了个底朝天。

普小萄惊呆了,她急忙扶住童朵朵,然后不好意思地看向星诚道:"我朋友有酒后发疯的先例,如果她想对你做什么,你顺着她就是了,否则她会带着西蓝花挠你!我就是这么被威胁来的!对了,你可能会问我西蓝花是谁,我告诉你,其实它的本尊是一条流浪狗。"

星诚的头上冒出三条黑线,他看着普小萄的小嘴一张一合,一口气说了那么多,便开口打断道:"那个……小萄?我先上去了。"

"啥?"普小萄愣住了,他怎么知道她的名字?

在普小萄有些诧异的眼神下,星诚一步跨上了舞台,他重新拿起那把吉他,融入五光十色的舞台中。

此时的童朵朵在酒精的促使下变得更加大胆,她的小脸微红,一边大喊着:"星诚!我爱你!"一边恨不得挣脱普小萄的阻拦,冲到舞台上扑倒在星诚的怀里。

逃逃却不解地看着这两个有些奇怪的女人,满眼的疑惑。

普小萄无计可施,她一巴掌捂住了童朵朵的嘴,并生拉硬拽地把她拉回椅子上,威胁道:"如果再丢人现眼,我现在就带着逃逃走!"

童朵朵瞬间冷静,她一把抱住逃逃,压低了声音道:"你走可以,把逃逃留下!"

普小萄无语,看来童朵朵还没有喝醉。

余下的时间,童朵朵还算冷静,她眼睛一眨不眨地盯着舞台上的星诚,如果可以,她真想永远都这样肆无忌惮地看着他。

而普小萄晃着手中的饮料一副心事重重的样子,她的心里真的有些凌乱,为什么仅仅一天的时间,她就前后关注了两个男人,难道她真的如童朵朵所说，单身久了会想男人想到欲火焚身吗？

这怎么可能！

吃饱喝足的逃逃依偎在普小萄怀里，他小小的手拽着普小萄的衣角，一直舍不得放开，看看她若有所思的样子，禁不住唤了一声："妈妈。"

"我在。"普小萄弯起嘴角，露出了甜甜的笑。

"妈妈，那个哥哥看着不错哦！"逃逃眨巴着眼睛，一脸的天真无邪。

突然转到这个话题，让普小萄有些不适应，她看看四周没有人注意他们，于是压低声音问道："哪……哪个哥哥？"

"就是刚刚喝酒的那个哥哥。"逃逃童言无忌道，"他好帅啊，看起来和妈妈很般配，而且妈妈刚刚一直在盯着他看。"

普小萄恨不得找一个地缝钻进去，没想到这么一个小细节竟然让逃逃发现了。碍于大人的尊严，普小萄还是故作严肃地教育道："看人不能光看外表，内涵比较重要！内涵，你知道什么是内涵吗？"

逃逃摇摇头。对于这个词，他还真没有研究过。

"内涵是一种抽象的东西。"普小萄只说了一句就编不下去了，于是她顿了三秒钟又敷衍道，"你还小，长大了你自然就明白了。"

而逃逃歪起脑袋，满脸十万个为什么地问道："那抽象是什么意思？"

"抽象是……"普小萄凌乱了，她又不是字典，怎能解释这么多深奥的词语！

看看时间不早了，普小萄举起手在童朵朵眼前晃了晃道："酒你也喝了，星诚你也见着了，逃逃明天还要上幼儿园，我们可以考虑撤了吗？"

"再等一下，三分钟！"童朵朵一边说一边掏出手机，用这最后三分钟的时间,把星诚上上下下左左右右拍了个遍,才心满意足地叫来服务生道:"结账!"

"您好,一共一万七千八百元,现金还是刷卡?"服务生恭敬道。

"什么?一万七千八!"普小萄的眼珠子都快掉下来了,"你算错了吧?"

就连土豪童朵朵也禁不住大吃一惊道:"你没看小数点吧?就这几杯饮料,一万七千多?"

看着两人有些惊讶的目光,服务生不慌不忙地开口解释道:"是这样的,两位小姐,您现在坐的地方是贵宾专享区,起价三千元,每小时按一千元计算,加上今天有乐队敬酒的环节,一杯酒是八千元,一首歌是八百元,您一共点了三首歌,再加上您点的威士忌和十二杯冷饮,一共加起来一万七千八百元。请问是现金还是刷卡?"

"本姑娘纵横夜店酒吧这么多年,从来没有听说过贵宾区每小时一千元跳价的!更没听说敬一杯酒八千元的!再说了,也没人告诉我这是贵宾区!你们这明摆是乱收费!"童朵朵咄咄逼人道。

"小姐,所有的消费都是明码标价的,不相信你可以看一下,而且贵宾区在这里写着,所有人都知道这里是贵宾区。"服务生回答道。

童朵朵顺着服务生的手往桌子旁边看去,只见那里立着一个金色的小牌子,上面写着"贵宾专享区"这几个字,下面还有一些收费的事项,如果不特意去看,还真是很难注意到。

看到这个牌子,童朵朵更生气了,她站起来,指手顿脚道:"鬼晓得那里会立个牌子,还有下面的那些字小得跟蚂蚁一样,不用放大镜根本看不见!"

看着服务生有些为难的样子，童朵朵把小手一挥，忍住愤怒道："算了！我童朵朵向来就事论事，我不为难你，把你们经理叫过来，我和他说！"

"好的，您稍等一下。"或许是怕童朵朵撒泼，服务生转身一溜烟地离开了她们的视线。

一直插不上话的普小莓看着周围人投来的异样目光，有些尴尬地凑到童朵朵耳边道："朵朵，算了，我的银行卡里还有点儿钱，你看你那儿有多少，我们凑一凑，别和他们较真儿了。"

"我不是较真儿！"童朵朵把双手盘在胸前，怒气冲冲道，"我不缺钱，这点钱不算什么，我是气他们对消费者的隐瞒！难道我们坐过来的时候服务生就不能提醒一下吗？就算是他们没有提醒的义务，那好，我们坐到了贵宾专享区，难道不应该过来招待一下吗？这个服务态度也实在太差了吧！"

"可能他们也没有看见吧。"普小莓劝慰道，"你看这里到处都坐了人，他们也不会在意这里有没有人，对不对？"

"你太天真了，"童朵朵翻个白眼，"如果他们不知道我们什么时候坐过来的，那一小时一千块的计时，他们怎么计算的？"

"这……"普小莓哑口无言，童朵朵说的也有道理，至少来到贵宾区也要有一个服务生前来接待一下，而且星诚下来敬酒的时候，也没有人提醒她们那是要收费的。

这时，逃逃来到了童朵朵的身边，他用小手拍拍她的胳膊，人小鬼大地说道："朵朵姐姐，不要生气，生气会和妈妈一样长皱纹的……"

没等逃逃说完，普小莓一把把他拽了回来，说道："小孩子不能瞎说，妈妈哪里有皱纹！"

第十章 免单

与此同时,一个身材魁梧的男人向普小萄她们走过来,那个服务生跟在身后。如果不是停在了她们面前,她们还真不知道这个魁梧男人的身后还藏着那个服务生。

"您好,我是酒吧经理,我叫郑凯隆,这是我的名片。"郑凯隆一边说,一边递上了自己金闪闪的名片。

童朵朵没有拒绝,她站起身接过名片,然后说道:"郑经理,我看你也是个明白人。我问你,我们第一次到这个贵宾区,却没有人提醒我们这里的消费要求,这是谁的错?"

"这是我们的疏忽。因为客人太多,有招待不周的地方,还请这位小姐理解见谅。"郑凯隆心平气和道。

只见童朵朵轻笑一声,毫不胆怯地说道:"理解?没法理解!见谅,更不能见谅!今天我要把话说清楚,你们这样蒙骗消费者,简直就是黑店!"

见童朵朵不好对付,郑凯隆也加重了口气道:"小姐,本酒吧的营业执照都是齐全的，那些附加的消费项目也是合法经营的，所以您不能说我们是黑店，怪只怪您没有看到贵宾区的牌子，这是您的问题。"

"你的意思是说我老眼昏花，还是说我眼大漏神？"童朵朵眯起眼，控制着自己心中熊熊燃烧的小火焰道，"如果你再拐弯抹角不给我解决问题，信不信我今晚就找人砸了你们家门口的玻璃，让你们酒吧不止损失一万七千八！"

郑凯隆也不是吃素的，只见他一字一顿道："小姐，我们这里都是有监控录像的，您要对您说的话负法律责任。如果您再无理取闹的话，我们可以告您恐吓威胁罪。"

童朵朵才不管三七二十一，不顾普小萄的阻拦，她一把拿起一个杯子摔到地上，然后脸不红心不跳道："怎样！您是不是还要告我损害公物罪？你以为本姑娘怕你？"

见围观的人越来越多，情况变得一发不可收拾，郑凯隆立刻拿着对讲机道："保安！保安！过来舞台贵宾区！"

"哼！"童朵朵冷哼一声。她还真不怕，从小闯到这么大，什么世面没见过，这点雕虫小技她司空见惯，可是剧情的发展吓坏了她旁边的普小萄。

要知道普小萄向来都是守法公民，以和为贵。此时的她，紧紧地把逃逃抱在怀里，而怀中的逃逃可能因为害怕，整个身子都在瑟瑟发抖。

一眨眼的工夫，几个手拿警棍的保安排着队走了过来，看着他们的阵势，普小萄感到自己的双腿都软了，她一下子瘫坐在沙发上，心紧张得都要跳出来了；童朵朵却盛气凌人地站在那里，好像自己不是当事人一样。

"小姐，有什么不满我们到办公室去说，如果您不配合，那就对不起了，我只好让保安把您拉出去，到时候失礼了可别怪我。"郑凯隆再次开口道。

童朵朵依旧言辞犀利道:"你当我是谁?让我跟你去办公室我就去?那里安不安全还不知道,你以为我傻?"

由于出了突发事件,乐队的演奏也被迫停止,他们看着围着里三层外三层的人群,不知如何是好。只有星诚一脸凝重,因为他注意到了被围在正中间的是童朵朵和普小萄。

争吵使酒吧变得分外安静,星诚隐约听到童朵朵那尖锐的声音,不知为何,几个保安走上前,一把抓住了童朵朵和普小萄,把她们往外拉。而吓坏了的逃逃号啕大哭,他用小手拉住普小萄的一只胳膊,敲着保安的腿,哽咽道:"放开我妈妈!放开我妈妈!"

看到事情变成这样,星诚的眉头皱成了一团,情急之下,他走到舞台中间,一把抓过麦克风道:"放开她!"

所有人都愣住了,他们把视线移到舞台星诚的身上。只见星诚跳下舞台,一脸严肃。

几个保安一时之间不知如何是好,他们面面相觑,没有移动步子,也没有松开拉住她们的手。

不知为何,人群看到星诚走了过来,都自觉让出了一条小路。童朵朵似乎见到了救世主,只见她热泪盈眶道:"星诚!你来评评理!他们太过分了!"

星诚没有理会童朵朵,他径直走到保安身边,再次开口道:"放开她们!"他的口气冰冷,感觉不到任何温度。

几个保安为难地看看郑凯隆,而郑凯隆看到酒吧的红人星诚都发话了,于是无奈地叹了一口气道:"听他的。"

要知道,星诚虽然低调,平时不出风头,但是在这个酒吧,他可是有名有望的,每晚酒吧里都有一大群人是为了看星诚而来的。

在星诚面前,郑凯隆的锐气立刻减了一半,只见他把双手握在一起,有些尴尬地说道:"星诚,我解释一下,其实……"

星诚没有说话,他只是抬起眼,示意了一个"打住"的眼神,郑凯隆立即闭上了嘴,没有再说话。

在众人诧异的目光下,星诚走到普小萄的身边。他慢慢蹲下身子,把啜泣着的逃逃轻轻抱在怀里,柔声道:"宝宝乖,不怕。"

不知道为什么,向来对陌生人有距离感的逃逃忽然感到了一些安心,他趴在星诚的肩膀上,嗅着他身上的绿茶香味,停止了哭泣。

星诚忽然间的暖男形象,捕获了好多少女的心。她们有的甚至拿出手机,拍下了这难得一见的温馨场面。

接着,星诚缓缓走到已经彻底搞不清楚状况的郑凯隆面前,道:"郑哥,单子记在我名下,待会儿我结账。"

郑凯隆看看星诚,再看看他抱着的逃逃,一脸不解道:"你们认识?"

"她们是我的朋友。"星诚道,"郑哥,看在我的面子上,这件事情到此为止。"

恍然大悟的郑凯隆似乎明白了什么,只见他的态度来了个一百八十度的大转弯,看向童朵朵客气道:"小姐,真是不好意思。我不知道您和星诚是朋友,刚刚的事情还请您见谅,这次的单给您免了,就当是我们给您道歉!您看这样可以吗?"

童朵朵揉了揉泛红的手腕,她高傲地挑挑眉道:"看在星诚叫你郑哥的分上,我就不追究了。"

事情告一段落,看热闹的人渐渐散去,几对激情四射的男男女女重回舞池，孔烨也趁此机会拿起麦克风开了嗓。瞬间，酒吧就像什么事情都没有发生过一样，再次热闹起来。

消了气的童朵朵拉着普小萄重新坐回贵宾专享区，而普小萄心有余悸道："朵朵，我们还是不要坐在这里了，一个小时一千块呢！"

"怕什么，那个姓郑的都说了今天给我们免单！"说罢，童朵朵直呼道，"服务员！来一个最贵的果盘！"

这时，星诚抱着逃逃坐到了普小萄身边，一遇到事情就大脑短路的普小萄这才意识到自己的宝贝儿子一直在星诚怀里，于是急忙抱歉地笑笑："还没谢谢你呢！这次多亏了你，不然我们都不知道会被拉到哪里去了。"

"没必要说这些。"星诚一边说，一边把抱着的逃逃还给普小萄，在接过逃逃的瞬间，普小萄先碰到了星诚的手，毫无心理准备的她像触电一样，脸上瞬间红透。

星诚还不知道发生了什么，只奇怪自己把逃逃举到了半空中，普小萄却不知为何没有去接。于是他自顾自地把逃逃放在了普小萄和童朵朵中间，然后开口问道："这是您儿子？"

"嗯。"普小萄不敢直视星诚的目光，她轻轻地点了点头，伸出手把逃逃搂在了怀里。

星诚的目光有些暗淡，他下意识地看向普小萄的左手，却惊讶地发现她的手上光溜溜的，好奇心促使他情不自禁地问道："你结婚了，为什么没戴结婚戒指？"

"难道就不能有单身母亲吗？我认识她六年，就连她生儿子那天都是我陪着她去的，也不知道他的男人哪里去了！"童朵朵愤愤不平地插言道。

"不要胡说！"普小萄白了童朵朵一眼，紧紧搂着逃逃道，"不要在我面前提他！我有我的宝贝儿子就够了。"

星诚在一旁尴尬地笑笑，得知普小萄是一个单身母亲，一个人带着孩子，他的心里莫名其妙地有些难过。

星诚看向逃逃，他摸了摸逃逃可爱的小脸，柔声问道："小朋友，你叫什么名字？"

"我叫逃逃。"逃逃看着星诚，认真地回答道。

"逃逃……"星诚默念着他的名字，继续道，"你一定很淘气吧？不然怎么会叫你淘淘呢？"

"不是淘气的淘，是逃跑的逃！"逃逃纠正道。

星诚大吃一惊，他看向普小萄，说道："他到底几岁？这么小的孩子就识字了？"

"我五岁了。"逃逃抢着回答。

童朵朵也急着补充道："你可不能把他当五岁的孩子看，他可是个天才儿童，《三字经》可以背五页！圆周率能背到小数点后三百位！"

"朵朵姐姐，我现在能背到五百位了！要不要我背一遍给你听听？"逃逃歪过头再次纠正道。

"哇！逃逃好厉害，姐姐奖励你一个大草莓！"童朵朵适时地用食物堵住了逃逃的嘴。要知道，上次她心血来潮，听了逃逃背完圆周率小数点后三百位后，满脑子都是挥之不去的数字……数字……数字……

单纯的逃逃美美地品尝着童朵朵胜利的战果，瞬间忘记了自己想背诵圆周率后五百位的冲动，他把最后一口草莓塞进了嘴里，满足地舔了一下嘴角。

第十一章 假装坚强

在得知逃逃的与众不同之后,星诚饶有兴趣地又拿了一颗草莓递给逃逃。

"谢谢。"逃逃笑着接过草莓,对着星诚眨眨眼睛道,"哥哥,你长得好帅,我长大了也要像你一样帅。"

这句话逗得三个人哭笑不得,尤其是星诚。他难得咧嘴一笑,摸摸逃逃的西瓜头道:"逃逃长大了也一定是个大帅哥!不过你应该叫我叔叔才对吧?"

"不要在意,他把多大的男人都叫哥哥,把老奶奶也叫姐姐!他说这样子比较有礼貌。"童朵朵又抢着道。

星诚轻笑一声道:"逃逃还真是有趣。"

也不知道是哪里来的兴致,星诚坐在这里竟然不想离开。看看舞台,不知名乐队正在奋力地表演着,另一个吉他手填补了他的空缺。他的离开,似乎对乐队的表演没有什么影响。

于是星诚提议道:"我们一起喝一杯吧!几位想喝点什么?"

童朵朵听后鼓着掌道:"我要威士忌!"

而普小萄分外冷静道:"我还是算了,和你喝一杯酒要八千元呢!再说时间不早了,我要领逃逃回家了。"

星诚撇撇嘴,打趣道:"难道我还不值八千元?"看着普小萄有些诧异的眼神,星诚急忙补充道,"开玩笑的,郑哥都说了,今天免单!"

"那我也不喝了。"普小萄指指桌上的空杯子道,"光饮料就喝了五六杯,厕所就上了三趟,你还是饶了我,让童朵朵陪你喝吧。"

说罢,普小萄起身,她凑到童朵朵耳边,对着她神秘道:"我给你们让地方!要好好把握哦!"

听到普小萄这么说,童朵朵顿时有了一种赶紧放她回家的冲动,只见她摆摆手,做了一个飞吻的动作,毫不挽留地道:"真是我的好姐妹,慢走,不送!"

"那我就先走了。"普小萄说罢,拉着逃逃道,"跟哥哥姐姐说再见。"

"朵朵姐姐再见,帅哥哥再见!"逃逃摆摆小手,模样很是招人喜欢。

在童朵朵的目送下,普小萄牵着逃逃离开了他们的视线。星诚坐在原处,看着他们离开的方向,目光有些失落。

没有"电灯泡"的干扰,童朵朵朝着星诚身边挪了挪,她近距离地看着星诚那长长的睫毛,清清喉咙道:"星诚,你有没有女朋友?"

星诚没有回答,因为此时他的视线还留在普小萄消失的地方,心不在焉的他,完全没有听见童朵朵说的话。

"喂！"童朵朵咬着唇，屏住心跳，用指尖戳了戳星诚的肩膀，口气变得撒娇，"你在想什么？人家在和你说话呢！"

星诚这才缓过神来，但是他的第一句话就是："天那么黑了，我去看看他们有没有找到车。"

说罢，他不顾童朵朵有些诧异的眼神，起身快步跑出了酒吧。他站在酒吧门口，一眼就看见了对面在夜色中等待的普小萄。

"普小萄！"星诚念叨了一声，就冲了过去。同时，普小萄也注意到了马路上飞奔着的身影，心里还嘀咕着："这人赶着投胎啊……不要命了……"

眼尖的逃逃却蹦跳着指着那个人影道："妈妈！是帅哥哥！帅哥哥！"

帅哥哥？普小萄在脑海中回忆了一遍，终于想起了逃逃口中的"帅哥哥"是何人。

说时迟那时快，在普小萄回想的瞬间，星诚已经气喘吁吁地来到了普小萄的面前，虽然知道了来者是谁，但是看到星诚那上气不接下气的模样，普小萄还是有些惊讶。

"你怎么来了？你不好好陪童朵朵，跑到这里做什么？"普小萄张开嘴，语气中满是不解和责备。

"我为什么要陪她？"星诚喘着气，看着普小萄的眼睛，反问道。

普小萄撇撇嘴，她想了想，回答道："因为她喜欢你。"

星诚轻笑了一声，他实在搞不懂普小萄的逻辑，于是半开玩笑半当真道："喜欢我的人不只她一个，难道我都要陪？"

这句话让普小萄哑口无言，她移开了视线，嘴里喃喃道："童朵朵和她们不一样，她是真心喜欢你，不是一时兴起……"

"可是我不喜欢她。"星诚直言不讳。说罢，他轻轻抬起普小萄的下巴，迫使她看着自己炽热的眼睛："普小萄，你相信一见钟情吗？"

普小萄一把推开星诚的手，她下意识地看向站在她身边的逃逃，只见逃逃正仰着脑袋，眼睛一眨不眨地看着他们。

"你放尊重一点！我儿子还在这里呢！"普小萄的口气有些急促，但是没有掩盖住她的脸红心跳。

星诚咧开嘴笑了，星光下的他是那么迷人，就连天空中最耀眼的星星，与他相比都显得黯然无光。

与此同时，还以为自己说错什么话的童朵朵也找到了酒吧的门口，她站在路灯下，看着马路对面的星诚和普小萄正站在一起，不知道在说着什么。她的心碎了一地。

他们站得很近，她看到星诚亲昵地抬起了普小萄的下巴，也看到了星诚那难得一见的笑容。这时她才意识到，原来不是自己说错了什么，而是自己即使再说些什么，都无济于事了……

一边是她苦苦追寻多年才遇到的男神，一边是她最好的朋友，童朵朵垂下头来。即使站在路灯下，她也能感到自己正沦陷在黑暗中，无法自拔。

或许是承受不住马路对面那刺眼的风景，童朵朵犹豫再三还是迈开了步子，回到自己离开的地方，她的心里虽然失望，但是她还保留着一丝幻想，或许星诚还会回来。

有些不知所措的普小萄没有意识到这一切，此时的她正用手抠着衣角，咬着嘴唇看着自己的鞋尖道："朵朵一个人一定很孤单，我不能陪她，所以你还是赶快回去，替我去陪她，好不好？"

沉默了三秒钟，星诚妥协道："我可以答应你的要求，我会过去陪她。"

"太好了。"普小萄笑道，"那她一定会很开心的，你快去吧，她一定在等你回去！"

"既然你不让我送你回家，那就让我看着你上车再离开，这点要求不过分吧？"星诚讨价还价道。

"你……"普小萄完败。正当她想着怎么继续说服星诚赶快回去的时候，一辆出租车呼啸而来。

来得早不如来得巧，普小萄好庆幸这个时候会出现一辆出租车来解救她，于是她冲着星诚道："我们走了，记得回去陪朵朵！"于是拉着逃逃上了车，飞驰而去。

被抛弃的星诚露出一丝苦笑，他本有一肚子的话想说，但是那些话还没有说出口，就这样结束了。

迎着微风，星诚心情凝重地走回了酒吧，一想到等会儿要独自面对那个缠人的童朵朵时，他的脚步也变得格外沉重。

果真，穿过人群，来到贵宾专享区，童朵朵一个人坐在那里，只是桌子上多了两个空酒杯。

星诚坐在她的对面，一脸心事重重。童朵朵看见星诚虽有些小激动，但因为刚才的那一幕，她也安静了很多。她抬起有些微醺的眼，妩媚地笑了一下道："星诚，你还没有回答我问的问题。"

"什么问题？"星诚面不改色道。

"你有女朋友吗？"童朵朵再次问出口。

"没有。"星诚轻描淡写。

"那你喜欢什么类型的女生？"童朵朵继续道。

"什么类型……"星诚犯了难。

这时，一个染着黄色头发的小女生颤颤巍巍地把一张纸递到了星诚的面前，面容羞涩地道："星诚，你好，可以请你帮我签个名吗？"

星诚下意识地皱起了眉头，他的表情有些为难，想要拒绝却不知道当着童朵朵的面如何开口。

看着星诚有些尴尬的神色，童朵朵代替他回复道："他不签名，我的名字你要吗？我可以帮你签。"

小女生好不容易鼓起的勇气就这样被践踏了，只听她吞吞吐吐道："那……那还是算了。"就灰溜溜地跑开了。

看着童朵朵替他解围，星诚由衷地说出了一句："谢谢。"

"不客气。"童朵朵轻笑一声，她拿起酒杯，又喝了一口道："你应该不喜欢我这种大大咧咧的女汉子吧？"

星诚抬起眼，他看着眼神有些复杂的童朵朵缓缓开口道："其实我还蛮欣赏你的这种个性，至少可以保护自己。"

听完这句话，童朵朵意味深长地叹了一口气，喃喃道："星诚，你有没有听说过人越缺少什么，就越想表现什么，或许我就是那种人。为了掩饰自己的不安，所以就要假装坚强，久而久之，就变成了现在这样的个性。"

星诚似懂非懂地点点头道："或许吧，这样也没什么不好……"

"这样不好……"童朵朵打断了他的话，她看向星诚那双让自己神魂颠倒的眸子，一字一顿道，"真的不好，因为你仅仅是欣赏，而不是喜欢。"

星诚愣住了，想必他明白了童朵朵的言外之意。好在普小萄已经事先给他提过醒，才使得他没有那么惊讶。只见星诚沉默了三秒，开口道："我想我们应该不是很适合。"

"还没有在一起，怎么谈适不适合？"童朵朵说罢，又冲着服务生叫了一杯威士忌。不知为什么，她竟然爱上了这浓烈的味道。

看着桌子上几个空酒杯，星诚适时阻止道："童朵朵，你不能再喝了！"

童朵朵愣住了，她用有些迷茫的眼睛看向星诚道："你刚刚说什么？"

"我说你不能再喝了！"星诚无奈地重复道。他把果盘推到童朵朵的面前，口气有些强硬："不能喝还要硬喝，真是有个性！"

"你刚刚叫了我的名字，对吗？"童朵朵无视了星诚的好意，一字一字清晰地问道。

星诚顿了一下，他回忆了一下自己刚刚说过的话道："好像是的。"

只见童朵朵咧开嘴，脸上又挂上了灿烂的笑容，他叫了她的名字，她就心满意足了。

看来，她是真的喜欢上了他。

第十二章 一见钟情的回忆

半小时之后,普小萄终于带着逃逃回了家,看看时间,已经十一点多了。普小萄看着坐在沙发上已经没有什么精神的逃逃,口气中略带抱歉道:"逃逃,你一定累坏了吧,不然明天妈妈再给你请天假,让你一觉睡到自然醒好不好?"

"不要,"逃逃摇了摇头,他揉了揉眼睛,口气坚决地道,"明天逃逃要去幼儿园,逃逃有大事要办。"

"呦?你还有大事?"本想让逃逃早点睡觉的普小萄来了兴致,她坐到逃逃身边,一脸好奇地问道,"妈妈教过你要分享,什么大事?分享给妈妈听听!"

"不要,这是逃逃的小秘密!"逃逃人小鬼大,"逃逃也要有自己的小秘密!"

普小萄哑然失笑,这个五岁大的孩子已经发展到注重隐私的地步了,看来自己还真不能轻视他。她把逃逃搂在怀里,就像逃逃搂着他最心爱的毛绒玩具一样,逃逃就这样安心地睡去了。

普小萄把他抱回卧室后,自己则坐在沙发上发呆。她的脑中一直回忆着刚刚发生的事情,那个叫星诚的男人,他是在对自己表白吗?

怎么可能!普小萄摇了摇头——酒吧的红人,帅到让人无法直视的星诚,怎么可能会看上一个土到掉渣,并带着一个儿子的单身母亲?

普小萄倚靠在沙发上,她闭上眼睛,强迫自己不要再胡思乱想。可是寂静的夜,越发凸显出了她的孤单,使她不得不重新陷入回忆。

她还记得星诚问她的那句话,他问她:"你相信一见钟情吗?"那个让普小萄脸红心跳到逃避的问句,她现在都还记得。她当时太慌张了,以至没来得及细想,现在回想起来,这句话却似曾相识。

记得六年前一个微风徐徐的秋天,那时的普小萄刚刚毕业,为找工作而到处奔波。她手里拿着好几张面试用的表格,急匆匆地赶往一个又一个面试地点。

那时的她比现在还要穷困潦倒,她舍不得坐车,于是沿着马路一直走。在拐过一个十字路口时,由于心里一直默念着面试时可能会用上的材料,她不小心差点撞上一辆黑色高级轿车。

普小萄虽不懂车,也可以看出那辆车价格不菲。她捡起被风吹到地上的表格,然后对着车里的人连连道歉道:"对不起,对不起。"

车里的男士戴着一个大大的墨镜,他微微蹙起眉头,高挺的鼻子下薄唇微抿,想要说些什么却欲言又止。

普小萄见对方没有怪罪，于是微微欠身快步离开了那个地方，朝着下一个路口跑去。在奔跑的途中，她还心有余悸，因为她即使没有看见那个男人的容貌，但从他的气质中也可以感到他那强大的气场。

她一口气跑了好远，直到感觉自己的心都快要跳出来了，才扶着电线杆停下了脚步。她站在原地大喘着粗气，等平复了狂乱的心跳后，她才重新迈开了脚步。

这时，她身后传出了一个急刹车的声音，刚刚才逃离危险的普小萄忍不住转过头看去。

令她惊讶的事情发生了——竟然还是那辆黑色的高级轿车。让她更加惊讶的是，那男士下了车，大步流星走向普小萄，没有丝毫的犹豫。

普小萄被他的气势吓到，她看着西装革履的他朝着自己一步步走近，不禁下意识地向后倒退，只可惜这下倒退让她退到了墙边。

男士站在普小萄面前，嘴边露出了一丝神秘的笑意。直到现在，普小萄还记得那时的她被他左耳上的银色耳钉晃着了眼睛。

"你……你是谁……"普小萄努力控制住自己内心的忐忑，问道。

男士没有说话，他只是用两只胳膊抵在普小萄的左右两侧，静静地看着她。

普小萄可以从他那黑色墨镜中看到一脸慌乱的自己。她不知道他是谁，他想做什么，但是也不知道为什么，她的心里虽有不安，却又有难以抑制的心动。

就这样，两人对视了长达十秒之久，直到普小萄再次开口道："我……我要去面试，我要迟到了。"方才打破了这让人感到窒息的气氛。

男士看着她,终于开口问道:"你相信一见钟情吗?"

那时的普小萄愣住了,她不明白他的言外之意,但是她知道,如果自己再不逃走,一定会忍不住想要看看他墨镜下的眼睛。

于是普小萄深吸一口气,她一下子推开那位男士,朝着远处拼了命地奔跑,那天她是汗流浃背地抵达面试地点的。由于这起突发事件,导致她把精心准备的面试词忘得一干二净。

收起对往事的回忆,普小萄露出了苦涩的笑容。那个秋天是注定要遇见他的,可是遇见他是注定会受伤的。

普小萄拭拭将要溢出的泪水,现在的她已经不像以前那样软弱,每当回忆起往事,都会哭个昏天暗地。或许她明白了,女人的眼泪如果没有人珍惜,真的是分文不值。既然那样,那么为什么要让它白流?

"你相信一见钟情吗?"

"你相信一见钟情吗?"

"你相信一见钟情吗?"

即使说好了不回忆,这句话还是在普小萄的脑海中挥之不去。想着想着,普小萄禁不住再次想到了星诚。也不知道他和童朵朵发展得怎么样了?

与此同时,普小萄牵挂着的童朵朵已经倒在酒吧里不省人事。两天倒了两个人,这两个人还是好朋友——这戏剧性的一幕,真的让星诚一个脑袋两个大。

"喂!你醒醒!"星诚没有怜香惜玉,他用力地摇着童朵朵的肩膀。

这时,下台休息的孔烨坐到了他的身边,他对星诚说道:"一晚上就见你在这里陪酒了,也不见你上台表演,怎么,情窦初开了?"

"不要乱说!"星诚的表情变得严肃起来,"快帮我想想办法,我应该怎么办?"

"开车送她回家!还能怎么办?"孔烨耸耸肩,一脸的若无其事。

"可是我喝酒了。"星诚开始后悔了,早知道事情会发展成这样,自己刚才就应该滴酒不沾的。

孔烨凑上前,他仔细瞅瞅童朵朵的脸,然后话里有话道:"是个美女。星诚,你眼光够高!"

星诚懒得和他解释,都这样了,谁还有心思和他开玩笑。正在星诚想着出去拦辆车子把童朵朵送进宾馆的时候,孔烨拦住了他的去路。

"星诚,我开车送她好了。"孔烨提议道。

"你?"星诚用诧异的眼光看看孔烨,有些难以置信道,"我怎么不记得你这么助人为乐过?"

"包在我身上好了,今晚还有两首歌,唱完我就送她,正好我有空。"孔烨若无其事一般,开口道。

星诚虽然有些犹豫,但他看看趴在桌上的童朵朵,再看看外面的夜色,最终还是接受了孔烨的提议。

半个小时后,孔烨把童朵朵抱到了自己的车上。他看着她熟睡的脸,嘴角露出了一丝笑意。

这个漂亮的女人,他在昨天就已经注意到了,窈窕的身材,性感的红唇,没想到今天居然可以这样肆无忌惮地接近她。

孔烨的心里有些忐忑,又有些兴奋。他开着车,频频从后视镜看向童朵朵的侧脸，他的眼睛闪烁着犹豫不定的神色。终于，他咬咬牙，径直把车子开到了一个还算华丽的宾馆门口，抱着她走了进去。

在众人诧异的眼神下，孔烨一路抱着她开好了房间，然后又抱到房间，反锁上了门。

躺在床上的童朵朵依旧沉睡不醒，她眼角的眼线有些微晕，但唇上的口红依旧艳丽，孔烨坐在床边看着她美丽的容颜，久久不曾移开过眼睛。

时针指向十二点，水声停止。孔烨裹着浴巾从浴室里赤脚走了出来，水珠顺着他的长发滴到地上，一滴一滴宛如晶莹剔透的水晶一般，一路滴落到童朵朵的身边。

他轻轻爬上床，嘴角流出了一丝匪夷所思的笑意。他感到自己的身上热到发烫，狂乱的心跳使他迷失了自己，一股不冷静驱使着他伸出手，慢慢拨开了童朵朵散落在胸前的长发……

第十三章 早餐的回忆

第二天,天刚蒙蒙亮,沉睡中的普小萄被闹钟惊醒。她睁开眼睛才发现,原来昨天竟然困得在沙发上睡着了。

她站起身,活动了一下酸痛的四肢,然后到厨房准备给逃逃做一顿爱心早餐。

逃逃平时最爱吃的就是鸡蛋,每天早上两个熟鸡蛋、一杯牛奶,就可以让逃逃一整天充满活力。可是今天普小萄心血来潮,她从冰箱里拿出隔夜的米饭,决定大显身手,给逃逃做一个丰盛的蛋炒饭。

或许味道实在太香,还没等到普小萄叫逃逃起床,逃逃就已经揉着眼睛迷迷糊糊地站到了普小萄的身后。他小小的身影靠在墙上,眼睛一眨不眨地看着普小萄忙碌的背影,乖乖地没有说话。

待到普小萄大功告成,捧着一碗热腾腾的蛋炒饭小心翼翼地转过身时,才发现了一直盯着她看的逃逃。

"妈妈,早安!"逃逃稚嫩的声音响起。

"早安,逃逃。"普小萄莞尔一笑,她觉得最幸福的事情,莫过于此。

普小萄蹲下身子,把蛋炒饭举到了逃逃的眼前。还没等普小萄开口,逃逃就忍不住夸赞道:"哇!好香!好香!"

普小萄得意地笑了,她就知道自己的吃货儿子一定会喜欢。于是两个人面对面地坐在餐桌前,普小萄没有吃,而是把手托在下巴上,一脸幸福地看着吃得狼吞虎咽的逃逃。

这一看,竟然失了神,不知不觉中,她的脑海中回忆起五年前的那个片段……

还记得那时刚刚认识童朵朵,并决定在这里生活的时候,她为了让自己过得更充实一点,便顶着烈日在外边做起了兼职发传单的工作。

本来,那天一切都顺顺利利,可是到了下午的时候,太阳毒得像是喷火,普小萄本想着坚持发完最后五十张传单就结束任务,没想到,忽然一阵头晕目眩,她眼前一黑,倒在了烈日下。

当她醒来的时候,她闻到了刺鼻的药水味儿,意识到不对劲的普小萄睁开了眼睛,第一眼看到的是童朵朵那张放大了的脸。

童朵朵见普小萄醒了,原本紧蹙的眉瞬间舒缓,只见她激动地冲着门口大喊:"护士,护士!她醒了!"她的大嗓门贯穿了整个楼层。

护士闻声赶来,她简单地检查了一下普小萄,然后放下听诊器道:"没什么大碍,但是你的身体很虚弱。为了你的孩子,我建议你在医院里静养几天。"

普小萄懵懵懂懂地点了点头,而童朵朵仰起脸惊诧道:"孩子?你是说她……她怀孕了?"

"是的!已经四个月了,作为她的朋友,难道您连这个都不知道?"护士小姐大为不解地反问道。

听到护士说的这句话,普小萄犹如晴天霹雳一般瞪大了眼睛,关键时刻反应总是慢半拍的她这才缓过神来。她有些茫然无措地看看护士,再低头看看自己的肚子,最后满眼慌乱地道:"你……你是说我怀孕了?"

"不会吧!你是孩子的妈妈!你已经怀孕四个月了!连你本人也不知道?"护士小姐看着她们两个人这么惊讶的目光,禁不住继续责怪道,"现在的年轻人真是,都不知道怎么了,拿传宗接代当儿戏。"

在护士的喋喋不休中,普小萄不知所措地垂下了眼帘。她想到了那一天她与他在包厢中发生的一切,那一夜她前所未有地疯狂。为了他,她放下了自己的矜持,奉献了她的第一次……

仅仅是那一次,就一次。

护士走后,呆若木鸡的童朵朵这才意识到了问题的严重性。她犹豫着看向一言不发的普小萄,缓缓问道:"小萄,你不会真的不知道吧?四个月了,总会有些反应的……"

童朵朵说不下去了,而普小萄也无意回答。此时,病房正前方悬挂的时钟发出的声音分外刺耳,仿佛在嘲笑她们的慌张。

见普小萄无动于衷,童朵朵轻轻晃了晃普小萄的肩膀,并再次问道:"小萄,我能体会你现在的心情,你心里一定很乱吧?你先冷静一下,不要胡思乱想,总会找到解决的办法的。"

"我怎么可能冷静！"普小萄苦笑一声，抬起自己无助的眼睛，看向紧咬着嘴唇的童朵朵道："你知道这代表着什么吗？我现在只身一个人，孩子一生下来就没有爸爸！你说我以后还有什么勇气带他长大？"

"没有爸爸也没什么大不了的！"童朵朵反驳道，"天底下单身母亲难道还少吗？她们都活得好好的。你就不要胡思乱想了。"

"可是我和她们不一样，孩子是一生下来就没有爸爸，不知道的还以为我是未婚先孕。"普小萄的语气中满是自卑。

童朵朵叹了一口气，她看到普小萄这副模样很是心疼，于是转移话题道："你别胡思乱想了，听护士的话，多休息几天，等把身子养好了，我陪你去找孩子的爸爸，两个人的事情总归要两个人一起才能解决。"

"找不着他了。"普小萄有气无力地打断了她的话。

"为什么？"童朵朵眨了眨眼睛，她想了想，忽然一个想法涌入脑海，只见她倒吸了一口凉气猜测道，"你……你该不会不知道孩子的爸爸是谁吧？"

普小萄没有理会童朵朵离谱的猜测，她只是呆滞地看着白色的床单，缓缓吐出三个字："他死了。"

是的，普小萄说得没错，从她决定逃婚的那一刻起，他在她心中就已经死了，永永远远，彻彻底底，再也唤不醒了。

那时的童朵朵还以为普小萄口中的"他"真的死了，她还为普小萄悲惨的命运而落下了眼泪。

"没事。"普小萄摸摸童朵朵的脑袋，抿抿嘴唇，犹豫了好久，最终决定道，"即使孩子没有爸爸，我也一样能把他抚养长大。无论男孩还是女孩，无论我们以后贫困还是富有，我都会把他照顾好，把他当作一生中最重要的宝贝。"

说完这一席话，前一秒还感到晴天霹雳的普小萄幸福地笑了，她摸摸自己的肚子，嘴角上扬着闭上了眼睛。她想着：或许上帝知道她的委屈，知道她的不舍，知道她的留恋，才留给她这最后的礼物吧！

从那天起，世上多了一个单亲妈妈；也因为逃逃的到来，普小萄重新振作起来，变得更加独立更加勇敢，因为她立志要当一个坚强的母亲。

"逃逃，你是上天给我最好的礼物。"普小萄禁不住喃喃自语。

"妈妈，什么礼物？"逃逃放下勺子，他眨眨眼看着有些莫名其妙的普小萄。

普小萄缓过神来，咧嘴尴尬地一笑道："没什么。吃饱了吗？"

"嗯。"逃逃点点头，胖嘟嘟的脸蛋儿一颤一颤的，普小萄忍不住掐了两下。

迎着美好的阳光，普小萄和逃逃穿上了亲子装，两个人大手拉着小手走在马路上，一路上吸引了很多人的目光。

他们早就习以为常，因为逃逃实在太可爱，配上那标志性的西瓜头，宛如一个小明星！而普小萄如果仔细打扮一下，也算是个让人忍不住多看两眼的美女；即使不是美女，她也实在不像一个五岁孩子的妈妈。他们无视周围的一切，一路哼着歌，不知不觉就来到了逃逃所在的幼儿园。

在幼儿园门口，一个扎着双马尾的小女孩，抱着一个洋娃娃站在台阶上，似乎在等着什么人。她的皮肤白得像雪，长长的睫毛下一双灵动的眼睛，再配上樱桃一样的小嘴，整个人比她手里的洋娃娃还要精致。

逃逃走到幼儿园门口，他取下普小萄手里的小书包，正想和普小萄说再见的时候，那个小女孩忽然跳下台阶，一蹦一跳地跑到了逃逃的身边。

"这不是小美吗？"普小萄弯下身子，她整理了一下小美凌乱的刘海儿，嘴角含笑道："几天不见，小美更漂亮了。"

"谢谢阿姨……"小美的声音小小的，听起来很温柔。

普小萄微微一笑，小美拉着逃逃的小手柔声道："我们走吧。"

逃逃点了点头，他转身冲着普小萄摆摆手，有些恋恋不舍地道："妈妈，拜拜！"然后和小美一起走进了幼儿园。

目送着两个小家伙亲密地走进幼儿园，普小萄禁不住在心里感叹道："才五岁就勾搭这么漂亮的妹子……长大后还得了？"

在回家的路上，闲来无事的普小萄买了一份报纸，准备翻一翻上面的招聘信息，想想过去几年里，她卖过车，倒过酒，端过盘子，摆过地摊，最近又因为公司裁员，使得刚刚开始卖保险的她因为业绩不好，被炒了鱿鱼。

面对一次又一次的挫败，普小萄早已习以为常，她甚至觉得这些挫败是迟早要来的，因此休息了几天后，就重整旗鼓，开始了找工作的艰辛道路。

现在的工作很多，遍地都缺人才，可惜普小萄不是人才，也没有一技之长，唯一拿得出手的也就是自学成才的炒菜手艺了。普小萄也不是没有应聘过厨师，只不过她连个毕业证书都没有，更别提厨师资格证书了。

一路上胡思乱想，普小萄终于还是心有余而力不足地叹了一口气，看来漫漫长路，想要让自己和逃逃过上好日子，还是要靠一点一滴的努力。

第十四章　吻痕

普小萄看看表，若现在回家，时间还太早。这时，想起昨天童朵朵一个人在酒吧里，不知现在是什么状况。出于担心，她掏出手机拨通了童朵朵的电话。

此时还在睡梦中的童朵朵被手机铃声惊醒，她皱了皱眉，揉着痛到爆炸的脑袋爬了起来，当她把手伸向床头摸到的是一片空无时，她才疑惑地睁开了眼睛。

她的眼前是一个完全陌生的房间，中规中矩的书桌，摆放在正墙上的电视，还有那白得刺眼的床单……

正当她纳闷时，却发现了一件让她感到更加惊恐的事情。

童朵朵本想掀开被子下床找手机，没想到掀开被子的瞬间，她感到身上一阵冰冷。低头一看，竟然发现自己身上空无一物，而她的那些衣服，不知被谁乱七八糟地扔到了地上。

童朵朵感到自己的脑袋"嗡"的一声变得一片空白，就连那刺耳的手机铃声都听不见了。

这是怎么回事？这是哪里？是怎么来到这里的？她没有裸睡的习惯，那这些衣服是谁给她脱掉的？

童朵朵越想越觉得可怕，她颤抖着捡起地上的衣服，一件一件套到身上，接着跌跌撞撞地走出了房间。

浴室里，童朵朵看着镜子前的自己，残缺的妆容弄得她一脸污垢，凌乱的头发垂在两边。最让她感到崩溃的是，她发现自己脖子上和胸前的那几个刺眼的吻痕。

吻痕……吻痕……

童朵朵不敢细想，因为她完全没有一点儿印象，如果说住进这家酒店是个意外，她自己喝醉酒脱掉了衣服也是意外，那脖子上和胸前的几个吻痕，还能骗自己是意外吗？

她打开水龙头，把水泼到脸上。那浸入心里的冰冷，让她暂时冷静了下来，她默默地看着水没过自己的手掌，回忆也慢慢地开始清晰。

她还记得是自己为了见星诚而拉着普小萄去酒吧，还记得普小萄离开后星诚和普小萄那亲昵的举止，还记得她自己因为郁闷而喝了好几杯烈酒，还记得最后的片段，是星诚坐在她面前低头不语的模样……

难道是星诚？童朵朵连想都不敢想，她伸出手颤抖着抚摸自己脖子上的吻痕，如果真的是他，那她究竟应该是喜还是悲……

可无论是否是他，无论是喜是悲，她都有些无法接受这个现实。虽然纵横酒吧这么多年，自己在别人的眼里也算是很开放，但是她一向是洁身自好,绝对不是一个随随便便的女孩。

正因为这样,她才格外难以接受眼前这个事实。童朵朵看着镜子中自己那无助的眼神,心里像滴血一般疼痛。

此时站在自家楼下的普小萄,已经连着打过去了三个电话,都是无人接听。她把手机装进口袋,心里想着或许是店里正忙,童朵朵无暇顾及。于是手攥着那份报纸迈步上了楼梯。

刚爬到二楼,手机响了,普小萄掏出来一看,正是童朵朵,于是停下脚步:"朵朵!忙吗?用不用我去帮忙?"

电话那头的童朵朵听到普小萄的声音,凉透了的心忽然涌入一股暖流,刚刚在那种情况下都没有流泪的她,竟然湿了眼眶。

听对面没有声音,普小萄压低了声音,警惕性地唤了一声:"朵朵?"

豆大的泪珠顺着童朵朵的眼角流下,她忍住哽咽,支支吾吾开口道:"普小萄……我……我……"

普小萄的第六感告诉她事情不妙,她打断了童朵朵的话,当机立断道:"你在哪儿?我马上过去!"

"我在……"童朵朵拿过一条毛巾,见右下角印着字,接着又跑到门口看了一眼回答道:"敦煌宾馆,403。"

普小萄听后沉默了,童朵朵这个时间不在店里,不在家里,怎么会跑到宾馆去呢?但她没有多问,只是说了一句:"你不要走,等我。"

普小萄拦了一辆出租车,用最快的速度钻了进去,她冲着司机急匆匆地说道:"敦煌宾馆!"

司机用诧异的眼神看着普小萄,心里琢磨着:"这姑娘年纪轻轻,长得还算文静,这大清早的去宾馆干什么?"

普小萄才没有理会司机心中的小九九,她时不时地看着手表,并催促道:"快一点儿……再快一点儿……"

此时的她心急如焚,因为在她的印象中,童朵朵是个名副其实的女汉子——如果朵朵哭了,那一定是碰到了什么大事。

喝了酒……在宾馆……一夜未归……普小萄不敢再想下去了。她甩了甩头发,心里祈祷着:"不会!一定不会出事的!"

一路的忐忑不安,普小萄终于来到童朵朵所说的敦煌宾馆,她来不及等电梯,一口气跑到四楼,在拐角处找到了403号房间。

"朵朵!"普小萄敲着门,喘着粗气道,"朵朵,是我,开门!"

这时刚刚简单洗了个澡的童朵朵已经调整好了情绪,她深吸一口气,打开门故作没事儿道:"小萄,真够神速,这么快就来了。"

普小萄看着童朵朵那张和平常没有什么不同的脸,再看看她身上裹着的浴巾,一直悬在嗓子眼儿的心稍稍落了一点儿。

普小萄走进房间,看了看四周,接着对着童朵朵的背影问道:"你没事吧?"

"我能有什么事儿。"童朵朵一边说一边用手弄弄头发,确保自己的长发盖住脖子上的吻痕。

可普小萄有些不太相信,她绕过童朵朵,走到朵朵面前凑近看她的脸,继续逼问道:"那你在电话里为什么哭?这个时候你为什么会在宾馆?为什么给我打电话叫我过来?"

"我哪里在哭?"童朵朵狡辩道,"本小姐可是没有眼泪的人,就连切洋葱都不会流泪,你又不是不知道!"

看到童朵朵心口不一的样子,普小萄更加怀疑了,因此她继续问道:"可你明明就是哭了!你为什么说谎,是不是有什么事情瞒着我?"

"普大小姐!你哪儿来那么多为什么?你是十万个为什么想知道十万个为什么吗?"童朵朵转移话题道:"等下去哪儿?去逛街,还是喝咖啡?"

"你真没事?"普小萄答非所问。

童朵朵轻笑一声道:"当然!你看我像有事的人吗?"

看着童朵朵好像真的没什么事,普小萄也不便再问了。她放松下来,坐在沙发上拿出那份握得皱巴巴的报纸道:"我可没那么悠闲,下午我去找找工作,工作又丢了,我总不能坐吃山空,带着我儿子喝西北风吧。"

"我怎么能看着你们落魄到那种程度呢?不如我雇用你,你给我打工,一个月三千块!只需要帮我顾店,你看怎么样?"童朵朵出了个主意。

"算了吧,童大小姐。你天天出去潇洒,把我留在那里。而且还要随叫随到,陪吃陪喝,估计拖欠工资是少不了的。这种有太多危险性质的工作,我举双手表示拒绝!"普小萄难得这么理智。

童朵朵的脸上露出一丝苦笑,好像普小萄说得还真是这么一回事儿。

玩笑开完了,普小萄展开报纸,熟门熟路地找到了今天的招聘专栏,果真,密密麻麻的一片,全是招工的讯息。

见普小萄看得入神,童朵朵顺手拿过剩下的几页报纸,随意翻看起来。她想找点事儿来隐藏自己内心的不安,不料被一篇报道吸引住了眼球,童朵朵小声念道:"著名影星林婉茹宣布与星璨音乐传媒总裁蓝浩阳的恋情:据本报记者连续三天跟踪报道,林婉茹频频出入蓝浩阳的办公室,并在微博晒出与蓝浩阳两人的亲密合影照,疑似公布恋情……"

不知怎么了,听到这里的普小萄的脸忽然变得僵硬。她颤抖着身子,连手上的报纸都掉到了地上。她的眼睛缓缓移向童朵朵手上的报纸,这一过激反应,吓了童朵朵一跳。

看着普小萄那铁青着的脸,童朵朵诧异地问道:"你怎么了?"

普小萄没有说话,她一下抢过了童朵朵手上的报纸,重新读了一遍上面的文字。紧接着,她把视线移向了那张黑白照片,照片上的两个人看起来确实很亲昵,他们的脸几乎快要靠在一起了,而林婉茹还摆出了胜利的手势。

"你没事吧?"这下子换成童朵朵关心普小萄了。

"没什么。"普小萄缓过神来,她垂下眼睑,把报纸丢到一边,不顾童朵朵诧异的目光,径直走到窗前,最终把视线定格在那张最显眼的广告牌上。

广告牌上那穿着婚纱、身材曼妙的女人正是报纸上的林婉茹。林婉如,当红影视演员,出道六年,风采依旧不减当年。普小萄看着林婉茹那精致的五官,清澈如水的眼睛,身为女人都会为之倾倒。但是普小萄一直排斥林婉茹,排斥她代言的化妆品,排斥她推广的洗发露,就连她曾入住的那家酒店,普小萄都绕道而行。

这个女人,是普小萄一辈子最不想提及的回忆,但是她像魔鬼一样无数次出现在普小萄的梦里。是她,就是她抢走了普小萄的丈夫!可即使认定了是她,又能怎样呢?

普小萄恨她,却觉得自己没有资格去恨她……

第十五章 事情败露

童朵朵轻轻走到普小萄身后,她看着普小萄盯着广告牌时那惆怅的面容,柔声道:"林婉茹,你认识她?"

"谁不认识她!"普小萄哑然失笑,"连续两年最佳女主角,主演的电视剧破历史新高,粉丝破千万,打个喷嚏都能上报纸头条,想不认识都难!"

听着普小萄话中带着少许醋意和讽刺,童朵朵更加觉得奇怪了:一个当红女星而已,怎么感觉普小萄和她有什么深仇大恨似的。

童朵朵暂且放下早上发生的事情,她走到普小萄的另一边,本想问问清楚。可一个歪头的动作弄巧成拙,引起了普小萄的注意。

"你那里怎么了?"普小萄一边问,一边指指童朵朵的脖子问道。

"哪……哪里?"童朵朵看着普小萄的手势和她质疑的目光,立刻心虚地甩甩头发遮住了脖子上的吻痕。

普小萄意识到事情有些不对劲,认识童朵朵这么多年,还没见过她如此躲闪的目光。"你把头发拿开!"普小萄的口气变得有些强硬。

童朵朵拼命摇头,她一边后退一边用手挡住头发道:"没什么……真的没什么……你不要看了……"

说时迟,那时快,普小萄一个箭步抢到童朵朵的面前,抓住她的手腕一扭,瞬间,红到有些瘀青的几个吻痕呈现在普小萄的眼前。

童朵朵无言以对,她低下头,像个犯了错的孩子一样,等着普小萄的训斥,而普小萄只是深吸了几口气,努力平复一下自己的心跳。她警惕地看看四周,确定没有第三个人在场后,才压低声音问道:"这是怎么回事?"

"没……没什么……"童朵朵尴尬地苦笑了一下,支支吾吾道,"这……这真的没什么,应该是在哪里撞的,不痛的。"

"你怎么不说是虫子咬的!"普小萄打断了她的话,因为普小萄知道,童朵朵外表看起来开放,其实骨子里很保守的。如果说她会和一个男人发生一夜情,那普小萄宁愿相信这个世界上真的有鬼了。

见事情彻底败露了,童朵朵抿抿唇坦然地道:"小萄,我真的没事,你不用担心我,我有分寸。"虽然说得很认真,但是从她的口气中可以听得出她的声音有些颤抖。

普小萄无奈地叹了一口气,她想到了朵朵电话里的哭声,想到了朵朵拼命躲闪的眼神,怎么看怎么都像受了委屈。普小萄怎么能袖手旁观?

这时,一个帅气的背影闯到了普小萄的脑海里,那是个让童朵朵鬼迷心窍,也让自己心慌意乱的男人:星诚。

还记得昨天晚上,她千叮万嘱让星诚陪着童朵朵,难道他真的陪了童朵朵?还陪到了床上?欺负童朵朵的人会不会是他?

想到这里，一股凉意涌上普小萄的心头，真是画虎画皮难画骨，知人知面不知心。如果真是这样，看似这么唯美的人竟然能做出这种禽兽不如的事情，那世界上的男人还真是都不能相信了！

不知不觉，怒火涌上普小萄的心头。不知哪里来的力气和勇气，普小萄拉起童朵朵的手，一边往外拽一边嘀咕道："走！我们找他算账，让他把话说清楚！今天不说明白，我就让他吃不了兜着走！"

童朵朵虽然知道普小萄是为了她好，但是普小萄的这番话还是让她一头雾水。童朵朵试着挣脱普小萄的手道："你要带我去找谁？"

"找那个浑蛋星诚！"普小萄怒气冲冲地道，"吃抹干净却不负责任的男人，就该烂大街！我要替你报仇！"

见事情变得一发不可收拾，童朵朵终于犹豫着说："可是……可是我不确定是不是他……"

说到最后几个字，童朵朵没了底气，她知道暴风雨将要来袭，于是低下头盯着脚尖不再说话。

普小萄瞬间冷静下来。她停下脚步，缓缓转过头满脸诧异地说道："你……你是说你完全没有意识？"

童朵朵没有说话，只是心虚地点点头。她本想着可以瞒天过海，把所有的委屈都吞进肚子里，没想到千防万防，还是走到了不能逆转的地步。

普小萄没有像童朵朵想的那样发飙，而是截然相反，她也不自觉地低下头沉默了。她眼中的怒火被浇熄，紧攥着的拳头也慢慢松开，好像一切都改变了格局。

顿了十几秒，普小萄开口道："朵朵，无论怎么样，你都要勇敢面对，我带你去找星诚。不管是不是他，都必须要把事情搞清楚，我不想让你白受欺负，你明白吗？"

"不要……"童朵朵含着泪，声音颤抖地拒绝道，"不要去找他。"

其实童朵朵在心里早已权衡过了，如果昨晚伤害她的人真的是星诚本人，那对她的忽然袭击和不告而别，她真的有些接受不了——但如果昨晚的那个人不是他，那后果可想而知。

所以无论结果怎样，童朵朵都不想去面对。她选择隐瞒和逃避，试图强迫自己忘记这个原本就不曾记住的片段。

看着一向为别人打抱不平的童朵朵变得这么懦弱，普小萄更加替她心急了，普小萄怎么可能没有想到她在意的事情，但就是因为不知道、不确定，所以才要弄清楚，查明真相。

"行，你不想露面，那我替你去。你放心好了，我不会叫你受委屈的，就算是上刀山下火海，我也要问个清楚！"说罢，普小萄转过身准备迈出房门。

这一句话使得童朵朵的心为之一震。都说患难见真情，普小萄的毅然决然和那坚定的眼神，让她觉得重拾了希望一般。瞬间，一种叫"勇气"的东西涌上她的心头，理智叫她不再逃避。于是她拉住普小萄的胳膊道："谢谢你，我俩一起。"

走出宾馆，两人径直向着梦匣子酒吧走去。一路上，童朵朵用手掩饰着脖子上的吻痕，就像做了亏心事怕被人发现一样。虽然做足了心理准备，可是每走一步，她都觉得有人在看着她，这种感觉让她越来越有种想要退缩的冲动。

"我们还是回家吧……"这已经是童朵朵第 N 次说这句话了。

普小萄白了她一眼,紧紧攥着她的手说道:"童大小姐!你还真是善变!要走你自己走。"童朵朵欲哭无泪,普小萄现在把她拽得这么紧,她想走都走不了了。

两个人怀着忐忑的心一路纠结着,终于到了梦匣子酒吧的门口。看着紧锁的大门,她们这才意识到因为一时头脑发热,竟然来错了时间。

不知道是庆幸自己幸运,还是已经选择接受现实,童朵朵靠在墙上呼出一口气,而普小萄依旧紧皱着眉头,心事重重。

事情都发展成这样了,竟然会出这种差池,终于,普小萄控制不住自己一直强压着的怒火,举起拳头砸向那扇玻璃门:"有人吗?给我出来!"

周围的人眼光变得异样,一个大姑娘光天化日之下砸酒吧的玻璃,这成何体统?

童朵朵见大事不妙,立即上前拉住普小萄,小声阻止道:"喂,这里白天不营业的,我们晚上再来吧。"

在童朵朵的劝说下,普小萄冷静下来。无奈之下,普小萄只得跟着童朵朵去了她的服装店。

整整一下午,服装店的主人童朵朵坐在角落里连眼睛都不眨一下,反而是普小萄忍气吞声累了一头大汗,忙前忙后地帮着童朵朵卖衣服,四点钟不到,她就拿着一沓钞票站在童朵朵面前道:"拿着,今天算我免费给你打工!"

平时见钱眼开的童朵朵,这次对于普小萄手里红色的钞票连眼都没有抬一下。因为她想了好久,觉得星诚做不出这种事情。可如果不是他,到底是谁呢……

眼看着时间朝着四点逼近,普小萄拿上包说:"你在这儿等我,我去接逃逃,回来我俩一起去找星诚。"

普小萄刚迈出步子,童朵朵一把抓住了她的衣角道:"我去帮你接逃逃,你去帮我找星诚,况且小孩子总去那种场合不太好。"

普小萄转过身,脱口而出道:"你懂事了?也知道小孩子去那种场合不好!算了,这页翻过去暂且不提,你不觉得自己找星诚当面问清楚比较好吗?"

"我的感觉告诉我,那人不是星诚。"童朵朵顿了顿道,"如果他知道什么,那我去一定会制造尴尬……所以……"

"我懂了。"普小萄打断了她的话,不可否认,童朵朵说得不无道理,如果真像她说的那样,那个人不是星诚,那岂不是自找尴尬?

总之,无论如何,无论那个人是谁,普小萄一定不会轻饶他,趁童朵朵不清醒的时候伤害她,普小萄一定要让他吃不了兜着走,让他受到法律的制裁!

第十六章　隐瞒

说走就走！普小萄大步流星地上了出租车，径直来到了梦匣子酒吧的门口。而童朵朵也拿出小镜子，给毫无血色的脸上盖了点腮红，这才拎着包，锁好服装店，出了门。

一路的不安与沮丧，使得童朵朵的鼻子又变得酸楚。"不能哭！不许哭！"童朵朵告诉自己："为什么要哭？你凭什么哭？你有什么资格哭？"

她抬起头，试图把眼泪倒流回去。天空依旧那么蓝，蓝到没有一丝尘埃。童朵朵不禁想到了星诚那如同天空一般透彻的眼睛，难道他们之间，真的只能是萍水相逢吗？

不敢再想下去，童朵朵甩了甩脑袋，快步走到了幼儿园的门口。

时间刚刚好，放学的音乐声响起，逃逃竟然是第一个冲出幼儿园的。他背着小书包，黑亮的西瓜头在空中飞舞，吸引了好多家长的注意。

看着逃逃一脸的阳光灿烂，愁眉不展的童朵朵也弯起了嘴角。做小孩子真好，无忧无虑的，没那么多烦恼。

逃逃看向门口的榕树下，平时普小萄都是靠在那里等他的，可是今天并没有看到普小萄的身影。

这时，童朵朵冲着他叫了一声："逃逃！"逃逃这才注意到了童朵朵，蹦蹦跳跳地向着她跑去。

"朵朵姐姐，妈妈呢？"逃逃仰着头，好像有一丝失落的表情。

"妈妈在忙，姐姐先带你出去吃东西，我们吃比萨，再吃冰激凌，好不好？"童朵朵用美食诱惑他。

这招果然是屡试不爽。一听有好吃的，逃逃暗淡下来的小眼睛瞬间闪闪发亮："真的吗？比萨！比萨！"

童朵朵牵着逃逃的小手，领着他进了一家比萨店。与此同时，普小萄也踏入了梦匣子酒吧的大门，她第一眼就看到了在舞台上颐指气使的孔烨。

她坐到一个角落里，先是喝了一杯凉白开压了压惊，然后深吸一口气，走到舞台前对着孔烨的背影道："星诚在吗？"

孔烨回过头，当看到是最近几天经常和童朵朵在一起的普小萄时，他的眼神里瞬间露出一丝惊异。

普小萄没有在意孔烨细微的情绪变化，因为她做梦也没想到，昨天伤害童朵朵的人，正是站在她面前居高临下看着她的孔烨。

孔烨清清喉咙，用比唱歌还要华美的声音道："他出去了，一会儿就回来。你坐在哪里？等一会儿我让他去找你。"

普小萄点点头，她指了指最角落的位置道："我在那里等他。"就头也不回地走开了。

留在原地的孔烨嘴角露出了一丝不被察觉的笑容，因为他从她的目光中已经猜出了她此行的目的，十有八九和昨晚的事有关。

孔烨想了想，转身来到舞台后面的休息室。休息室的沙发上，一个男子正在闭目养神。

孔烨走过去，拍了拍他的肩膀道："星诚，我有事和你说一下。"

星诚睁开眼睛，那双清澈的眼睛里有几缕血丝，看来他没有休息好。他顺手拿出身边的乐谱，缓缓开口道："哪里需要改，我标记一下。"

"和工作无关。"孔烨答道，他拿过星诚手里的乐谱，看了一眼道，"都演出几百次了，还带着这个，这么认真？"

"不要你管。"星诚抢过乐谱，像宝贝一样吹了吹，好像孔烨的手沾了灰尘一样。

与此同时，坐在角落里的普小萄有些坐立不安，她酝酿着等一会儿见到星诚时要和他说的话。是开门见山，还是委婉一点？会不会尴尬？单独见到他时会不会紧张？

就这样胡思乱想了十几分钟后，一个笔直的身影站在了她面前，普小萄顺着这条长腿往上看去，尖尖的下巴，高挺的鼻子，那让人流连忘返的眸子，竟然是一直浮现在脑海中的星诚。

"听说你找我。"星诚缓缓张开粉唇，露出了他的小白齿。

"没错，是我找你！"普小萄平静地说道，"我有一件事要问你。"

"哦？"星诚饶有兴趣地弯起嘴角，他的笑即使在黑暗中也会绽放光彩。不知为何，普小萄下意识地转移了视线。

其实普小萄早就猜到了自己看见星诚时会心慌，但没想到的是，即使做足了心理准备,她依然会紧张到脸蛋发烫。

趁这个时候,星诚打量了一下普小萄,还是那身T恤牛仔的装扮,很普通,甚至洗到泛白,但是让星诚感到很舒服,他就喜欢这样的普小萄。

见普小萄没有说话,他坏笑着坐到了普小萄的身边,把脸凑近普小萄道:"紧张什么?我又不会吃了你。"

面对星诚的一语道破,普小萄更加手足无措,她攥着自己已经渗出冷汗的拳头,往后挪了一点道:"我……我才没有紧张!"

星诚一听这话,笑意不禁更加明显了,只见他撇撇唇,眨了一下眼睛道:"既然不紧张,那你躲什么?为什么不敢看我?"

心虚的普小萄咬咬唇,努力调整自己的呼吸,默数三秒后勇敢地迎上星诚的视线道:"开玩笑!谁说我不敢看你!"

星诚的瞳仁比往常还要温柔,他的眼中似乎流动着泉水,沁透人心。不知不觉,好容易调整好状态的普小萄再次心如小鹿似的乱撞。她想道:"这个男人,是妖孽吗?"

星诚很大方,他并没有移开自己的视线,而是让普小萄肆无忌惮地幻想。然后顿了顿,才开口打破了这些尴尬而又美好的气氛。

"说吧,找我什么事儿?还是说,你是因为想我了才来找我的呢?"星诚的口气,轻柔中充满了挑逗。普小萄的身上顿时一阵麻酥,也因为这句话,普小萄终于想起了今天来这里的目的。

只见普小萄清清喉咙道:"你想多了,我才没有想你呢!"说罢,她深吸了一口气,终于开门见山道:"我问你,昨天我走以后,你都做了什么?"

"按照你的吩咐,我回来后就陪你的朋友,然后回家睡觉,还有一点儿想你……"星诚一脸认真地回忆道。

"少贫嘴!"普小萄打断了他的话,继续逼问道,"我想知道,是不是你把童朵朵送到敦煌宾馆的。"

"不是。"星诚摇摇头,如实回答道。

听到这两个字,普小萄顿时安下心来,其实在她的内心,她的潜意识里还是不相信星诚是这种会乘人之危的男人,最主要的是,她希望他不是。

那么问题来了,昨天的那个男人,究竟是谁?

想到这里,普小萄的表情再次变得严肃。她环顾了一下四周,见没什么人,于是压低声音道:"那你一定知道昨天是谁送童朵朵去的宾馆吧!告诉我,是谁?"

"她怎么了吗?"星诚没有回答,而是谨慎地反问道。

"她……"普小萄欲言又止,她抿抿嘴唇,拿起杯子喝了一口水,缓缓情绪道,"我只能说她被欺负了,而且她现在的状态很不好。我一定要找到那个禽兽,替她报仇!"

看着普小萄说最后几个字时激动到咬牙切齿的样子,星诚立即明白了她口中的"被欺负"是什么意思。

他想起刚才孔烨和他说过的话。当时星诚还被蒙在鼓里,因为孔烨没有把话点明,他只是说为了不知名乐队的声誉,绝对不能告诉任何人,昨天带走童朵朵的人是他。当时星诚没有往太多处想,只以为他是怕有人八卦,所以才做了好事不想留名,于是星诚就爽快地答应了。

可是现在他仔细想想,当时孔烨说这些话的时候,虽然表现得很自然,但眼神很躲闪,而且那番话他明明就是针对普小萄说的,他怎么会知道普小萄来这里的目的?

星诚不愿意再想下去,他怕自己会忍不住告诉普小萄真相。现在他万分懊悔,当初为什么要相信孔烨,自己的心里是有过一丝犹豫的。

普小萄见星诚没有说话,于是再次追问道:"昨天究竟是谁带童朵朵走的?你回答我!"

星诚的心里百感交集,只见他垂下眼帘,缓缓吐出几个字:"我不知道。"

"你不知道?"普小萄的情绪变得激动了,她"噌"地一下站起来,满脸疑惑道,"你昨晚一直和她在一起,你不知道是谁带走了她?"

"我真的不知道。"星诚说罢站起身,没有看普小萄一眼,准备一走了之,普小萄不知所措地看着他,不知为何,心中的气愤变成了落寞。

"等一下,"普小萄拽住他的衣角,试图说服他,"你不准备告诉我吗?你准备隐瞒到什么时候?你知道童朵朵受了多大的委屈吗?"

星诚停下脚步,依旧沉默不语。他从来没有这么纠结过,他不忍心转过头去看普小萄的眼睛,因为他想象得到此时普小萄的眼神会有多么失落和无助。他只能选择逃避,他从普小萄身边走过,就像刚才静悄悄地来一样。

他越走越远,心中也同普小萄一样痛如刀割。

普小萄的手没了支撑,惯性使她的手拍打在了自己的腿上,她的脸上露出了失望的神色。

一天!仅仅一天!一条分割线就划分了两个人的距离。普小萄的嘴角露出一丝苦笑,看来时间真的能够证明一切,无缘的陌生人,终归只能是陌生人而已。

第十七章 好自为之

不欢而散后,靠在墙上的星诚久久不能平静,无论他怎么强迫自己冷静,脑海中回放的却全都是普小萄说的话。片刻之后,恼羞成怒的他终于控制不住自己的情绪,大步流星地走进休息室,对着正在看杂志的孔烨挥手就是一拳。

毫无准备的孔烨被巨大的冲击打了一个趔趄。他第一时间扶住桌角,这才没倒在地上。

他皱着眉头转过头,刚要破口大骂,没想到看到的是星诚那张怒气冲冲的脸。

孔烨控制住自己的愤怒,缓缓站起身,冲着星诚嚷道:"你疯了!"

"我看你才疯了!做出那种禽兽不如的事情,还让我替你隐瞒!"星诚一边说一边走到孔烨面前,想再给他一拳,可是被孔烨一手挡住。

孔烨看起来瘦高个儿,但是力气大得惊人。只要他想,可以把任何一个人打得头破血流。此时的他咬着牙，嘴角露出一丝玩世不恭的笑："她和你说什么了？"

"她什么都没说，可我什么都知道了。"星诚咬牙切齿道，"你为什么做出那种事？你是不是早就计划好了，所以才要送她回家？"

只见孔烨咧开嘴，一字一顿道："别开玩笑了！我做了什么我心里清楚，无伤大雅的事情，用得着这么加油添醋吗！"

"少废话！她都醉成那样了，你还想做些什么？"星诚咬着牙瞪着孔烨，眼神中的璀璨变成了火焰。

面对星诚的愤怒，孔烨竟然没有表现出一丝歉意。他看着星诚问道："你是对那个女人有意思，怕被我捷足先登了，所以才这么气愤？还是你对门口的那个女人有意思，替她打抱不平？"

星诚没有回答他的问题，而是极力控制着自己："孔烨，我一向不愿意和别人接触，但是唯独你，我觉得能把你当成我的朋友，可今天这件事情，已经触碰了我的底线。"

听完这席话，孔烨好像明白了什么。他笑了笑，擦擦嘴角的点点血迹，轻哼一声道："是啊！我们认识了这么多年，我还以为你不爱女人，没想到今天你为了女人和我翻脸，我真是小看你了。"

没有理会孔烨的冷嘲热讽，星诚继续说道："如果你对童朵朵是真心，那我祝福你，我支持你光明正大地追求她；但如果你只是玩玩，而且让我发现你再去伤害她，那这次的事情，我就不再替你保密。"

孔烨眯起眼睛道："你这是在威胁我？"

"是不是威胁你清楚，好自为之吧。"说罢，星诚大步流星走了出去，他把门狠狠地一摔，留下孔烨一个人好好反省反省。

星诚回到舞台上，这才发现普小萄已经不见了踪影，留在桌子上的，只是个空空的茶杯。他坐到她刚才的位置上，椅子还暖暖的，是一种熟悉的味道,但渐行渐远。

这时的普小萄正气鼓鼓地坐在出租车上,原本她以为自己一定能查出谁是元凶,却没想到白跑一趟。十分钟后,普小萄走进了童朵朵所在的比萨店。此时的逃逃吃得正欢,当他看到普小萄时,便挥挥小手道:"妈妈,过这边来!"

一天没见着逃逃,普小萄亲昵地亲了一口他的额头,但一坐到童朵朵旁边,她就用咒怨的眼神看了朵朵一眼。

看着气喘吁吁的普小萄和她那铁青着的脸,童朵朵一直忐忑的心,瞬间狂跳起来。

"怎……怎么回事?"童朵朵小心翼翼地问道。因为紧张,她的声音也变得沙哑。

"我渴了!"普小萄说罢,端起逃逃的果汁一饮而尽,但是冷饮里面还漂浮着的冰块也并没有浇灭她心中的熊熊火焰。

"妈妈,我的果汁,逃逃都舍不得喝。"逃逃撒娇道。

"服务生!再来四杯果汁,两份最贵的比萨!"普小萄举手示意道。

童朵朵没有责怪普小萄想要吃霸王餐的企图,只是一直紧咬着唇,看着普小萄的脸吐出三个字:"是他吗?"

普小萄没有说话,因为她实在不知道该怎么回答。

见普小萄选择了沉默,原本就心神不宁的童朵朵更加慌乱了,她禁不住摇了摇普小萄的胳膊,再次问道:"是他吗?是他吗?"

普小萄只好无奈地摇了摇头,看到她这个动作的童朵朵,瞬间垂下眼皮,原本能得到的最好结果,终究还是落了空……

有那么一刹那,童朵朵真的希望那个人就是星诚,这样结果就不可能更糟糕了。如果那个人是星诚,她只怪自己眼拙看错了人,从此以后两个人互不相识,再也不要擦肩而过就好;但如果是其他人,这件事情就没那么容易放下了。

看着童朵朵那副丢了魂儿的样子，普小萄故作潇洒地淡然一笑，她把新上的比萨推到童朵朵面前道："算了，这件事情以后再说，先吃点东西，填饱肚子再想办法。"

这时，一直忙着吃的逃逃放下了叉子，打个饱嗝道："妈妈！你们在说什么？朵朵姐姐怎么了？"

普小萄道："大人的事情小孩子不要插嘴！"说罢，她把果汁递给逃逃道，"还你的果汁，谢谢朵朵姐姐，又是她请客。"

"谢谢朵朵姐姐！"逃逃冲着童朵朵灿烂一笑道，"朵朵姐姐，你不要不开心了，你要多吃点，吃得身体棒棒的才能陪逃逃玩呢！"

"嗯。"童朵朵强颜欢笑地摸了摸逃逃的脑袋道，"姐姐没事，你不用担心，只是衣服卖得不好，心情才不好的。"

"朵朵姐姐，没关系的，等逃逃长大了，逃逃把挣的钱都给你花，这样你就不用担心了。"逃逃说罢傻笑了两声，天真的他真是这么想的。这几年，除了普小萄，对他最好的就是童朵朵了。

童朵朵欣慰地笑了，普小萄却嘟起嘴道："好呀你这个小东西，长大了以后不要只记得朵朵，别忘了你妈妈我，是我辛辛苦苦把你带大的，知不知道？"

"我也给妈妈花！我最爱妈妈了！"机灵的逃逃立刻补充道。

看着普小萄和逃逃的一言一语，童朵朵也拿起了叉子，和他们一起吃了起来。即使天塌下来了，只要有他们，她就会振作起来，只为了不辜负他们对她的付出。

吃饱喝足后，普小萄领着逃逃回了家。累了一天，脸都懒得洗的她爬上了床，这才感觉到少许的舒适。

可惜好景不长，调皮的逃逃闲来无事爬上床，接着爬到普小萄的身上，对着她道:"妈妈,明天小美和她的爸爸去游乐园玩,他们会来接我们一起去哦!"

"什么?什么时候?"要不是逃逃压在普小萄的身上,普小萄真能一下子滚到床下。

"明天早上九点。"逃逃不以为然地回答道。

普小萄看看表,九点钟起床本不是她周六的计划,难得睡一个懒觉,为何不好好珍惜呢?于是普小萄假意生气地嘟起嘴道:"逃逃!你怎么能擅自做主呢!妈妈很累了,才不和你们去游乐园的!"

"可是我已经和妈妈打过招呼了。"逃逃对答如流,"妈妈说过,大丈夫一诺千金,驷马难追,逃逃已经和小美约定好了,妈妈必须要陪我去!"

普小萄回忆了一下,好像几天前逃逃确实说过要安排小美的爸爸与她相亲,那时她只是一笑了之,完全没把逃逃的话放在心上。没想到的是,他竟然真的履行了他的诺言。

"我怎么不记得我说过那句话!"普小萄装傻道,"逃逃,明天妈妈有正事,还有好几个公司要去面试呢,你就放过妈妈吧。"

"不行!"逃逃的口气很坚决,"妈妈说话不算数,以后怎么教育我!逃逃说话不算数,以后怎么和小美玩?"

普小萄无语,一个擅自做主的约定,却牵扯到以后教育孩子的问题,这还真是……

于是第二天九点钟,在逃逃的生拉硬拽之下,普小萄身穿逃逃给她挑选的紫色过膝裙,戴着一串珍珠项链,坐到了小美爸爸的高级商务车上。

第十八章 擅自做主的约会

两个小家伙坐在后面笑得不亦乐乎,对比之下,坐在副驾驶座位上的普小萄就尴尬得不成人样,而坐在驾驶座位上的男人饶有兴趣地看着普小萄,嘴角露出一丝笑意。

这其实是他们两个大人第一次见面,平时在幼儿园里,或许有很多个擦肩而过,但谁也没有机会好好看看对方。今天这么近距离地看见普小萄,他竟然有些不可置信,一个五岁孩子的妈妈脸上竟然没有一点岁月的沧桑感。他觉得以普小萄这个长相,穿上校服混进高中校园,一点儿问题都没有。

"你好,我叫庆天举。"庆天举礼貌地做起了自我介绍。

庆天举,怎么不叫擎天柱?普小萄在心里嘀咕道。虽然她心里这么想,但嘴上还是友好地笑笑道:"您好,我是普小萄,请多多关照。"

庆天举发动起了汽车,他看着后视镜中把脸别向窗外的普小萄道:"你儿子还真有意思,昨天中午我去幼儿园给小美送东西,他竟然找到我,说什么要把你介绍给我认识一下。"

"什么?"普小萄瞪大了眼睛,满脸诧异道:"他真是这么说的?这么直接?"

"就是因为直接,我才不好拒绝,正巧小美吵着要去游乐园,我就答应了。冒昧邀请你,真是不好意思。"庆天举说话的口气很真诚,也让普小萄的心里没有那么忐忑了。

这时候,普小萄才转过头看向庆天举。他虽然皮肤黝黑,但是脸上没有皱纹,挂着浅浅的笑容,炯炯有神的眼睛上面有两道剑眉,看得出他是一个严谨并心思细腻的人。

注意到普小萄在观察自己,庆天举微微咧开嘴角,表情有些不太自然。两年了,这可能是第一次和女性朋友单独出去,他的心里也有点紧张,不过依然装作若无其事的样子。

普小萄似乎也看出了他的小心思,她移开视线,重新把目光望向车窗外。阳光映在她的脸上,让她全身都觉得暖暖的,看着应接不暇的车水马龙和来往匆匆的行人,禁不住叹了一口气。

庆天举觉察到了普小萄的不对劲,他开口道:"怎么了?看起来这么没有精神,是不是没吃早餐?"

"我每天都不吃早餐。"普小萄答道。

"这样对身体不好的。"庆天举忍不住说道,"长期不吃早餐,你的胃……"

"停停停!"普小萄打断道,"长期不吃早餐会得胃病!会得肠道疾病!还会得胆结石!我都听八百遍了。"

庆天举无奈地笑道:"既然知道还这么任性,我猜呀,你是懒得吃,如果有人给你做早餐,送到你嘴边,喂到你嘴里,你是会停不住嘴的。"

普小萄沉默了,庆天举说得没错,六年前,有他陪在身边,她还是会乖乖吃早餐的。可是现在一切都变了,不吃早餐也变成了习惯,习惯真的很可怕。

见普小萄陷入沉思,庆天举急忙转移话题,脱口而出道:"今天天气不错,很适合去游乐园,好久没领孩子出来玩了,真是没有尽到一个爸爸的义务。"

"不,你是一个好爸爸。"普小萄否认道,"作为一个女人,一个人把孩子拉扯大都觉得力不从心,何况是一个男人。"

"你过奖了。"庆天举轻声说道,"爸爸还算是勉强过关,但好爸爸就有些担当不起了。平时工作比较忙,都没时间和孩子玩,平日里都是保姆在照看孩子。对了,你是从事什么工作的?"

"我?"普小萄有些尴尬地撇撇嘴道,"我……我刚刚被炒了鱿鱼,还没有找到合适的工作……"

"原来这样。"庆天举若有所思道,"现在的工作很多,但是找到适合自己的又有前途的就真的少之又少。"

"就是,"普小萄产生了共鸣,"哪个人愿意一辈子当服务生,一辈子当售货员,一辈子兢兢业业却抵不过别人的一份毕业证书?"

听完这些话,庆天举笑了,看来眼前的普小萄不但是个小女生,还是个被残酷的现实折磨得充满怨气的小女生。于是他想了想道:"普小姐,如果你不嫌弃的话,我愿意聘请你做我公司的置业顾问。"

"置业顾问?"普小萄摆摆手道,"还是算了,我没有那个工作经验,再说了,我也没信心能做好。"

"不需要有什么工作经验，也不用担心做不好，你只需要坐在办公室里接个电话，整理整理资料，闲来无事倒杯水，帮我处理一些琐事就行。"庆天举解释道。

"端茶、倒水、接电话？你这哪里是聘请置业顾问，简直就是找一个秘书，还是私人的！"普小萄一语道破。

庆天举尴尬地笑笑，他看向后视镜中一脸鄙夷的普小萄，开口道："我如果直接找你当私人秘书，是不是太直接了点？"

说罢，庆天举从口袋中拿出名片，递给普小萄道："你可以考虑一下，我们也算是有缘相识。现在工作又不好找，我这儿又缺人，希望有机会可以一起合作。"

普小萄有些受宠若惊地接过这张在太阳下反射出金灿灿光芒的名片，仔细看了看上面的字：

新世纪建材公司董事长——庆天举。

果然是个不容小觑的人物，普小萄撇撇嘴，不过他是什么身份，她一点儿也不在意，即使身缠万贯，那与她有什么关系呢？

庆天举却不这么认为，他觉得自己的身份和地位足以震慑普小萄，他自认为普小萄会因此欣赏他。

此时，两个小家伙正玩得起劲儿，小美把庆天举新买给她的电子宠物狗递给逃逃道："你点这个，它会睡觉；你点这个，它会吃饭。"

逃逃拿来试了一下，果真，在手机大小的屏幕上，一只黑白色的小狗"汪汪"叫了两声后，就按照逃逃的指示乖乖吃了饭，然后跑到窝里睡觉去了。

"好无聊……"逃逃在心里嘀咕道。像这种没有营养的玩具，逃逃早就扔到一边了,何况是女孩子玩的东西,他就更加不稀罕了。

"它叫小白兔,是我给它起的名字。"小美用弱弱的声音继续介绍道,"点这里还可以洗澡,苍蝇飞来了就是要洗澡澡了。"

"小白兔,这明明是一只狗,为什么叫小白兔?"逃逃问道。

"因为它很白很白,像雪一样的白,我喜欢雪。"小美无厘头地解释道。

逃逃没有再说话,果然小美如他所想的一样幼稚。只见他默不作声地把电子宠物狗还给了小美,然后仰起脸道:"妈妈!还有多久才能到?"

普小萄笑道:"我也不清楚,你问叔叔。"

"哥哥,我们什么时候才能到游乐园?"逃逃对着庆天举重复了一遍这个问题。

庆天举对逃逃对他的称呼哭笑不得,但为了让孩子高兴,他也默认并接受了,于是亲切地回答道:"还有五分钟,逃逃是不是等不及了?"

"嗯,"逃逃迫不及待道,"平时妈妈是不可能带我去游乐园的。"

普小萄在心中翻了个白眼:臭小子,敢情你是一箭三雕。

欢声笑语中,车子进入游乐园的停车场,趁着庆天举找车位时,普小萄先和逃逃下了车,并把逃逃牵到一个角落里,压低声音道:"逃逃,等一会儿好好照顾小美,但不许和她胡说八道,知道吗?"

"知道了,"逃逃嬉皮笑脸道,"妈妈和哥哥好好相处吧,我会照顾小美,我们不会打扰你们的。"

普小萄无语,她真的怀疑自己上辈子是不是欠了逃逃什么,这辈子才会被他玩弄在股掌之间。

第十九章 三千元

两个大人拖着两个小小的身影来到了游乐园,时间虽然还早,但可能是周末的关系,游乐园里已经人山人海。

逃逃看着四周的游乐设施感到目不暇接,禁不住拍手道:"妈妈妈妈!这里好大好大!好多好玩的!"

"再多也没有用,你是儿童,只能玩儿童区域的设施。"普小萄说罢,指指右手边的四个大字道,"儿童乐园!你认得吧,你和小美只能去那里。"

"不公平!"逃逃嘟起小嘴道,"我又不是小孩子,为什么要去儿童乐园?妈妈,我要玩那个。"

逃逃说罢,把手指向正前方的穿天梭,那是一个在高空中快速上升下降的机器,普小萄看着机器上的人头发飞舞、失声尖叫的模样,小心脏不禁都跟着颤抖起来。

"那个你可不能玩。"普小萄连忙制止。

"为什么?"逃逃嘟起小嘴,一脸无辜。

"因为你是小孩子!"普小萄说罢就拉起逃逃的手道,"你要是不相信,我带你去看上面的公告。"

说罢,普小萄拉起逃逃的手来到了穿天梭的前面,指着上面的牌子道:"'未满十八岁勿入'。你看看,你符合标准吗?"

逃逃顿时感到一阵失落,没想到来到游乐园却不能玩自己想玩的东西,他扫兴地低下了头。

这时,庆天举领着小美,手里拿着一大一小两个棉花糖走过来。他把其中一个小的棉花糖给逃逃,美食瞬间捕获了逃逃的心,他立刻把穿天梭抛到了九霄云外。

而另一个大大的棉花糖,庆天举给了普小萄。

普小萄有些惊讶地摆摆手道:"不用了,我又不是小孩子,留着给孩子吃吧。"

庆天举眼里含着笑,他把棉花糖塞到普小萄手上,咧开嘴满眼温柔道:"你在我眼中就是一个可爱的小女孩。"

一句话,羞红了普小萄的脸,使她顿时无力反驳。虽然不清楚庆天举这句话是褒义还是贬义,但她没有拒绝庆天举的好意,她拿过棉花糖到嘴边舔了一下道:"好甜,谢谢你。"

这可能是六年以来,普小萄第一次尝到棉花糖的滋味吧……

在儿童乐园里,两个小孩子吃完棉花糖,牵着手跑开了,留下了普小萄和庆天举两个人尴尬地面对面坐着。

沉默了三秒,普小萄站起身道:"我去看着他们。"说罢就想一走了之。

而庆天举冷静地说道:"你儿子会照顾我女儿的,好不容易出来一趟,是时候让自己好好放松一下了。我们这些家长,尤其是单亲父母,真的没有机会好好休息一下。"

庆天举的一番话,让普小萄停下了脚步。她看了看不远处的逃逃和小美正乐此不疲地玩着泡泡球,他们那欢乐的笑容,也让普小萄的脸上露出了笑容。

"我的妻子早在三年前就因癌症去世了,她走的那天,正是小美两周岁的生日……"庆天举深沉的声音响起,不知为何,他说起了自己的过去。

出于礼貌,普小萄坐下来静静地聆听,她看见庆天举那暗淡的目光,欲言又止。

"那年的春天风和日丽,我的妻子躺在病床上,她满眼的无助,但嘴上一直在鼓励我,要我坚强地生活。她说她此生遇见我,和我结婚,没有一丝遗憾。可是我知道,她是有遗憾的。"

"什么遗憾?"普小萄好奇地问道,但是问出口之后她又觉得自己这样不太礼貌,于是又说了一句"对不起"。

"没关系。"庆天举微微一笑,表情平静地继续说道,"那一天,小美因为生病并没有在场,我看见我妻子不停地朝门口望去。我想她的遗憾,就是在生命的最后一刻没有看到小美吧。"

庆天举说完后沉默了,虽然已经过去三年,而且那些难熬的岁月也带着小美一直坚持了下来,但是每逢想起那一刻时,他都心如刀绞。

"真是个可怜的母亲……"普小萄发自肺腑地感叹道,"其实女人在没有孩子之前,会觉得丈夫是自己的一片天,但是有了孩子以后,就会不由自主地想当孩子的一片天。虽然我感受不到你妻子被病魔缠身的那种痛苦，但我能体会得到她渴望见到小美的那种感觉。"

普小萄贴心的话唤回了沉浸在回忆中的庆天举，他抬起头看着普小萄忧伤的目光，心里不知为何产生了一种暖暖的情绪，果真是太长时间没有单独和女人约会的关系吗？

"现在孩子已经长大了，也不缠着要妈妈了，可是我总觉得亏欠了她什么似的，我不能给孩子一个完整的家庭，这是我无法弥补的。"庆天举继续道。

"这不是你的错，你已经很努力了，所以你不要自责。"普小萄缓缓开口道，"那小美知道她妈妈的事吗？"

"不知道，我只告诉她，她的妈妈去了一个很远的地方，不会回来了。以前她还天天哭着找妈妈，但是自从她上了幼儿园之后，我觉得她好像懂事了不少，她不再找妈妈了，只是性格变得有些孤僻。"庆天举回答道。

普小萄点点头表示理解，其实她也曾担心没有父爱的逃逃长大之后性格会有缺陷，但是现在看起来，貌似自己的担心有些多余。

这时，庆天举从包里拿出一瓶矿泉水递给普小萄道："吃了太多甜的，漱漱口，不然对牙齿不好。"

"你还真把我当小孩子？"普小萄苦笑着道，"别忘了，我也是一个五岁孩子的母亲！"

庆天举尴尬地笑笑，他怎么能不知道普小萄的身份，他只是忽然很想去关心一下普小萄罢了。他看着自己面前的这个女人，忍不住问道："你好像有什么心事？是不是我说得太多，让你想起了以前的事情？不妨说来听听。"

"没……没什么！"普小萄摆摆手道，"我没有什么可说的，只是碰巧心情不太好，不过现在心情好多了，谢谢你。"

说罢，普小萄转过头，冲着逃逃挥挥手喊道："逃逃！别顾着自己玩！记得照顾好小美！"

"遵命！"逃逃稚嫩的声音传了过来，让普小萄感到了些许的安心。

经历过大风大浪的庆天举自然看得出普小萄的情绪变化，他也看出她忽然间的转头是为了掩饰心中的悲伤，但他没有戳破，因为他知道，不是每一个人都愿意把过去和别人分享的。

"他们玩他们的，我们玩我们的，怎么样？"庆天举提议道。

普小萄瞪大了眼睛，疑惑地说道："你的心还真是无限大！孩子在那边呢，你还有心情玩？"

正说话的时候，外面忽然闹哄哄地一下子拥来了好多人，他们一个个紧贴着探着头，好像在等什么人。

"外面是怎么回事？"普小萄指着越来越多的人诧异地问道。

"不清楚，我去问一下。"庆天举说罢，就迈开长腿跑了出去。只见他随便拉着一个人的胳膊，不知道和他说了些什么，就火急火燎地跑过来道："据说有一个明星要路过这里，他们抢着看呢。"

"明星？无聊！"普小萄翻了个白眼道，"想看就打开电视看，大热天地围在那里看不是自讨苦吃吗？"

"他们可能是想拍照吧，听说拍到明星的近照，投到报社去能得到三千元的酬劳。"庆天举漫不经心地回道。

"什么？三千元？"普小萄顿时财迷心窍，要知道，三千元可是她辛苦一个月的工资。真想不到，只要对着手机按键轻轻一按，三千元就到手了。这么好的差事，普小萄岂能错过。

于是普小萄拿起手机，甩了一句："你等我的好消息！"就飞一般地跑向那堆蚂蚁一样的人群中。

庆天举禁不住笑着摇摇头，刚刚还理直气壮教育他要以孩子为重的伟大母亲，这一秒就变成为三千元赴汤蹈火弃自己的亲生儿子而不顾的追星族，这个普小萄还真是任性得可爱。

普小萄才不管那么多，她双手叠在胸前，一边保护好自己的手机，一边低着头往人群里钻，惊人的体能爆发使得她一路上穿越层层阻挠，径直挤到了人群的最内侧。如果不是几个保安手拉着手围在那里，想必等一会儿明星来了，她一定能窜到明星跟前，对着她的脸一顿猛拍，不拍出明星脸上的黑头粉刺想必普小萄是不会罢休的。

第二十章 肇事者

就在普小萄刚刚把手机调成相机功能的时候,人群的前面停下来一辆黑色高级轿车,普小萄立刻把镜头朝着那个方向瞄准,想着等一会儿明星走到这里的时候,一定要上上下下拍一个写真集,不能浪费一分一秒。

这时,从高级轿车上走下来两个戴着黑色墨镜、身穿黑色西装的男子,他们留着半寸头,体格高大威武,虽然隔着两件衣服,也能看出他们胳膊上的肌肉仿佛就要撑破衣服了。

其中一个男士快步走到轿车后排,拉开后座的车门。顿时,人群开始涌动,闪光灯四起,就连还不知道发生了什么的普小萄的心也变得澎湃激昂起来。

只见一条美腿从车子里迈出来,她穿着一双金色的高跟鞋,衬托她白皙笔直的长腿,显得雍容而华贵。

接着,一张精致的面孔探了出来,只见她垂着眼睛,长长的睫毛贴在脸上，看起来是那样柔美。她小心翼翼地将身体探出车外，什么表情都没有，却引起众人的阵阵尖叫。

她手提白色的裙摆，优雅地走下车，这时才抬起眼露出标志性的微笑。

众人无不为她的容貌所倾倒，三百六十度无死角，每一寸皮肤都如煮熟后刚剥壳的鸡蛋般光滑亮洁，那染得像蜜桃一般的唇上，小而翘的鼻子配上那双灵动的大眼睛，标志性的长发垂在脸颊，更让她那精致如娃娃一般的面容增添了一丝成熟的魅力。

白皙的美颈上那颗红色的宝石项链闪闪发光，看起来价值不菲，但即使再夺人眼球，也不及她穿的这件镶嵌着白色珍珠的抹胸连衣裙。

连衣裙紧裹在身上，衬托出她傲人的胸部和那犹如杨柳般的细腰。裙子的设计很特别，上面除了精致的刺绣，其他的都用珍珠代替，而且前短后长，从远处看，很像一件洁白的婚纱。

女星从容地向着围观的群众挥手，模样看起来很亲切，在两个黑衣人的护送下，她优雅地迈开步子，朝着前方缓缓走去。

气氛达到高潮，周围的欢呼声差点震碎了普小萄的耳膜，很多人喊她的名字，但是声音过于嘈杂，使得普小萄即使想知道来者是何人，也无从得知。

在万众瞩目之下，那抹美丽的倩影一步一步朝着普小萄的方向走去，她转过一个弯，刚一抬腿，就被早已准备好的普小萄拍了个正着。

随着明星的移动，站在最前面围观的群众也跟着移动。他们不管三七二十一向着普小萄的方向移动，而后面的这些人也不善罢甘休地坚定着自己的立场，前面的人再怎么拥挤，他们都死咬着要坚守住自己好不容易才得到的宝贵阵地。

普小萄也一样,她咬着牙紧紧地握着手机,生怕自己的手机被挤掉,这样就赔了夫人又折兵。见那抹身影越来越近,她屏住呼吸再次举起手机,对着那个方向就是一顿猛拍,直到明星真的快要走到她的身边,从手机镜头中看到她那美丽的面容时,她却愣住了。

林婉茹……即使把她化成灰,普小萄也会认得……千辛万苦等来的怎么会是她……

"林婉茹!林婉茹!林婉茹……"四周的欢呼声再次响起,这时的普小萄已经完全听不到了,她只觉得自己的脑袋"嗡"的一声,变成了一片空白。

此时,她的眼中只有林婉茹朝着她姗姗走来的身影,她脸上洋溢的笑,她的飘飘长发,就连她身上穿着的那件宛如婚纱般的白色珍珠连衣裙都似曾相识。

普小萄彻底呆住了,她缓缓放下高举着的相机,任凭周围的人推挤,完全忘记了她站在这里的目的。

不知道林婉茹是不是注意到了她,只见林婉茹的眼神冲着普小萄一扫而过,她愣了一下,又立刻嘴角上扬,露出了那迷人的微笑。

也不知道为何,林婉茹忽然加快了脚步,她面带笑容却步履匆匆地走过了人群,直到消失了身影,众人才心满意足地离开。

随着女星的离去,大家离开了这个前一秒还像火一样热的地方,周围开始变得冷清,游乐园内又恢复了欢声笑语。可是庆天举等了很久,也没有看到普小萄拿着手机向他兴高采烈跑过来的身影。

出于担心,庆天举决定去找找她,却在不远处的一根柱子前面,看到了像傀儡一样直直站在那里的普小萄。

"普小姐！"庆天举一边喊一边跑了过去，没想到看到的却是一张满是泪痕的脸。她的目光呆滞，眼泪止不住地往下流，伴随着汗水一起浸湿她的衣领。

庆天举顿时有些手足无措，他不知道为什么所有人都心满意足地离开了，唯独普小萄留在这里，而且还像受了什么打击一样。

他轻轻地拍了拍普小萄的肩膀，然后柔声问道："普小姐，你还好吗？"和庆天举料想的一样，普小萄没有任何回应。

他掏出纸巾擦了擦她的眼泪，她没有躲闪，甚至连呼吸都没有，唯一不停的就是她的眼泪。

不知哪里来的勇气，庆天举一把抱住了她。他轻轻地拍着她的背，在她的耳边安慰道："不怕，有我在你身边，你不要怕。"

或许是这温暖唤回了普小萄的灵魂，只见普小萄一个颤抖，接着她用尽全身力气推开了庆天举，朝着游乐园门口的方向哭着跑开了。

这个地方，她不想再待下去，这里的空气让她窒息，她一分一秒都不想再待下去。

庆天举很想追上去，但是想起还有两个小孩子在儿童乐园里，只能叹一口气回到儿童乐园。

逃逃和小美还不知道这一切，他们两个人依然沉浸在泡泡球的欢乐中无法自拔。此时的逃逃正躺在地上，小美正往他的身上堆着泡泡球，玩得不亦乐乎。

庆天举想了想，想起普小萄临走前手里还拿着手机，于是快步走到逃逃身边，说道："逃逃，你过来一下。"

逃逃闻声而起，破坏了小美好不容易就要堆好的泡泡球。

"哥哥，什么事？"逃逃笑着问道。

"逃逃，你知不知道你妈妈的手机号码？"庆天举细语道。

"哥哥，你要我妈妈的手机号码做什么？"逃逃禁不住问道。

"她……"庆天举有些语塞，一时间不知道怎么解释，总不能告诉逃逃他的妈妈不知道犯了什么神经自己一个人跑掉了，连她的宝贝儿子都不顾了吧？

见庆天举有些为难的神色，逃逃恍然大悟道："她是不是又哭着跑掉了？"

"你……你怎么知道？"庆天举不可思议地睁大了眼睛。

"她经常这样，哥哥，你不用担心，她会回来的。如果她回来找不着我们，她一定会自己回家的。"逃逃不以为然道。

庆天举在惊讶之余不禁感到了一丝心酸，他不知道普小萄曾经经历过什么，才使得她变成了现在这样。这是有多大的心痛，才会让她一次又一次地逃避。

庆天举缓过神来，看着逃逃那双小眼睛道："哥哥知道了，那你能不能把你妈妈的电话告诉我一下呢？我还是担心她。"

只见逃逃拿过庆天举的手机，一边按一边说道："妈妈一定关机了，不信你听……"说罢，他把拨出去的电话移到了庆天举的耳边，果然三秒钟过后，里面传来；"对不起，您所拨打的电话已关机，请稍后再拨……"的提示音。

庆天举摸摸逃逃的脑袋,对着他道:"好了,叔叔心里有数了,你领着小美去玩吧,等一会儿叫你们吃饭。"

逃逃听后蹦蹦跳跳地跑开了,看着两个孩子手牵手又愉快地玩了起来,庆天举叹着气回到刚才的座位上,看着手机中的已拨电话,陷入了沉思。

与此同时,沿着马路一直跑的普小萄正靠在墙上喘着粗气。每次遇到这种心痛到要碎掉的情况,除了拼命奔跑,真不知道还能够做什么来转移自己的注意力。

林婉茹,普小萄在心里念着她的名字,不知道她为什么阴魂不散,就连普小萄绝望地抬起头,看到的都是她那大大的广告牌。

普小萄从地上捡起一颗石子朝着远方扔去,想砸中那块高悬的广告牌,没想到石子偏离了预想的线路,不正不斜地砸中了一辆金色的轿车。

汽车一个急刹车停在了路边,驾驶座上的一个身穿黑色紧身裤,戴着一个大大墨镜的男人走下车,看了看被石头砸到的那个地方有一个浅浅的小坑,禁不住皱起眉头,巡视着四周,想要找到肇事者。

不料,他那犀利的目光一扫,就扫到了颓废地靠在墙上的普小萄。

男子定睛一看,禁不住说道:"是她……"

第二十一章 伤口

见四周无车,男子一个箭步跑过去,站在普小萄身边,他拉住她的手腕道:"你怎么在这里!这里是高速公路!你在这里干什么!"

普小萄抬起眼,看着这个戴着大墨镜的奇怪男子有气无力道:"大哥,你是我七大姑八大姨家的哪个亲戚?我们认识吗?你管我呢。"

见普小萄的情绪不对劲,且没有认出他是谁,男子急忙转移话题道:"你刚刚砸了我的车!怎么办!"

"开什么玩笑!"普小萄看了一眼停在对面的金色轿车,冷笑一声道,"你当我是飞天小女警,会飞的?还是当我是刘翔,跑那么快去砸你的车?大哥,虽然我心情不好,但是也没有轻生的想法呀!这里这么多车,我跑来跑去的,不是找死吗?"

男子无语,自己只不过说了一句话,普小萄就没完没了地说个不停,还都是一堆歪七扭八的烂道理。

或许不让她亲眼看见,她是不会相信的。于是他自作主张地拉着普小萄的手,拽着她躲过来往的车流,把她拽到了自己的汽车前。

"你松手!"普小萄甩开他的手,或许因为还在气头上,她力气大得惊人,甩掉他的手的同时,自己的指甲还在他的手臂上划了一条优美的曲线。

"呀……"男子忍不住用手捂住手臂,几秒过后,鲜血就顺着他的手臂流了下来,一滴一滴地滴在地上,像玫瑰一样绽放。

意识到自己犯了错误的普小萄瞬间慌了神,她收起那股气势汹汹的架势,立刻上前一步解释道:"大哥,我不是有意的,那……你去医院包扎一下,医药费由我承担。"

说话期间,男子慢慢放下自己握住手臂的手,只见一个长长的红色伤口呈现在眼前,与他雪白的皮肤形成了鲜明的对比,鲜血时不时地渗出来,看起来很是狰狞。

普小萄看到这一切更加心虚了,她支支吾吾道:"对……对不起……真的对不起……"

"没关系。"男子打断了她的话,他的声音很温柔,仿佛不曾受过伤一样。他甩甩胳膊,然后对着普小萄道,"副驾驶上有一件衣服,你帮我拿过来一下。"

普小萄连想都没有想,就跑过去了。在副驾驶上找着那件崭新的纯棉T恤衫,她拿了出来,对着男子道:"拿这个要干什么?"

"擦血呀,还能做什么。"男子险些崩溃。

"可是……"普小萄看看这件标签还在的衣服,心里犯起了难,喃喃自语道,"这么好的衣服,是不是太可惜了……"

男子翻了个白眼，只不过他戴着大大的墨镜，普小萄没有看到。只听他道："你还有什么更好的办法吗？"

普小萄掏掏口袋，除了一堆一元、五角的钢镚之外，再也没有什么东西了。无奈之下，她只好按照男子的吩咐用那件崭新的衣服擦了擦他的血，然后把他的胳膊五花大绑起来。

男子摇了摇头，叹一口气道："小姐，你用石头砸了我的车，用指甲伤了我的胳膊，还毁了我一件新买的衣服。你说，这账怎么算？"

普小萄抿抿唇，这才想起来自己确实扔了一块石头，但是为了自己的今后着想，她还是张开嘴，故作明理道："大哥，有没有兴趣听我分析一下？"

"你说。"男子饶有兴趣地弯起嘴角，露出了好看的弧度，他的这个动作使得普小萄的心为之一颤，因为她感觉到了一股熟悉的味道……

顾不得那么多了，或许是上辈子她替他捡过钱包吧，想到这儿，普小萄晃晃脑袋接着道："首先，那颗石子是不是我扔的，这无从证实，就算是我扔的，那我也不是有意的，有意的是风，是惯性，是地心引力，怪它们，如果不是它们，这颗石子是不可能砸到你的车的。哦，对了！还要怪你，如果不是你把车开到这里要接住这块石头，估计它早就平安落地了。"

男子听后禁不住轻笑两声，他看着普小萄一本正经的模样，张嘴说道："还有吗？"

"当然还有！"普小萄清清喉咙继续道，"我承认是我不小心划伤了你的胳膊，但前提是，你拉着我不放——如果警察叔叔来，我说你强奸我，这算是正当防卫，即使再划你两道也不为过——警察叔叔不会怪我，相反，他会把你带到派出所去。"

"强奸你?"男子重复了一遍关键词,"你以为我想强奸你?"

"抢劫!大哥,算我口误了行不?抢劫!"普小萄急忙纠正自己的措辞。

"抢劫?"男子的口气更加质疑了,"你看看你身上有什么值得我抢劫的?警察又不是傻子,他会相信?"

"为什么不会相信我!"普小萄继续胡诌道,"我可以说我的包被你抢走了,你在前一秒扔到桥下的河里了。再说了,抢劫一元钱也算是抢劫!怎么!你瞧不起我兜里的几个钢 呀!小心我扔到你的车里当你抢劫的证据!"

男子无语,他真是很佩服普小萄的口才。

见男子已经被自己折服,普小萄咧开嘴接着道:"至于那件衣服,对我就更构不成威胁了,是你让我拿的,你要是污蔑我,我可以告你陷害!看在你还算是风度翩翩的面子上,本小姐就放过你一马,我不追究你,我们互不相欠,你看怎样?"

男子笑出了声,他的声音很明朗,普小萄看着他嘴角露出的两个浅浅梨窝,更加觉得对这个男子有些熟悉了。

普小萄上前一步,准备趁其不备摘掉他的墨镜一看究竟,可是反应灵敏的男子虽然残了一只胳膊,还是用另一只手迅速抓住了普小萄的手腕,说道:"小姐,偷袭是不对的哦。"

普小萄冷哼一声道:"切,你不怕我把你这只胳膊也抓伤?"

听到普小萄这么说,男子的笑意更加明显了。他歪过头,顿了顿道:"那你不怕惹火了我,我在光天化日之下非礼你?"

"无聊。"普小萄别过脸。这种口气,也很熟悉。

男子放开普小萄的手,普小萄揉了揉有些发红的手腕,转移话题道:"说真的,如果车子真是我砸坏的,我会想办法赔你的,只是我现在没钱,但你相信我,我一定会挣钱还给你的。"

"算了,"男子摆摆手道,"砸车这件事我认了,你只要还我一件衣服就好了。"

"还衣服?"普小萄诧异地把视线移向已经不成衣服样的衣服上,买一件衣服总比修车便宜吧,于是她爽快地点点头道:"好!一言为定!"

见时间不早了,普小萄看看远方道:"大哥,我要走了,我的儿子还在游乐园等我呢。"

游乐园?男子看看前方,这里离游乐园还有一段距离,于是他开口道:"正好我也去那里,我顺路带你过去吧。"

这个提议真是应时应景,其实普小萄也正苦恼自己要怎么回去。于是说了声谢谢,就大摇大摆地坐进副驾驶座并系好安全带,好像汽车是她的,男子是她的司机一样。

男子再次无奈地摇摇头,天底下怎么会有如此奇葩的女子?可惜事已成定局,他也心甘情愿当她的司机。于是半分钟过后,汽车朝着游乐园的方向呼啸而去。

男子的外表看起来很时尚,但是他的汽车里播放的全是一些轻音乐。这些轻音乐普小萄也时常听,不过她不是用来欣赏静心用的,而是用来催眠的。

这时,男子从后视镜看向面无表情的普小萄,打破了沉寂道:"刚刚看到你,好像并不开心,发生了什么事吗?"

"没什么，都过去了。"普小萄似乎很不愿意去回忆。是的，事情已经过去六年了，早应该过去了，想想自己刚刚竟然还会那么冲动，她真的有些悔恨自己的懦弱和不理智。

见普小萄不愿意提起，男子也就没有多问，只是专心开着车。不一会儿工夫，就到了那个游乐园。

普小萄下车后连连道谢，不论如何，她都要谢谢这个萍水相逢却愿意载她回来的男士，虽然他们像欢喜冤家一样。

男子微微点了点头。看着普小萄离开的背影，他眼里流露出了恋恋不舍。眼看着普小萄在他的眼前消失，不知道哪里来的冲动，他竟然下了车，沿着普小萄走过的地方跑了过去。

"儿童乐园"四个大字映入男子的眼帘，他想看看普小萄刚刚提到的儿子，于是毫不犹豫地走了进去，没想到走进去一看，却看到了普小萄正抱着她的儿子站在一个男人的身边，不知在说些什么。

此时，普小萄怀中的逃逃似乎注意到了站在门口的男子，他冲着男子挥挥手道："帅哥哥！帅哥哥！"

普小萄被他的声音提醒，帅哥哥？听起来也好熟悉。

她顺着逃逃的视线向后望去，只见门口空无一人。

此时，男子已快步跑回到车里，他喘着粗气狠狠地踩向油门，不知为何，当看到普小萄和另外一个男人如此亲密的时候，他的心竟然比手臂上的伤口还要痛。

第二十二章 查明真相

庆天举见普小萄如逃逃所说的一样平安无事地回来了，一直悬在嗓子眼儿的心总算放了下来。

在回去的路上，普小萄有些不好意思地看向庆天举道："真是麻烦你了，让你一个人照看两个孩子，真是抱歉。"

"没关系。"庆天举笑道，"好久没有出来呼吸新鲜空气了，有机会我们再组织一次郊游，去海边还是去爬山，这个你来定，你看怎么样？"

"这……"普小萄有些为难地挠挠头，这次自己出了这么大的糗，哪还有脸留着下次见他，于是她委婉地拒绝道，"等我找到工作、稳定下来之后，我们再一起出来玩。"

庆天举点点头，这时他想到了来时的提议，于是又提了一遍："那个工作的事情，你好好考虑一下。来我公司工作，我是绝对不会亏待你的。"

普小萄用手攥了攥口袋中的名片，心里虽不情愿，但嘴上还是说道："我会好好考虑的，谢谢你。"

晚上，普小萄谢绝了庆天举要请她吃大餐的好意，径直把逃逃带回了家。两个人都累坏了，他们躺在枕头上，谁都不想先开口说一句话。

许久，普小萄听到逃逃的肚子"咕噜咕噜"直叫，这才意识到两个人还没吃晚餐呢！

"妈妈，我饿了。"逃逃开口说道。

"妈妈这就给你做饭吃。"普小萄说罢就坐起来，舒展了一下筋骨，下了床，朝着厨房走去。

逃逃也没闲着，他踩着小板凳下了床，蹑手蹑脚地走到普小萄的身后道："妈妈，今天你偷偷走掉了，是去看帅哥哥了吗？"

帅哥哥？为什么逃逃再次提起这个词？见普小萄没有反应过来，逃逃再次描述道："就是那天晚上认识的帅哥哥，他还和你们喝过酒。"

这时候，反应迟钝的普小萄才想起来，原来逃逃口中的帅哥哥就是这几天一直和她们没有脱开关系的星诚。

"你搞错了！"普小萄摆摆手道，"妈妈只是去游乐园门口转了一圈透透气而已，根本就没有去找任何人。"

逃逃嘟起嘴，想了想道："可是我看到了帅哥哥，他戴着大墨镜，穿着黑色的裤子，而且他还在偷偷地看你。"

"你是说他……是……"普小萄顿时惊呆了，难道今天莫名其妙砸的是星诚的车？她划伤的是星诚的胳膊？她毁掉的是星诚的衣服？

普小萄感到不可思议，但是仔细想想，那种熟悉的韵味，确实和星诚很像。

"妈妈！妈妈！鸡蛋要煳了！"逃逃的尖叫声唤回了普小萄的思绪，只见普小萄匆匆忙忙地把煎鸡蛋翻到了另一面，这才没有酿成一场"悲剧"。

又是一顿简陋的晚餐，两个煎鸡蛋，一包榨菜，两碗稀粥，可是逃逃吃得津津有味。"妈妈做的鸡蛋真好吃。"逃逃禁不住夸奖道。

"谢谢宝贝。"普小萄摸了摸他的脑袋道，"妈妈明天还做给你吃。"

"不！"逃逃撇撇嘴道，"逃逃已经学会了，明天我做给妈妈吃。"

普小萄哭笑不得，这个逃逃真和童朵朵说的一样，是个天才儿童，才五岁而已，洗衣做饭样样都会，估计给他买一架钢琴，他也会变得和郎朗一样出色吧？只不过普小萄没有让逃逃当钢琴家的想法，更没有那个闲钱给逃逃买钢琴。

看逃逃吃得香，普小萄也舍不得吃，她用咸菜拌着稀粥，一口一口地喝下去。心里想着，自己真的要赶紧找个工作了，等交了下个月的房租，家里只怕连鸡蛋都快买不起了。

想到这里，普小萄跑到卧室里找出了庆天举给他的名片，美其名曰是职业顾问，其实就是私人秘书。从来没有当过秘书的她有些忐忑，才见一次面就想让她做秘书，会那么简单吗？

普小萄盯着名片左思右想，再看看桌子上的那些招聘报纸，最终还是觉得应该去庆天举的公司看一看，如果可以的话，那可能会是一份很不错的差事。

与此同时，戴着墨镜的童朵朵正徘徊在敦煌宾馆的门口，门口的保安看着她已经在门口转了将近一个小时，终于忍不住走上前问道："小姐，请问您在这儿等人吗？"

童朵朵下意识地点点头，却又立刻摇摇头道："我……我不是在等人。"

"那您是来找人的？"保安猜测道。

"也不是……"童朵朵尴尬地笑笑，但是下一秒，她忽然摘掉脸上的墨镜道,"您……见过我吗?"

保安仔细打量了一下童朵朵姣好的面容,然后摇摇头道:"好像没见过,您长得这么漂亮,如果见过我一定会有印象的。"

童朵朵却不依不饶道:"帅哥,你好好想想,前天晚上,你有没有在这里见过我?"

"前几天我都休息,我今天才来上班。"保安老实地回答道,说罢,他指指前台道,"你可以问她们,她们都不休息,应该会知道你有没有来过。"

童朵朵有些为难地看看宾馆里的那些人,犹犹豫豫道:"如果我好意思去问,我早就进去了……"

看出童朵朵好像有事情的样子,保安热心地说道:"如果您觉得不方便,那我帮您叫一个前台过来,您看怎么样?"

童朵朵一听到这里,立刻眼睛都亮了起来,只见她把头点得像小鸡啄米一般,连连道谢道:"谢谢!谢谢!"

几分钟过后,一个身穿旗袍的年轻女子款款而来,她看了看童朵朵,又看了看保安道:"什么事儿?"

"我想问,前天晚上,你有没有看到过我?"童朵朵抢着道。

"前天……"前台小姐陷入沉思,"这几天有很多客人,即使见过也想不起来了,您大概是前天的什么时候?"

"应该是很晚了,也可能是凌晨。"童朵朵道。其实她想告诉她曾住过的房间号,让她帮忙查一下,但是她觉得那一定会引起怀疑,所以她就没有说出来。

前台小姐仔细想了想,接着摇摇头道:"对不起,我好像没有什么印象。"

好不容易燃起的希望瞬间破灭,在前台小姐转身想要走的时候,童朵朵一把拉住了她的胳膊，用恳求的口气道："你帮我好好想一想，应该很晚了，那天我应该是被抱着或者扛着进来的……你有没有什么印象？"

提醒到了这里时，前台小姐拍了一下手掌道："我想起来了，前天确实有一个男人抱着一个女人住进了我们宾馆。"

"那能不能告诉我那男人的长相？"童朵朵继续问道。

前台小姐想了想，回答道："我记得他是长发，皮肤很黑……"

当她说到这里的时候，一个人影忽然间出现在了童朵朵的脑海里，是他……是他……她一个踉跄，差点跌倒在地上。

顾不得两个人诧异的眼光，童朵朵落荒而逃，是他！怎么可能会是他！如果是他！星诚怎么可能会不知道！

她一口气跑到隔壁广场的花园里，坐在台阶上大口喘着气，她想不通为什么他会对她做这种事，明明他们之间根本就没有任何交集。

这时，一个染着红色头发的小混混走到了童朵朵的身边。他看着童朵朵一个人坐在那里，就调戏道："美女，发什么呆？走，我请你喝酒。"

童朵朵正憋着一肚子的气没地方发泄，于是头也不抬地道："识相就给我滚远点，不要来惹我。"

这个小混混明显是脸皮比城墙还要厚，他蹲下身子，抬起童朵朵的脸，当看到童朵朵的美貌时，禁不住赞叹道："呦！美女长得不错嘛！在哪儿上班！改天本爷去给你捧捧场！"

"拿开你的脏手！"童朵朵说罢就一巴掌打开了他的手，并且站起身眯着眼睛道："本姑娘是你随便能碰的人吗？也不撒泡尿好好照照，看你的头发染得跟猴屁股一样，装什么杀马特！"

这句话成功地惹恼了这个小混混。要知道，染这个头发可是花了他整整半个月的零花钱,是他近期最得意的造型,批评他没文化可以,说他没钱也可以,但他就是忍受不了别人批判他的造型。

小混混看着童朵朵一脸讥讽的表情,禁不住一股怒火涌上心头,他上前一步就拽住童朵朵的长发道:"你敢说我的头发,看我不让你做尼姑!"

童朵朵也不是吃素的,平时女汉子的外号也不是白叫的,只见她甩手一个巴掌扇在小混混的脸上,没等他反应过来,另一只手也紧跟其后,"啪"的一声响,又在他的脸上落下一个鲜红五掌印。

"你……你敢打我!"小混混恼羞成怒,松开手就想去抓童朵朵的脖子,童朵朵趁此机会把头发抽了出来,并一脚朝着他的胸脯踢去,尖尖的高跟鞋使得倒在地上的小混混痛不欲生,失声尖叫。

很多人闻声赶来,童朵朵看着围观的人群,没有一丝惧怕,反而助长了她的胆气,只见她大步走到小混混的身边,蹲下身子道:"还敢不敢碰我一下?"

说罢,童朵朵对着他的脸又是一巴掌道:"看你这副烂泥扶不上墙的样子,想必你平时没少干坏事吧!说,调戏了多少个良家妇女?我替她们打你几巴掌过分吗?"

这时,两个巡警赶了过来,他们拨开人群,只看见一个漂亮的女人蹲在一个躺在地上一直喊着"救命"的男人身边,他们也糊涂了。

两个巡警走到童朵朵的身边,先是看了看小混混的伤势,然后对着童朵朵问道:"这是你打的?"

"是又怎样,谁叫他用脏手来碰我,他活该!"童朵朵趾高气扬道。

巡警看看她一脸盛气凌人的样子,再看看小混混通红的脸颊和嘴角的血迹,最终决定把两个人都带回派出所。

第二十三章 转移目标

此时,正闲来无事搂着逃逃想要早点休息的普小萄被电话铃声吵醒了,她拿起电话一看,果然又是童朵朵。

"喂!童大小姐!有何贵干?"普小萄戏谑道。

"普小萄,我把一个男人打了,我现在在派出所,你带三千元钱来接我回家。"童朵朵淡然道。

"什么?"普小萄受到了惊吓,她一下子从床上蹦起来,口气惊诧道:"今天不是四月一日吧,您老人家没开玩笑吧?"

"快点!时代广场旁边的那个派出所,我等你。"童朵朵说罢就挂掉了电话,使得普小萄在惊愕之余又多了一头雾水。

逃逃看着普小萄穿上了衣服,便从床上爬起来道:"妈妈要去哪里?逃逃也要去!"

"不行!"普小萄制止道,"你朵朵姐姐犯病了!我得去接她回家!"

"朵朵姐姐怎么又犯病了?"逃逃歪着脑袋天真地问道,"她没吃药吗?"

也难怪逃逃会这么问,因为每一次普小萄有急事要离开的时候,她都会以童朵朵犯病了为借口出门。

"谁知道呢!"普小萄转移话题道,"自己在家里把门锁好,妈妈带钥匙了。困了就自己乖乖睡觉,妈妈可能会晚点回来。"说罢,普小萄就在逃逃的额头上轻轻一吻,接着她找出准备交房租的三千元钱,火急火燎地冲出了家门。

又一次奢侈地乘出租车,出租车里的普小萄手中紧握着装有三千元钱的包,一脸的不安。她表情严肃到就连司机叔叔都觉得她是那种下车不会付钱的主儿。

很快,出租车停在时代广场的入口处。普小萄下了车,问了派出所的方向,迈开腿一路跑了过去。

这还是普小萄第一次走进派出所,她看着到处都是身穿警服的民警,他们个个面无表情,禁不住汗毛都竖了起来。她跟着其中一个民警来到一个房间,才发现童朵朵原来没有说谎,她真的被关在了这里。

"朵朵……"普小萄弱弱地叫了一声。

童朵朵冲她抿嘴一笑道:"亲爱的,又给你添麻烦了。"

普小萄摇摇头,她看到童朵朵毫发无伤,精神状态还算不错,也就放心了。

交了三千元钱的医疗费,又摁了手印,童朵朵这才跟着普小萄走出派出所。在派出所门口,童朵朵再次看到了那个在门口抽烟的红头发小混混,这次小混混没有再嚣张,他像没有看见童朵朵一样别过脸,把目光移向了别的地方。

走了几步,普小萄拽了拽童朵朵的胳膊道:"以后不要随便打架了,你看没看见门口的那个男人,肯定是和人打过架,脸都被人打得发紫了,想必打他的那个人,伤得也不轻,多可怕啊!"

谁料童朵朵冷笑一声道:"他?是我打的。"

"什么?"普小萄被吓到,她猛地松开童朵朵的胳膊,忍不住回头看看那个有些悲剧的男子,再看看浑身一尘不染的童朵朵,眼睛瞪得老大,"你……他……他那脸是你打的?"

童朵朵不以为然地点点头道:"没错,是我打的,要不是警察来得及时,我估计他早就被送到医院的手术台了。"

普小萄倒吸了一口凉气,她知道童朵朵是条汉子,但是没想到她比汉子都汉子,竟然把汉子打成那样,自己却面不改色。

见普小萄没有说话,童朵朵接着道:"便宜了那臭小子,竟然拽掉了我一根头发!下次见到他,看我不拿那根头发勒死他。"

"别!别!别!冷静!冷静!"普小萄急忙打断了童朵朵心里那邪恶的念头,"杀人是要偿命的,你为这样一个人偿命,值得吗?况且人都被你打成那样了,你就给他一条生路吧。"

"我开玩笑的,你当我真的去杀了他?我怕脏了自己的手!"童朵朵道。

"开玩笑就好……开玩笑就好……"普小萄放下心来,她真害怕自己这样一惊一乍的,说不定哪天也要被童朵朵折磨疯了。

在回家的路上,正好路过梦匣子酒吧。不知为什么,原本想要直接回家的童朵朵忽然对出租车司机喊了停。普小萄诧异地跟着她下了车,走到酒吧的门口。

看着里面热热闹闹的景象,普小萄拉了拉童朵朵的衣袖道:"你不会是想喝酒吧,我身上可没钱了,全部的家当都奉献给你了。再说了,想喝酒咱换一家，这里……"

没等普小萄说完，童朵朵就打断她道："我是来找人的。"

"你找星诚？"普小萄小心翼翼地猜测道。

童朵朵摇摇头，她没再说话，而是拨了拨自己的长发，挺胸抬头地走了进去。

不知道童朵朵心里有着什么小九九的普小萄，就像个缩头老鼠一样蹑手蹑脚地跟了进去。只见童朵朵挑了一个显眼的地方坐了下来，点了一杯威士忌，指着台上的孔烨道："记在他的头上。"

说罢，童朵朵转过脸看向普小萄道："你喝什么？随便点，今天有人请客！"

普小萄有些受宠若惊地摇摇头道："我就不喝了，真的不太想喝。"

童朵朵没有为难普小萄，而是再次把视线移向了舞台，这次她没有看向星诚，而是眯起眼睛使劲看向拿着麦克风的孔烨。

普小萄却不由自主地把视线移向了舞台上的星诚，今天的星诚和往常一样低着头，手里捧着吉他。她下意识地看向他的胳膊，长袖的衣服，不太确定今天她划伤的人到底是不是他。

普小萄慢慢抬起头，缓缓伸出一只手在自己眼前挡着远处星诚的脸：慢慢地露出了他的嘴巴，当眼里只剩下了星诚的嘴巴时，普小萄禁不住倒吸了一口凉气，那个人……好像真的是他……

难道真的如逃逃所说，今天她见到的那人就是星诚？那为什么离他那么近，都没有察觉到呢？更加奇怪的是，即使她没有认出他，那他也不记得她了吗？

或许是普小萄奇怪的动作引起了星诚的注意，只见星诚缓缓地抬起眼，当看到一脸诧异的普小萄时，嘴角又露出了那迷人的微笑。

和往常一样，星诚演奏了两首歌后，就拿着酒杯走向了贵宾区，今天那里坐着一群人，男男女女不下十几个人，可是星诚陪着他们喝了一杯酒后，就径直朝着普小萄的方向走来。

周围迷恋他的小女生禁不住一阵阵尖叫，只见星诚伸出食指在嘴边做了一个"嘘"的手势，周围的人就安静了。

星诚的魅力可不是一般的大，普小萄禁不住苦笑。

与往常截然相反的是，今天的童朵朵并没有因为星诚坐到了她的对面而兴高采烈，她的目光一直停留在孔烨的身上。不知道她在想些什么。

星诚似乎意识到了什么，他奇怪自己明明什么都没有说，为什么童朵朵会察觉到。于是他故作亲昵地用手在童朵朵的眼前晃晃道："想什么呢？好像不欢迎我来似的。"

"我在想孔烨。他有没有女朋友？"童朵朵面无表情道。

"他好像没有女朋友。"星诚回答道。说罢，他把视线移向低头不语的普小萄身上："上次我想去找你，你却不在了。"

普小萄看看童朵朵，有些回避道："以前的事情不要再说了。"说罢，她忍不住再次瞅向星诚的胳膊道："你穿那么多，不热吗？"

"习惯了。"星诚笑笑，"我不习惯在舞台上穿得太少，那样总感觉自己像没穿衣服一样，多穿点就自在多了。"

普小萄点点头，没想到这个星诚还挺狡猾，回答得竟然滴水不漏。于是她转移话题道："今天下午，你在哪里？"

星诚顿了一下，但还是若无其事地开口道："在家，练习新的曲子。"

普小萄嘟起嘴，不知道为什么，在星诚没有承认今天下午的那个人是他之后，普小萄就认定了那个人一定是他。她决定亲自查看一下。

说时迟，那时快，普小萄一下挽起星诚的一个衣袖，这个动作惊到了星诚，却也惊到了原本信心十足的普小萄。

原本普小萄认为星诚的胳膊上一定会有一个还没有愈合的伤疤，那是她不小心划伤的，可是此时星诚的胳膊光滑得比女人的还要细腻，哪里有伤疤？连皱纹都没有看到一条！

星诚苦笑着缩回手，重新弄好衣袖道："普小萄，我不知道你喜欢这么出其不备，你不会是对我有好感吧？"

只见普小萄皱起眉头道："朵朵在这儿呢！不要胡说八道！"说罢，普小萄把头靠在童朵朵的肩膀上道："你在看什么，怎么都不理星诚了。"

"我现在不喜欢星诚了。"童朵朵直言不讳道，"我现在要去追他！"说罢，童朵朵抬起手，指向舞台上潇洒的孔烨，脸上露出了一抹神秘的笑容。

普小萄和星诚面面相觑，尤其是普小萄，她附在童朵朵耳边道："你抽什么风！你不是喜欢花美男吗？他沧桑得像个大叔，你什么时候换口味了？"

"刚刚。"童朵朵淡淡地吐出两个字，抿了一口杯中的酒，就不打算再说话了。

普小萄抿抿唇，转过头看着星诚越走越远的背影，心中百感交集，这个男人，为何想恨却恨不起来？

星诚走到角落里，嘴角露出一丝无奈的微笑，他挽起衣袖，看着手臂上包扎的白色纱布道："真是够傻的女人，划的哪只胳膊都搞不清……"

第二十四章 大大的难题

第二天一早,普小萄被闹钟惊醒,逃逃翻了个身,揉了揉惺忪的睡眼道:"妈妈,今天是周末,不用去幼儿园。"

"我知道。"普小萄一边说一边麻利地穿上衣裤,随便扎了个马尾辫道:"家底都被朵朵姐姐用光了,妈妈再不出去工作,我们就等着睡在大街上喝西北风吧。"

逃逃似懂非懂地眨眨眼,蜷缩在被窝里道:"妈妈要早点回来哦!"

看着如此乖巧懂事的逃逃,普小萄禁不住夸奖道:"好乖,妈妈挣着钱了给逃逃买好多好多蛋糕吃!好不好?"

"蛋糕!"逃逃欢呼道。

三分钟过后,普小萄穿上了那双平时不舍得穿却擦得锃亮的高跟皮鞋,手里紧攥着庆天举的那张金色名片,恋恋不舍地走出家门。

其实普小萄犹豫了很久,起初她并不想去庆天举那里工作,因为她觉得吃人嘴软、拿人手短,而且她还觉得庆天举无缘无故帮助她一定是另有所图。但是自从压箱底的三千元钱在一瞬间化为乌有后,普小萄小小的雄心动摇了,还有什么工作比庆天举介绍给她的更加合适呢?

按照名片上的地址,普小萄步履匆匆地赶了过去。上午十点钟的阳光格外明媚,普小萄站在公司门口,看着玻璃中自己的身影,不知不觉心里有些紧张。

这时,一个挂着工作牌、身穿职业装的女人正好经过公司的大门。她看着时不时向里面张望的普小萄,停下脚步问道:"小姐,您找谁?"

普小萄回过神来,看向她的工作牌,上面写着五个字:"接待,蔡小琴。"

"我不是来找人的,我是来应聘的。"普小萄礼貌地回答道。

"应聘?"蔡小琴上下打量了一下普小萄,接着用鄙夷的眼神道,"我没听说最近有招聘的计划,您确定是这里吗?"

普小萄感到了她的不友善,只见她不慌不忙地从口袋里拿出了那张名片,递给蔡小琴道:"是你们董事长让我来的,不相信你可以问他。"

看得出蔡小琴那一丝没有隐藏住的惊讶,恐怕她是没有想到看似普通的普小萄竟然会有庆天举的名片吧,只见她立刻赔上笑脸道:"请里面休息室稍等一下,我现在就去帮您确认。"

普小萄随即走进公司大门,手里端着蔡小琴亲自给她倒的水,只见蔡小琴打了个电话,接着迈着小碎步赶过来道:"小姐,庆董事长让您直接去办公室,请跟我来。"

随着蔡小琴乘着电梯爬上八楼,一出了电梯的门口,就看到庆天举早早等候在那里,眼中含笑地看着她。

"庆董事长好。"蔡小琴甜甜地叫了一声。

庆天举笑着点点头道:"怎么样,我们公司的接待是不是很热情?"

"还凑合吧。"普小萄话里有话,整个过程没有看蔡小琴一眼。要知道,普小萄可是一个记仇的女人。

说罢,她头也不回地跟着庆天举走进办公室,留下在门口气得直跺脚的蔡小琴。

庆天举的办公室很宽敞,普小萄目测了一下,应该有她和逃逃住的那个五十平方米的房子三倍那么大。

办公室的装修风格主要以黑白灰三个颜色为主,简约大方而不失优雅贵重,像他本人给人的感觉一样。

见普小萄愣在原地不动,庆天举随意地指指旁边的黑色真皮沙发道:"随便坐!别客气!"

普小萄有些僵硬地走过去坐在那里,抿了一口庆天举给她准备好的果汁,深吸一口气后看着他道:"我不是来做客的,我是来应聘的。"

"我知道。"庆天举淡淡一笑道,"从今天起,这里就是你的办公室,月薪三千五,五百元全勤奖,五百元补助,节假日三倍工资,你还满意吗?"

"你……你这待遇也太好了!"普小萄有些受宠若惊地看看四周道,"再说了这是你的办公室,我怎么能在这里办公呢?"

"你的工作就是协助我把工作做好,你不在这里,还能在哪里?"庆天举若无其事地反问道。

普小萄似懂非懂地点点头,说实话,她真的被庆天举开的条件诱惑了,现在不管他是不是另有所图,为了能让自己和逃逃的生活变得更好,普小萄已经决定在这里工作了。

见普小萄没有说话,庆天举问道:"普小姐,想什么呢?是不是对哪儿不太满意?你尽管开口,我会听取你的意见!"

"没有,没有,已经很满意了。"普小萄摆摆手,"还有,以后叫我小萄就行,叫我普小姐总感觉很别扭。"

"好的小萄,那明天可以来上班吗?"庆天举微微一笑,两个眼睛都眯到了一起。

"可以!可以!当然可以!"普小萄激动得声音都有些颤抖,她没想到竟然这么容易就找到了平时自己想都不敢想的工作。

"那祝我们合作愉快!"庆天举走到普小萄身边,友好地伸出一只手。

"合作愉快!"普小萄与他握手,感到自己因为兴奋而心跳的同时,还感到了庆天举传递给她的温暖。

离开庆天举回到家中,普小萄抱着逃逃转了好几个大圆圈,她把他紧紧地搂在怀里道:"妈妈找到工作了,以后妈妈攒钱,再给逃逃换一所大房子住,好不好?"

"不要,"逃逃看着普小萄,噘起小嘴道,"我不要住大房子,我只要和妈妈在一起,如果妈妈再给我找一个爸爸,我就更开心了。"

"你这个小鬼头!哪壶不开提哪壶!"普小萄故作生气地刮了一下他的鼻子道,"以后我的事,你不用操心!尤其是感情方面的事!"

"给逃逃找爸爸,当然和逃逃有关!"逃逃人小鬼大地继续追问道,"妈妈,帅哥哥和小美的爸爸,你喜欢哪一个?"

这个看似尖锐的问题瞬间让普小萄红了脸,只见她有些尴尬道:"逃逃,你真的想有个爸爸吗?"

"嗯,好想好想。"逃逃一本正经地点点头。

普小萄叹了一口气,一个单身母亲为孩子找一个爸爸,哪儿有那么容易!逃逃可真是给她出了一个大大的难题。

正在普小萄想着怎么用自己机智的语言再次转移话题时，电话铃声打破了这有些沉闷的气氛。普小萄立刻把逃逃放到一边，像看到救世主一样接起电话，只听童朵朵那咒怨般的声音传了过来："普小萄，限你十五分钟，立刻赶过来！"

"童大小姐！你宿醉未醒吧！"普小萄不满地皱起眉头，"大中午的，好不容易消停一天，你又想玩什么把戏！"

"我抓住那个浑蛋了！在上次那个咖啡厅！你快过来！"童朵朵躲在咖啡厅压低了声音道，"带着逃逃一起，我请他吃冰激凌！"说罢，童朵朵就放下了电话。

普小萄又是一脸无奈，好不容易休息一天的计划再次泡汤了，她拉着逃逃的手道："朵朵姐姐又犯病了，你说，去，还是不去？"

"妈妈，书上说友情是很宝贵的，朵朵姐姐现在需要妈妈的帮助。"逃逃一脸天真地看着普小萄回答道。

普小萄被逃逃稚嫩的声音感动了，虽然童朵朵一向我行我素，给普小萄添了很多麻烦，但是几年前，在自己最失意的时候，如果不是童朵朵的支持和鼓励，她也不会变得像今天这样坚强。

想到这里，普小萄毅然决然地穿上刚刚脱下来的那套衣服道："走，妈妈领你去吃冰激凌。"

伴着逃逃的欢呼声，两个人走出了家门，普小萄用最后仅剩的一张面值五十元的钞票，来到咖啡厅的门口。

第二十五章 拉钩钩

　　从外面看,咖啡厅里稀稀拉拉的没有几个人,也难怪,大中午的,谁会来这里打发美好的午餐时光呢。

　　普小萄领着逃逃走了进去,顺着服务生的手势一看,她彻底凌乱了……

　　坐在童朵朵对面的不是别人,正是见过几次面的不知名乐队主唱孔烨,他们怎么会在一起?

　　是孔烨先发现了普小萄,他向普小萄挥挥手。普小萄有些尴尬地走过去道:"你……你也在啊……"

　　"好巧,"童朵朵自觉地坐到孔烨旁边,把位置让给了普小萄和逃逃道,"介绍一下,这是孔烨。"

　　"我知道。"普小萄回答道,"不过你们什么时候变得这么熟?"

　　没有理会普小萄看似无趣的问题,童朵朵抿抿嘴唇继续对普小萄说道:"孔烨现在是我的男朋友。"

"啊？"普小萄惊讶得下巴都要掉下来了。

但下一秒她又觉得这个反应实在太不礼貌，于是急忙用手捂住了嘴，保持住了自己"淑女"的形象。

普小萄看着对面童朵朵一脸的笑意，不知为何只感觉自己的鸡皮疙瘩都掉了一地，昨天她说她要追孔烨，普小萄还觉得她发神经，没想到今天他真的成了她的男朋友。这短短的十几个小时里究竟发生了什么，她的葫芦里到底卖的什么药？

这个女人，还真是捉摸不透……

童朵朵没有在意普小萄的面部肌肉发生着怎样的变化，只见她把纤纤细手潇洒地一挥，说道："吃什么，随便点，我男朋友请客！"

出于礼貌，普小萄即使饿到肚子咕咕叫也想都没有想就谢绝道："你们吃吧，我们不饿。"

谁知童朵朵听后，在餐桌下狠狠地踢了普小萄一脚，接着递给了她一个犀利的眼神。普小萄瞬间被童朵朵的气势吓着，意识到自己莫名其妙地卷入她的计谋中，于是立刻把菜单递给逃逃道："想吃什么，随便点。"

谁知逃逃一点儿都不羞涩，他把菜单上最贵的看起来最美味的蛋糕点了个遍，然后对着孔烨道："谢谢长发哥哥。"

孔烨哑然失笑，他看着普小萄道："这是你儿子？"

"是……是啊。"普小萄有些尴尬道。这时，普小萄的手机里传来了一条短信，普小萄定睛一看，竟然是童朵朵的短信。

这个疯女人到底在搞什么鬼？普小萄一边在心里咒骂一边打开短信，只见上面写道："我的目的是刷爆他的卡！再甩了他！我们有福同享，共创美好未来!"

普小萄的头上冒出三条黑线,她缓缓抬起头看着对面的童朵朵正亲昵地替孔烨擦着嘴边的奶油,大热天的竟然打了一个寒战。

这女人!岂止捉摸不透!简直就是魔鬼!

吃饱喝足后,普小萄提议要去唱歌。不知为何,明明知道童朵朵要继续刷他的卡,孔烨还是爽快地同意了。

坐到孔烨的车上,童朵朵心里又忽然涌出了那种不安,难道那天晚上,孔烨就是开这辆车把她带到敦煌宾馆的吗?

童朵朵不敢多想,因为她怕不理智会打断她那完美的计划。她觉得把他追到手,再花光他所有的积蓄,然后踹了他,才能达到弥补自己的效果,只是她没想到,计划竟然会进行得这么顺利。

此时的星诚,已经按照孔烨的指示,开好了一间最豪华的包厢。现在他一人坐在里面,手托着下巴看着大大的屏幕,想到等一会儿就会见到普小萄,他的心里就有一种异样的澎湃。

他真的很喜欢普小萄,只是他觉得现在还不是表白的时候,所以一直没有向普小萄表达自己的心意。他怕吓着普小萄,又怕普小萄会拒绝他,到那时候两个人都会变得尴尬,还不如保持现在这种勉强说是朋友的关系,或许留在回忆中还能美好一点。

意识到这些,星诚自我肯定地点点头,他回忆起自己第一次见到普小萄时的情景,在那个树叶飘落的秋天里,她那阳光下的笑容……

也就十几分钟的光景,孔烨牵着童朵朵的手推开了包厢的大门,紧接着普小萄抱着逃逃走了进来,当普小萄看到坐在角落里的星诚时,情不自禁地停下了脚步。

逃逃看到星诚却显得格外兴奋,他挣脱了普小萄的怀抱,直接向星诚跑过去,嘴里一直嚷着:"帅哥哥!帅哥哥!"

孔烨笑了,他咧开嘴,话里有话道:"没想到我们的吉他手不但能捕获少女们的心,连这么小的孩子都能被吸引,真是了不得。"

星诚自然知道孔烨是因为上次自己一时冲动打他的事情才让他们之间产生了隔阂,但是星诚也知道,因为出了那件事情,他们之间也被无形地绑在了一起。

"我就当你在夸我了。"星诚淡然一笑,接着抱起逃逃道,"小家伙,几天不见,我都想你了。"

"帅哥哥!我也想你了!"逃逃说罢就在星诚白皙的脸上亲了一口。

这个动作看得坐在一旁的普小萄头皮一阵发麻,她怎么也不知道自己的儿子还有主动示好的这种社交能力。

星诚对此很是享受,他抱着逃逃就像抱着自己心爱的宝贝一样,他温柔地摸摸逃逃的脑袋,问道:"这几天有没有调皮?有没有听妈妈的话?"

"逃逃一直很乖的。"逃逃说罢,就把嘴巴凑到星诚的耳边道,"帅哥哥,你做我的代理爸爸好不好?"

没有丝毫心理准备的星诚一下子愣住了,他看看一脸若无其事的普小萄,再看看逃逃期待的小眼睛道:"我当然想当逃逃的爸爸,可是要让妈妈同意才可以呀。"

逃逃努起小嘴,聪明的他知道普小萄是不会同意的,于是他悄悄对着星诚道:"你当我的帅爸爸,这是我们的小秘密,不让妈妈知道,好不好?"

星诚哭笑不得,这算是哪门子约定?但他是真的很喜欢普小萄,爱屋及乌,也觉得和逃逃特别投缘,于是伸出小手指对逃逃道:"那我们拉钩钩!"

"拉钩,上吊,一百年不许变……"

看着角落里两个人神神秘秘的样子,普小萄禁不住迷惑起来,但看着逃逃笑得那么开心,她的脸上也洋溢起了幸福的模样。

如果真的如逃逃所期许的那样,他有了新的爸爸,而爸爸就是和他如此亲近的星诚,那会不会很美好?

想到这里,普小萄拼命地摇了摇脑袋:想什么呢!星诚就是个大骗子!他们怎么可能在一起!

这时,孔烨的歌声响起,瞬间吸引了普小萄的注意力,如果不是因为孔烨的形象太不符合普小萄的审美观,她想她真的会因为孔烨的歌声而爱上他。

没有了周围嘈杂的喧闹声,也没有了身后乐队成员和乐器的陪衬,孔烨唱得分外认真,他深情的声音回荡在整个包厢里,营造出一种温馨浪漫的气氛。

童朵朵没有陶醉在其中,因为她知道,即使他的歌声再好听,也不可能让她忘记他对她的伤害,只见她拎着一瓶酒坐到普小萄身边,斟上一杯递给她道:"尝尝,八千八一瓶的酒!"

"你又这么奢侈,"普小萄撇撇嘴,"竟然有这闲钱,先借我点儿把下个月房租垫上再说。"

"房租是吧,没问题!等会儿我就向那个浑蛋要!"童朵朵说罢举起酒杯道,"为了我们死去的青春!干杯!"

149

"是逝去！不是死去！"普小萄翻了个白眼，陪她干了这杯酒。可是酒一咽下肚，她就痛苦地皱起了眉头。

"好难喝！你确定这不是假酒？"普小萄清咳了两声道。

童朵朵也不好过，可是怀揣着怨气的她一想到珍贵的酒是孔烨掏的腰包，她的心里就有一种莫名的痛快，于是她自顾自地又喝了一杯，这才擦擦嘴角道："苦涩的才是真实的，来！我们继续！"

苦涩的才是真实的……仅仅一句话就刺痛了普小萄的心，她明白童朵朵的言外之意，就如同她自己了解自己一样，假装坚强，真的只有苦涩。

不知为何，或许是真情流露，又或许是在酒精的驱使下，普小萄也端起酒杯大喊道："朵朵！我们要勇敢地向过去挥手告别！"

"干杯！"两人又是一饮而尽。

第二十六章 真的是你

与此同时，朝着 KTV 缓步走来的是一个表情严肃但帅气逼人的男人，他身穿黑色西装，锃亮的皮鞋踩在黑色的大理石上发出清脆的响声。

"把你们这里最好的包厢给我。"男人的声音浑厚而纯净，就如同他那深邃又清澈的眼睛一样。

或许因为连续见到了两个极品美男，前台小姐都禁不住心如狂潮道："先……先生，不好意思，888 豪华包厢里面已经有人了，666 精品包厢也不错，可以带您参观一下。"

男人听后不满地扬起眉毛，他把手揣进口袋，张开那张性感的唇一字一顿道："我只要最好的。"

前台小姐有些为难地躲闪着男人那傲慢的目光，满口歉意道："实在不好意思，888 豪华包厢的客人刚刚才进去，不然我帮您预留明天？您看怎么样？"

前台小姐耐心又热情的服务态度,似乎并没有软化男人的心,只见他弯起嘴角玩世不恭地笑了一下道:"既然如此,那我亲自和他们沟通一下好了。"

说罢,不顾她诧异的眼神,男人大步流星地向888豪华包厢的方向走去。

此时的普小萄已经和童朵朵把整整一瓶酒喝到了肚子里,普小萄没有"一杯倒",但是感到了胃里极大的不适。

"朵朵……朵朵……我好想吐……"普小萄皱着眉,克制着自己胃中的翻滚,断断续续道。

同样迷迷糊糊的童朵朵哪里会在意普小萄的感受,此时已经喝醉了的她正坐在一旁拿着酒杯欢呼雀跃、手舞足蹈,完全把周围人都当成了透明的。

角落里的逃逃安静地拿着叉子吃水果,孔烨也依旧闭着眼睛唱着自己喜欢而平时演出时又不能唱的慢歌,只有星诚一脸担忧地看着普小萄捂着嘴冲进了卫生间。

这时,已经走到888豪华包厢门口的男人忽然间停下了脚步,他本想着速战速决,用收买的方式要下孔烨他们所在的包厢,但是当他听到包厢里传出的那让人心碎的歌声,他改变了原本的想法。

他轻轻推开门,透过缝隙,看到孔烨坐在沙发上深情唱歌的模样,与此同时,他也看到了不远处的星诚,星诚那完美到极致的侧颜,使得他的心为之一惊。

平时因为工作的关系,男人接触的人数不胜数,尤其不缺帅哥和美女,但是眼前的星诚,让他为之惊讶,这个世界上怎么会有如此妖艳惑众的男人!

是逃逃率先发现门口正默默偷窥他们的那个男人,他把小手指向那个方向,试图引起星诚的注意。

星诚转过头,瞬间迎上了男人的双眸。星诚没有作声,只是静静地看着他,忽然觉得这双眼睛好像在哪里见过。

或许是星诚那笃定的眼神,又或许因为他的正面比侧颜更加引人注目,门口的男人打开门后,一条腿迈了进去。

星诚站起身,径直走到那男人面前。他上下打量了一下眼前这个男人,虽然感到了他强大的气场,但还是口气冷淡地吐出三个字:"您找谁?"

最爱凑热闹的逃逃也跟着跑了过来,他拉着星诚的手摇了摇道:"帅爸爸,这位帅哥哥是谁?"

听到逃逃把眼前的这个年轻男人叫爸爸,他禁不住张开嘴道:"这是您的儿子?"

"不是,他是我喜欢的女人的儿子。"星诚把"喜欢"两个字说得很平淡。

男人若有所思地点点头,把视线移向逃逃胖嘟嘟的小脸,当他看到那乌溜溜的小眼睛时,他的心莫名地颤了一下。

这种感觉,他前所未有。

只见男人俯下身子,缓缓开口道:"小朋友,你叫什么名字?"

"我叫逃逃! 逃跑的逃!"逃逃落落大方地做起了自我介绍。

"逃逃?有意思的名字,你的大名叫什么?"男人继续问道。

"我不知道。"逃逃摇摇头一脸天真无邪道,"妈妈不告诉我我的大名,我只知道妈妈叫普小萄!"

普小萄……男人的心被狠狠地刺痛了一下,多么熟悉的名字……

难道是她……

"逃逃，你爸爸呢？他在哪里？"男人的声音带着颤抖，看着逃逃的眼神也变得复杂了起来。

只见逃逃嘟起嘴，想了想道："我没有见过我的爸爸，妈妈说他死了！但我知道妈妈是在骗我！"

男人垂下眼帘陷入沉默。

这时，一直没有说话的星诚忍不住插嘴道："这位先生，您有事吗？"

男人立即回过神来，他从口袋中拿出一张名片，递给星诚道："我是星璨音乐传媒公司的蓝浩阳，很高兴见到你。"

"你就是蓝浩阳？"星诚的语气中带着一丝惊讶。

"你认识我？"蓝浩阳眯起眼睛，左耳上的银色耳钉随着灯光闪烁。

"刚刚上了新闻的头条，谁会不认识？"星诚轻笑一声道。

怪不得觉得好像在哪里见过，蓝浩阳，星璨音乐传媒公司的总裁，星诚他们这个圈子的人都对他略知一二，知道他手底下培养出来的艺人，没有一个不大红大紫。

但这突如其来的一切并没有让星诚感到半丝荣幸和激动，他只是瞅了一眼名片上的字，面不改色地看着蓝浩阳的眼睛说道："您给我名片是什么意思？"

"是这样的，我们公司最近准备推出一个男子唱跳偶像团体，你的形象非常符合我们的要求，不知有没有兴趣参加？"蓝浩阳解释道。

"我只是一个吉他手，只会玩乐器，没有任何唱跳的经验，所以我想应该不太合适。"星诚委婉地拒绝道。

蓝浩阳的眼中流露出一丝诧异。他亲自选中的人，没有一个不是兴高采烈答应的，这么冷静地拒绝他的，星诚还是第一个。

"你叫什么名字？"蓝浩阳试图转移话题。

"星诚，诚挚的诚。"星诚简短地回答道。

"星诚。"蓝浩阳默念着他的名字，嘴里喃喃道，"好名字……真是个不错的名字……"

正当蓝浩阳想着怎么拉近彼此间的距离，使星诚多信任他一些的时候，卫生间里忽然传出了响声，紧接着卫生间的门被猛地推开了。

只见吐得稀里哗啦的普小萄扶着墙踉踉跄跄地走了出来。她垂着脑袋，一副摇摇欲坠的样子，头发凌乱地散落在两边，如果不是有少许的彩光照耀，她的这个造型真能吓破人的胆。

眼疾手快的星诚立刻跑过去扶住她的胳膊，既是责备又是心疼地对她说："又喝这么多！你真当自己的身体是钢铁做的，百毒不侵是不是？钢铁还会腐蚀呢！"

逃逃也飞奔过去拉着普小萄的另一只手道："妈妈又臭臭的！"

只见普小萄咧开嘴，傻笑着胡言乱语道："我要忘掉过去！知道吗？忘！掉！过！去！干杯！"

不知为何，看到这一幕的蓝浩阳，有一种莫名的情绪涌上心头。他无法控制自己的脚，一步一步走到普小萄身边，用颤抖着的手轻轻撩开她的长发，当看清楚普小萄那张充满醉意却微笑着的脸庞时，他愣住了。

普小萄似乎也意识到了一种不同寻常的气氛，她定了定神，顺着那双尖头的高级皮鞋往上看，笔直的双腿，修长的身形，最后映入眼帘的是那张六年来她一直拼了命想要遗忘,却在她脑海中挥之不去的那张脸时,她原本的笑意忽然间变得僵硬,只听见自己的大脑"嗡"的一声响,接着变成一片空白。

"是你……"蓝浩阳缓缓开口道,"真的是你……"

普小萄即使头痛得厉害,即使有些分不清梦境和现实,她的第一反应还是立刻挣脱星诚,头也不回地跑出包厢。

蓝浩阳没有去追她,反而露出了一丝苦笑。逃……她又在逃……逃学……逃跑……逃婚……即使生了一个儿子,也叫逃逃,她到底在逃什么?

第二十七章
回忆曾经

不清楚状况的星诚倒没有丝毫的犹豫,他看了蓝浩阳一眼,就追了出去,他看得出普小萄的情绪有很大的波动,更感觉到了她那绝望的气息。

星诚三步并作两步,在KTV的拐角处追上了早已眼泪纵横的普小萄。他拽住普小萄的胳膊,迫使她停下脚步,内心已经崩溃的普小萄想拼命逃掉,可是没能挣脱星诚宽阔而温暖的怀抱。

"放……放开……"普小萄泣不成声,这是星诚第一次看到她这个样子,他的心也跟着普小萄的眼泪碎了一地。

"不要怕……不要怕……"星诚把她紧紧地搂在怀里,虽然不知道发生了什么事,但他知道他喜欢的女人此时最需要的就是一个可以依靠的肩膀。

在星诚霸道的怀抱里,普小萄渐渐停止啜泣,她控制住自己的情绪,再次开口道:"放开我……"

这次星诚没有为难她,他轻轻地松开环住她的胳膊,但为了防止她逃跑,他将双臂抵在她身体两侧的墙上,把她锁在了他的怀中。

这个场景似曾相识,还记得很久以前,普小萄就是这样被蓝浩阳锁在怀中,只是那时的心情和现在截然不同。

普小萄不想再回忆下去,因为她从来没有想过,有一天回忆会自己找上门来,回忆中的主角会再次出现在自己的眼前,让一切都变得那么赤裸裸。

她沿着墙缓缓蹲下,把脸埋在自己的膝盖里,紧咬着唇,长长的睫毛上浸满了泪珠,但依然强迫自己不要再哭。

有些不知所措的星诚俯下身子蹲在她的身边,走的时候太匆忙,他什么都没有带,看着她微微发抖的小身子,他脱下自己的外套披在她的身上。

瞬间,手臂上渗出血迹的白色绷带展现在两个人的面前,普小萄顿了一下,缓缓开口道:"真的是你……"

星诚没有承认,也没有否认,只是笑笑。夕阳照在他的脸上,让他的笑容变得无比温柔。

"你走吧。"普小萄转移视线,有气无力地道,"我想一个人静一静。"

"好,我答应你,但我能做到的只是离你三米远。"星诚说罢,往后退了三步,然后冲着她道,"我就站在这里,给你足够的空间。"

普小萄沉默了,她垂下眼帘,微风拂过,吹乱了她的秀发,但没有吹乱她的思绪,此时她满脑子都是蓝浩阳那挥之不去的身影。

六年了,她一直在逃避,就连他的那些花边新闻,她也装作无动于衷,原以为自己会在一次又一次的伤害中变得坚强,但没想到,刚要开始新的工作,拥有新的生活圈子,他却毫无征兆地出现在她眼前。

普小萄闭上眼睛,把头靠在墙上,此时的她什么都不愿去想,什么都不想去做，只想安安静静地任凭时间流逝，或许这次的伤口，愈合得会慢一些。

包厢里，气氛变得分外凝重，彻底喝醉了的童朵朵被孔烨抱到沙发上，躺在他的腿上睡得很熟。而逃逃乖乖地坐在角落里，眼睛一眨不眨地看着门外，一脸的闷闷不乐。

陪在他身边的是蓝浩阳，趁着这段空隙，他让自己冷静下来，然后扭过头看着逃逃道："不要害怕，她会回来的。"

"我不害怕。"逃逃张开小嘴道，"妈妈经常这样，自己哭着跑走了，留下逃逃一个人。"

"经常哭着跑开？"蓝浩阳重复了一遍后，禁不住皱了皱眉头。

逃逃点点头道："妈妈都不告诉逃逃，但是逃逃知道，妈妈总是为那个人伤心，所以逃逃好想找一个新的爸爸，这样就可以照顾妈妈，让她不要再想那个人了。"

逃逃超越年龄的懂事，让蓝浩阳刮目相看。与此同时，他也发觉自己心里最柔软的地方正在隐隐作痛，他禁不住开口打探道："那……这些年，她都是自己一个人吗？"

逃逃点点头，但下一秒却忽然扬起头道："哥哥，你认识我的妈妈？"

"怎……怎么会……"蓝浩阳尴尬地移开了视线。普小萄这个女人，让他又爱又恨了十三年，他怎么可能不认得？

还记得第一次看到普小萄的时候，那时他们还是对一切未知、充满好奇的高一学生。

那时的蓝浩阳年少轻狂，加上出众的外表和显赫的家庭背景，几乎吸引了所有人的目光，成为全校女生追捧和爱慕的对象。

无论他走到哪里，总会收到那些粉色的告白情书。蓝浩阳只是礼貌地接下，然后随意丢到某个角落。众多女生中，唯独普小萄每次与他擦肩而过，都不曾看他一眼。

普小萄的与众不同引起了蓝浩阳的注意，再一次擦肩而过时，蓝浩阳没忍住，对她缓缓开口道："你是故意的吧？"

只见普小萄白了他一眼，嘴里吐出两个清晰的字："神经！"

那时，趾高气扬的蓝浩阳非但没有生气，反而露出了难得的笑容。这个女生真有意思！

他记住了她，但仅仅因为一丝好奇和好感，直到有一次放学的时候，蓝浩阳路过学校门口的一条巷子，他才真正关注起了普小萄这个与众不同的女生。

还记得那天天气很热，即使放学时已经临近黄昏，四周的空气也还像在大蒸笼里一样，让人汗流浃背。

当时蓝浩阳对于围在他身边叽叽喳喳的女生格外心烦，为避免影响自己在大家心目中那还算绅士的形象，他特地早早走出学校，绕道走进了小巷子里。

虽说远是远了一点儿，但周围还算阴凉和清净。当他用脚踢着石子，从口袋中掏出刚刚才收到的告白信准备扔掉的时候，一声犀利的尖叫打破了原本惬意的气氛。

"救命！放开我！"是一个女生的声音，听得出她很害怕。

声音似乎就在不远处，正当蓝浩阳犹豫着要不要去一探究竟的时候，一道蓝色的身影从他眼前飘过。蓝浩阳没有看清她的模样，只记得她的秀发因为奔跑而散落在空中那抹清香的味道。

不到十秒钟，刚刚发出求救声的地方传来激烈的打斗声，紧接着是东西倒地的声音，刚刚那个女生的声音又传了过来："你……你流血了！你没事吧？"

出于好奇，也出于男人的一份责任心，蓝浩阳迈开步子赶了过去，到现场一看，一个衣服凌乱不堪，头发散落在胸前的女人，正跪在地上抓着一个身穿蓝色校服的女生的胳膊，一脸的慌张。

蓝浩阳低头看了看自己，一样的校服，竟然是同校的学生。他慢慢靠近，赫然发现女生的肩膀处似乎受伤了，鲜血浸湿了她的衣袖，滴落在泥土里。

女人意识到有人靠近，抬起头看向蓝浩阳，哽咽着道："同学……她为了救我被砍伤了，可不可以帮我一起把她送到医院。你放心，医药费由我出！"

女生的勇气震撼了蓝浩阳，他二话不说把书包扔给女人，一把抱起她。当她的脸露出来时，蓝浩阳愣住了，这不就是那个对他视而不见的普小萄吗？

此时的普小萄已经晕了过去，任凭蓝浩阳怎么喊她，她都没有睁开眼睛。蓝浩阳把她抱在怀里，一路奔跑，完全不顾自己往日的炫酷形象。

他真的希望普小萄不要出事。从那一刻起，普小萄真正闯入蓝浩阳的心里了。

可惜他们的缘分因此终结。因为发生了这件事情，普小萄在学校里引起了轩然大波，不想引人注意的她从那时起选择了逃避，她开始逃学，最后迫不得已转了学，蓝浩阳从此就失去了她的音讯。

都说少年时的爱情是美好而又青涩的，那时的蓝浩阳并不确定他那隐隐约约的单相思算爱情，他只知道普小萄消失后，他就再也没有正眼看过任何一个女生，直到那一次，在马路上与普小萄偶遇。虽然多年不见，他却一眼认出了她。

爱情之火在蓝浩阳的心中熊熊燃烧，他不是对女人不感兴趣，而是一直没有找到那个让他感兴趣的女人。还记得那一天，他没有控制住情绪，把她困在墙边，说出了一句连他自己都觉得肉麻的话："你相信一见钟情吗？"

令蓝浩阳万万没想到的是，普小萄竟然不认得他，竟然又一次在他的眼皮子底下逃掉了……

回忆到这里，蓝浩阳的嘴角露出了一丝淡淡的忧伤。那些年偷偷住在自己心里的这个人，从懵懂的小女生变成了糊涂的小女人，没想到再次见到她，却变成了一个依旧只会逃跑的单身母亲。这么多年了，她究竟在逃避什么？

第二十八章 曾经的故事

与此同时,蹲在墙角的普小萄也正在和星诚诉说自己和蓝浩阳的故事。她慢条斯理地说着,微风吹拂在她的脸上,没有吹开她微蹙的眉头,却吹落了眼角渐渐溢出的泪珠。

星诚坐在她的旁边,静静地看着她的侧颜,构思着普小萄口中描述的画面。

"'你相信一见钟情吗?'"普小萄颤抖着说,"那天在马路上,那个白痴就忽然这样问我。"

说到这里,普小萄忍不住弯起嘴角。回忆虽然是残酷的,但却总这样让人禁不住哑然失笑。

普小萄抹抹眼泪继续道:"我当时有些不知所措,更不知道怎么回答他,于是我就逃走了。没想到从那天起,他那明媚的眼神和那句话,就在我的脑中挥之不去。因为他，我变得魂不守舍；也因为他，我没有发挥好接下来的面试，接连失去了好几个工作的机会。"

回忆到这儿，普小萄叹了一口气道："或许是命运作弄人，还记得那天，我又跌跌撞撞地跑去面试一个前台的工作，却在那里再次遇见他，最让我惊讶的是，他竟然是那里的总裁。"

"你到了星璨音乐传媒公司工作？"星诚轻声问道。

普小萄点了点头。往事涌上心头，一旦翻滚起来就会波涛汹涌。不知为何，面对星诚，那些埋藏在心里多年的秘密，她忍不住要说出来。

"那时的我太傻太天真，明知相爱容易深爱难，却义无反顾地选择了深爱。没错，见到他的第二眼，我就深深地爱上了他，爱上了那个本以为遥不可及的蓝浩阳。"

这是普小萄六年后第一次说出蓝浩阳的名字，她的心头微微一颤，痛！隐隐作痛！这藕断丝连的痛，侵蚀着普小萄的身体，让她痛不欲生。

星诚没有再说话，面对普小萄黯淡下来的目光，他选择了沉默。

"那时他忽然表白，我几乎没有犹豫就答应了，可是后来我渐渐发现，他站得太高，永远都是俯视身边的人，即使他对我很好，但我也只有仰着头，才能看见他。"

普小萄说的话，星诚都能理解。和总裁在一起，的确需要自我调适的，尤其像普小萄这种普通家庭出身的女人，免不了别人议论、调侃，如果内心不够强大，那结果一定是遍体鳞伤。

普小萄顿了顿，接着道："刚开始和他交往的时候，即使顶着压力，我也觉得心满意足。但是后来，投怀送抱的美女越来越多，每天生活在美女如云的环境里,我发现自己越来越没有自信,和她们相比,我觉得自己就是一只衬托她们的丑小鸭。"

"你很漂亮。"星诚喃喃道。

普小萄没有理会星诚对她的称赞,只是轻笑一声继续道:"后来我开始逃避,我想要逃离他的世界,但是面对他的挽留,我原本的铁石心肠被瓦解。我总是劝自己,他或许是真的爱我,因为他对我的照顾可以用无微不至来形容,正因为这样,盯着我的人越来越多,让我喘不过气来……"

星诚长呼一口气,不知为何,听着普小萄的过去,他竟然有种悔恨的心情,他恨自己为什么没有早点遇到她,为什么在他见她第一面的时候,没有像蓝浩阳一样霸气。

"不要说了……"星诚垂下眼帘,眼中仿佛蒙了一层纱。

普小萄顿了顿,欲言又止。此刻,时间好似静止了,远远看去,他们都在沉默,如果不是旁边的树在风中摇曳,真会让人误认为是一幅画。

包厢那头,孔烨已经带着童朵朵先行离开。临走之前,孔烨看着蓝浩阳道:"我认得你,你曾经在星璨音乐传媒公司的门口拒绝了我。"

"但没想到你的歌唱得还不错,有合适的机会我会联系你。"蓝浩阳说罢耸耸肩道,"我留在这里陪逃逃,放心,我蓝浩阳还不至于拐卖儿童。"

孔烨笑了,他抱着童朵朵走出包厢,恐怕童朵朵一辈子都不会知道,自己完美无缺的计划,竟毁在几杯酒中。

包厢中只剩下蓝浩阳和逃逃两个人,蓝浩阳看着逃逃的小眼睛,有很多疑问想要问,但毕竟逃逃还是个小孩子,于是他又把满肚子的话硬生生地吞了回去。

他很想知道,这么多年来普小萄过得好不好?当初她为什么要逃婚?为什么一直躲着他?还有,逃逃的爸爸,究竟是谁……

这时,蓝浩阳的手机响了起来,逃逃指着他口袋中的手机提醒道:"哥哥,你的电话响了。"

蓝浩阳回过神来,当看到来电显示时,他才想起自己的正事忘了办。

蓝浩阳匆匆接起电话,没等对方开口,他就脱口而出道:"不好意思,今天我临时有事,你们随便找一家自己玩吧。对了,明后天我可能也脱不开身,如果不是有特别重要的事情,就不要打扰我。"说罢,挂掉电话,自始至终没让对方说一个字。

"哥哥,你这样和你女朋友说话,她会生气哦!"逃逃歪着脑袋评价道。

蓝浩阳禁不住弯起嘴角,摸摸逃逃的脑袋道:"哪里看得出来她是我的女朋友?"

"林婉茹。"逃逃指着手机屏幕一字一顿地吐出这三个字道,"我可是识字的,上面写着呢,这一定是个女生的名字。"

蓝浩阳哑然失笑,他看着逃逃一本正经的样子,说道:"她不是我的女朋友,只是普通朋友。"说到这里,他禁不住心里嘀咕道:"为什么要和一个小屁孩解释这么多?"

逃逃不为所动地眨眨眼睛道:"妈妈说了,男人的话不能相信。"

"别听你妈妈的。"蓝浩阳教育道,"她以前就爱胡思乱想胡说八道,也难怪你这么聪明,估计她的智商都留给你了。"

逃逃有些困惑地皱着眉头道:"哥哥,你不是说你以前不认识妈妈吗?"

与此同时，把电话扔在桌子上的林婉茹坐在镜子前一脸不悦。为了出席晚上的聚会，她特意起了个大早，跑到美容院做了个全身护理，又重金打造了一款美美的发型，可是，蓝浩阳的一个电话，让她美好的期待都化成泡影。

蓝浩阳对她来说是特别的，如果没有他的帮助，她不可能瞬间爆红，更不可能一红就是这么多年。这些年来，她缠在他的身边，随时制造与他的绯闻。比如今天，她已经联系好了记者……现在看来，明天的头条也随着那通电话化作灰烬。

其实刚开始的时候，身为新人的她初到星璨音乐传媒公司，她的心还像她的长相一样甜美纯真，蓝浩阳看她条件不错，签了她做歌手，并帮她出唱片。没想到，林婉茹在荧屏上一露面，瞬间吸引了很多人的目光。

小有名气之后，在蓝浩阳的推荐下，她开始跨行做演员，仅仅靠一部偶像剧，就让她红遍大江南北。从那时候起，她就活跃在银幕，直到今天。

可以说，如果当初蓝浩阳没有给她出唱片的机会，林婉茹就不会有今天。林婉茹深信这一点，所以她一直怀着感恩的心陪在蓝浩阳的身边，并深深地爱上了他。

但是随着时间的推移，她渐渐发现，蓝浩阳对她是没有感情的，即使他和她之间确实存在一些不为人知的小暧昧。林婉茹知道，他只是把她当成一个赚钱的工具，一个可以填补他空虚时间的异性；她也知道，蓝浩阳的心里只有普小萄，即使这个女人逃了婚，他还是一直对她念念不忘。

她深知，就算自己花尽了心思勾引他，他还是不会碰她一下，但她还是离不开他，或许是真的深爱着他，也或许是怕离开他之后自己会身败名裂——种种原因，使她就这样不清不楚地陪在他身边，一晃这么多年。

林婉茹之所以会想到普小萄，是因为那天在游乐园，她竟然在围观的人群中发现了她。原本她认为普小萄这些年杳无音信，足以让蓝浩阳忘掉，这样自己就可以顺利进入蓝浩阳的世界，可没想到普小萄竟然会离他们这么近，让她瞬间感到了绝望。

想到这里，林婉茹对着镜子摘下脖子上的宝石项链。这么贵重的项链，他看不着，那戴着还有什么意义呢？

看着镜中自己精致的面庞，林婉茹禁不住苦笑着摇了摇头。她不怕没有终点，唯求一切不要从头再来，花如果枯萎，就再也没有机会得到呵护。

第二十九章 无力招架

包厢里,逃逃正拉着蓝浩阳的衣角,抬头重复问那个问题:"你认识妈妈吗?你知道我的爸爸是谁吗?"

蓝浩阳欲言又止,他算算逃逃的年纪,五岁,和他们恋爱的时间正好相符——如果逃婚的时候她已经怀孕了,那就足以说明这个孩子正是他的亲生骨肉。

想到这里,蓝浩阳的心情变得激动。他仔细端详逃逃的脸,圆嘟嘟的很可爱,但是眉宇间那股潇洒和帅气,真的和他如一个模子刻出来的。

逃逃,是他和她的儿子?她明明知道逃逃是他们的骨肉,但是她并没有选择拿掉他,而且一个人把他带到这么大,这……是为什么?

蓝浩阳压抑着自己心中的忐忑与激动,拉住逃逃的手道:"逃逃,既然你想要一个爸爸,那我做你的爸爸,好不好?"

"可是我刚刚已经让帅哥哥做我的爸爸了。"逃逃诚实地回答道。

"帅哥哥？星诚？"蓝浩阳想了想道。

"嗯！"逃逃点点头道，"逃逃不能有两个爸爸。"

蓝浩阳抿抿嘴唇，他想到星诚那张帅气逼人的面孔，一股醋意涌上心头。六年了，原以为这种酸溜溜的感觉已经随着普小萄的逃跑变得不复存在，没想到今天居然又莫名其妙地出现了。

他深吸了一口气，转移话题道："时间不早了，用不用去找找你的妈妈？"

"不用了。"逃逃乖乖地回答道，"逃逃自己回家，逃逃有钥匙，妈妈找不着逃逃，一定知道逃逃已经回家了。"

蓝浩阳点点头，轻声道："你自己一个人不安全，我开车送你。"

逃逃有些犹豫地看着蓝浩阳的眼睛，从他的眼中看到了一丝暖暖的情绪。于是第一次见面，蓝浩阳就成功得到了逃逃的信任。他把逃逃抱上车，并按照逃逃的指示，把汽车开到了普小萄的家。

逃逃把钥匙递给蓝浩阳，他虽聪明，但是开门对他来说，确实有些费劲儿。蓝浩阳把那把小小的钥匙握在手心，不禁感慨万千：这些年来，难道她就一直躲在这里吗？

他小心翼翼地把门打开，刚刚开了一条缝，逃逃就"噌"地一下钻了进去，踩着凳子开了灯，从鞋柜里翻出一双崭新的拖鞋递给蓝浩阳道："哥哥，请进。"

蓝浩阳有些受宠若惊，没想到来普小萄家，逃逃会变得这么热情。

踏入房中，一个布置简洁的客厅映入眼帘，除了那个橙色的沙发看起来还挺新之外，剩下的东西从棱棱角角中都可以看出岁月的痕迹。

逃逃没有闲着，他跑去给蓝浩阳倒了一杯水，然后拍拍沙发，对蓝浩阳道："哥哥，请这边坐。"

逃逃天真烂漫，让蓝浩阳没有办法拒绝。他端起杯子，一饮而尽。

逃逃以为蓝浩阳渴了，于是又给他倒了满满的一杯水，放在他身边，而蓝浩阳抬起眼，用深邃的眸子看着逃逃道："平时你都是这样照顾自己吗？"

"逃逃不但照顾自己，还照顾妈妈哦！妈妈每天很辛苦，逃逃不想让妈妈那么辛苦。"逃逃眨眨眼睛，一字一顿道。

逃逃的乖巧懂事，使蓝浩阳又忍不住摸了摸他的脑袋。这时，逃逃的肚子"咕噜"响了一声，打破了这安静的气氛。

意识到还没有吃饭的两个人这才感觉到饿，蓝浩阳起身拿起外套道："逃逃你等着，哥哥给你买好吃的。"

当他正准备出门时，逃逃一把拉住蓝浩阳的大手："哥哥，我想吃番茄炒蛋。"

去饭店点一份番茄炒蛋？蓝浩阳有些为难，顿了三秒，他对着逃逃道："家里有食材吗？我做给你吃好了。"

他不知道这个提议正好中了逃逃的小圈套，只见逃逃没有克制自己的情绪，手舞足蹈道："太棒了！"

蓝浩阳哭笑不得，于是他挽起衣袖，到冰箱里找出食材，接着走到厨房，准备给逃逃做一顿丰盛的晚餐。

逃逃跟在他的身后，不亦乐乎地打着下手。他看着蓝浩阳熟练地搅拌鸡蛋，脸上洋溢着幸福的笑容。

油在热锅里沸腾，逃逃躲在蓝浩阳的身后，生怕溅到自己身上。虽然这是他们的第一次见面,但逃逃觉得面前的这个高大男人给了自己足够的安全感,和他在一起,看着他给自己做饭,逃逃觉得好安心。

很快,鸡蛋结成了块状,西红柿也跟着下了锅,瞬间香气扑鼻而来,惹得逃逃口水直流。

"好香!"逃逃忍不住称赞道。

"真容易满足!"蓝浩阳笑言道。

逃逃却一本正经道:"妈妈说了,人要懂得知足,知足常乐。"

蓝浩阳点点头,嘴里却略带感慨道:"她要是懂得知足这个道理就好了!"

菜上齐了,除了番茄炒蛋,蓝浩阳还特地做了一道糖醋排骨,因为他记得,普小萄喜欢吃甜的东西,糖醋排骨是她最爱的一道菜。

逃逃对蓝浩阳的厨艺赞不绝口,他甚至说蓝浩阳做的饭比普小萄做的还要好吃,而蓝浩阳诧异道:"她会做饭?"

"是啊。"逃逃不以为然地点点头,强调说,"妈妈做饭很好吃的。"

蓝浩阳若有所思地抿了抿嘴,看来时间真的能改变一切。他还记得以前的普小萄只会煮面和下水饺,有次教她炒菜她差点火烧厨房,没想到现在的她竟然进步了这么多,她真的变了。

与此同时,还不知道蓝浩阳待在她家里的普小萄直起身来,对一直陪在她身边的星诚道:"谢谢你听我说这些,如果让童朵朵知道我把这些秘密都告诉你了,她一定会气疯的。"

"我会替你保守秘密。"星诚微微一笑道,"谢谢你信任我。"

普小萄垂下头,脸上闪过一丝悲伤,但她快速调整情绪道:"逃逃应该等急了,我这个不称职的妈妈,又把他抛弃了。"

星诚只是笑笑,跟着普小萄回到包厢,发现包厢已经空无一人。

星诚有些紧张,想去前台问问逃逃的去向,不过普小萄冷静地告诉他:"逃逃有钥匙,这会儿他应该在家里。"

两人不敢再耽搁,二话没说坐进了星诚的车里。很快,车来到普小萄家的楼下。当抬头看到房间灯是亮着的时候,星诚才松了一口气。

"谢谢你送我回家。"普小萄难得说感谢的话,"回去吧,已经挺晚了,改天去梦匣子给你捧场。"

星诚有些恋恋不舍地看着普小萄,终于说出了那句藏在心里很久的话:"你朋友的事……"

"算了,我想她有自己的想法,她自己可以解决的。"普小萄说罢摆摆手道,"我走了,回头见。"

目送普小萄上了楼,星诚这才黯然离开。

独自上楼的普小萄百感交集,这一天发生的事情太多了,先是童朵朵的忽然转变,再是和蓝浩阳的偶遇。这两件事中的任何一件都令她心慌意乱,偏偏两件事情凑在一起,她有些无力招架了。

逃逃吃完了晚饭,在蓝浩阳的陪伴下已甜甜睡去。他把逃逃抱到卧室,自己则安静地坐在沙发上,整理脑中剪不断、理还乱的思绪。

蓝浩阳这会儿有些不知所措,他不知道等下在这里见到普小萄后各自会是什么表情,他也不知道到时候自己会不会语无伦次。为什么明明想恨她,但是想到一会儿会和她见面,自己连一丝恨意都没有?

普小萄已经到家门口了,她打了个哈欠,掏出钥匙打开房门。

"逃逃,妈妈回来了,是不是饿了?妈妈马上给你做饭。"普小萄一边转身关门,一边柔声细语道。

没听见身后有动静,普小萄继续说道:"逃逃,是不是又藏起来了?妈妈来找你了哦!"

谁知一转身她竟然迎上了蓝浩阳那双既熟悉又陌生的眼睛,手中的包也掉在了地上。

第三十章 霸道的吻

普小萄顿时慌了手脚,她惊慌地道:"你……我……你怎么会在这里……你怎么进来的……"

"那你为什么会在这里?"蓝浩阳克制住自己强烈的心跳,看着她的眼睛一字一顿反问道。

"我……我……"普小萄移开视线,她的手攥成了拳头,紧张与不安,使她情不自禁地向后退去,然而仅仅只是一小步,她就被迫靠在了门上。

看着普小萄手足无措的样子,蓝浩阳的心真的很痛:普小萄!这个在他心里住了十三年的女人,如今见到他还是这副怕被吃了的表情。

不知为何,原本心里有十万个为什么的蓝浩阳,在这一刻竟然一句话也说不出口。他只是向前走了一小步,双手不自觉地抵在她身体的两侧,就像那次在马路上他俩相遇,他把她困在怀里一样。

这个似曾相识的场景,使普小萄更加手足无措。普小萄曾对天发誓,这辈子永不再见这个男人，可是她连做梦都没想到，他竟从她的梦中活生生地走了出来，而且离她这么近，连呼吸都那么真切。

逃！逃！逃！此时普小萄的心中只有这一个念头，她试图去抓门把手，想要夺门而出，可是尝试了几次都没有成功。

她的泪水在眼眶中打转，汗顺着脸颊流下。这时，蓝浩阳缓缓张开口，吐出了三个字："看着我……"

不知为何，蓝浩阳的声音使她的心为之一颤，她竟然乖乖地抬起头，只是依然不敢直视那灼热的目光。

普小萄的反应似乎令蓝浩阳很满意，他的嘴角露出一丝笑意，但是眼神中的黯淡没有隐藏住他心中的忧伤。

心乱如麻的普小萄捏着自己的衣角。毫无防备之下，她的下巴被轻轻抬起，一张柔软的唇迎了上去……

蓝浩阳突如其来的举动，让普小萄的心跳漏了一拍。这种感觉，这张唇，六年了，她未曾感受过……

已经失去理智的蓝浩阳肆无忌惮地吮吸着，手抚上了她的脸，却摸到了她缓缓流下的泪珠。

蓝浩阳愣了一下，但是并没有因此将自己的唇移开。这时普小萄才意识到自己忘记反抗了，她用手捶着他的胸膛，含糊道："不……不要……"

面对普小萄的挣扎，蓝浩阳并没有放在心上。没有人知道，这个吻，为了普小萄，他保留了六年……

普小萄紧紧闭着双眼，她无法说服自己好好享受这缠绵又霸道的吻，她只顾着挣扎。

时间仿佛静止，四周的空气也变得暧昧。可能是累了，只见蓝浩阳慢慢睁开眼睛，停止了自己唇上的吮吸。

趁着这个时候，普小萄快速转过脸，蓝浩阳把头抵在普小萄的头上，两人大喘着粗气，但谁也没有先开口打破这尴尬的沉默。

正在这时，卧室的房门被打开了，拖着毛绒玩具走出来的逃逃揉着眼睛，看着门口的两个人影道："妈妈，哥哥……"

普小萄顺势推开蓝浩阳，向逃逃跑去，一把把他抱在怀里："逃逃乖……妈妈回来晚了……对不起……"

逃逃感觉到普小萄的肩膀正在微微地颤抖，他张开小嘴问道："妈妈，你为什么又哭了？"

"妈妈没事儿。"普小萄强装笑脸，抹掉脸上的泪珠，她看着逃逃——这个世上自己最心爱的宝贝，久久不肯移开视线。

见普小萄不再说话，逃逃指指蓝浩阳道："这个哥哥很好哦，送我回家，还给我做好吃的，逃逃给妈妈留了一半呢。"

普小萄顺势朝餐桌看去，糖醋排骨早已没有热气，看起来也没有刚出锅时那样让人垂涎欲滴，但震撼了普小萄的心。

他还记得这是她最喜欢的食物，但是她不知道，多少个日日夜夜，他反复做着这道菜，然后捧着一碗米饭发呆。

现实总归是残酷的，即使普小萄的内心在颤动，但是她知道，今非昔比，他们再也回不到从前了。

普小萄回过神来，她强迫自己把脑中那些曾经的画面抹掉。如果一切都是一场梦，那该有多好。

"你走吧。"普小萄抱着逃逃，淡淡地对蓝浩阳说道。

蓝浩阳没有丝毫惊讶，因为他早就预料到事情会发展成这种结局，但是亲耳听普小萄这么说，他的心仍然忍不住隐隐作痛。

"如果我不走，你会怎样？"蓝浩阳轻声答道。

"如果……"

没等普小萄说完，蓝浩阳就抢着道："如果我不走，你就会带着逃逃再次逃走，远离我的视线，对吗？"

"我没有逃……"普小萄喃喃地狡辩道。

"还说没有逃！"蓝浩阳冷笑一声道，"我找了你整整六年，你还说你没有逃……"

"不要再说了……"普小萄打断了蓝浩阳的话，她看看怀里有些搞不清楚状况的逃逃，背对着蓝浩阳说道，"我答应你，这次不会再逃，我就在这里。"

蓝浩阳垂下眼帘！许久吐出四个字："我相信你。"然后迈开步子走出普小萄的家。

蓝浩阳走后，普小萄就像丢了魂一样瘫坐在地上，双眼空洞地看着天花板，嘴巴半张着，不知道在想些什么。

蓝浩阳满脑子都是普小萄，见到她现在的生活状况，她那五岁的儿子，还有她对自己的态度，虽然还可以品味到刚刚来之不易的吻，但是依旧觉得她离自己好遥远。

一路胡思乱想着开到了小区里，蓝浩阳把车子停好。走出停车场后，一个人影忽然从草丛中蹿出来，跟在蓝浩阳的身后。

"林婉茹。"蓝浩阳停下脚步，脱口而出。

"你怎么知道是我?"林婉茹走到他面前,顺势搂住他的臂弯,"这么晚才回来,有没有想我?"

她的脸上洋溢着迷人的笑,看她一眼,足以让人心花怒放,可是蓝浩阳不为所动,甚至连看都不看。

见蓝浩阳皱起眉头,林婉茹识相地松开了她的手,温柔地问道:"你去哪里了?人家在这里等了你好久。"

"我去哪里还用向你汇报吗?"正巧蓝浩阳满肚子的怨气,理所当然地把林婉茹当成了出气筒。

面对这样的蓝浩阳,她早已习惯。因为她知道,蓝浩阳从心底就是排斥她的。但是这次,蓝浩阳对她的厌恶表现得格外明显,只听他甩出一句:"这几天最好不要跟着我。"接着,迈开脚步走了。

女人的第六感告诉林婉茹,蓝浩阳的忽然转变一定和什么人有关,她忽然想到了偶然看到的普小萄。于是她快步追上去,试探性地问道:"你是不是去找她了?你见到她了?"

蓝浩阳停下脚步,他警惕地转过身盯着她的美目道:"她?你指的是谁?"

"就是……普……"林婉茹说了一半,抿了抿嘴,没敢再说下去。

蓝浩阳自然知道林婉茹说的是谁,只见他眯起眼睛,对着她道:"难道你见过她?"

"我……"林婉茹支支吾吾,不知道该如何解释,她怕自己告诉他曾经见过普小萄之后,他会认为是她故意瞒着他。

"算了。"蓝浩阳摆摆手道,"我不管你对我隐瞒了什么,但我告诉你,从今天开始,你不要出现在她的面前。"说罢,蓝浩阳头也不回地走开了。

留在原地的林婉茹气得直跺脚,心里嘀咕道:"我再怎么说也是含苞待放的鲜花一朵,难道还比不上路边的小草吗?"

见蓝浩阳的身影消失不见,她戴上鸭舌帽,匆忙跑回了自己刚刚藏身的地方,只见从那里钻出来一个人影,晃了晃手中的相机道:"林小姐,我都拍到了,您看看选哪两张……"

于是第二天一早,林婉茹与蓝浩阳深夜相约在某小区门口的花边新闻上了报纸的头条。

原本以为眼不见心不烦的普小萄走在大街上,准备调整好状态去庆天举的公司上班,没想到被随处可见的报纸扰乱了好不容易平复下来的心情。

"该死的蓝浩阳!"普小萄在心里咒骂道,"你爱和谁开房就和谁开房!又不是一次两次了!干吗这么在意?你的一切和我无关!"

普小萄一边自我安慰,一边来到了庆天举的公司。

第三十一章 伴君如伴虎

今天的庆天举格外神清气爽,他不顾自己的身份地位,早早就站到了迎宾小姐的身边,一脸期待地等着普小萄的到来。

公司里所有的职员都在议论纷纷,他们猜测今天一定有大客户要来,所以庆董事长才会亲自接待。要知道上次省里来人检查,庆天举才肯露一次面,不知道这次又是什么大人物。

所有的人都打起了精神,时刻关注着大人物的到来,直到普小萄手拎着包、脚踩着高跟鞋快步走进公司的大门,庆天举洋溢着笑容前去迎接时,大家才大跌眼镜:这个小女子,会是什么大人物?

唯一知道真相的前台小姐蔡小琴,禁不住捂住了张大了的嘴,心里暗自喃喃道:"这不就是前来应聘的女人吗?他们是什么关系?"

伴随着周围人疑惑的目光,普小萄和庆天举一齐走到了电梯门口,她不敢回头看,因为她感到了这种职场上的压力。

终于进了电梯，普小萄这才拍拍胸脯松了一口气。庆天举双眼含笑地看着她，口气温柔地说道："换了新的工作环境，感到紧张是正常的，习惯了就好。"

"我不是紧张，"普小萄抿抿发干的唇道，"只是不知道为什么他们都盯着我看，让我心里挺别扭的。"

听到普小萄这么说，庆天举禁不住哑然失笑，聪明的他立刻发现了关键所在，但是他半开玩笑地说道："因为你年轻又漂亮，所以大家都看你。"

"开什么玩笑，"普小萄翻了个白眼，"你当我是三岁孩子那么好骗？"

庆天举笑着看向她，扬起嘴角再次说道："在我心里，你就是一个可爱的小女孩。"

第二次来到庆天举的办公室，普小萄没有像上次那样拘束，她径直走到角落处庆天举给她准备的办公桌椅前，张嘴问道："我现在需要做些什么？"

"什么都不需要，做你想做的事情就好。"庆天举若无其事地道。

普小萄听后心里一惊，哪有不用工作就可以领工资的美差？于是她急忙道："您尽管吩咐，没事做我会觉得怪怪的，反而更加不自在。"

庆天举想了想道："等一会儿我去开会，你就负责把地面扫干净，把桌子和书柜整理一下，你看可以吗？"

普小萄看着可以清清楚楚映出倒影的黑色大理石地面，再看看一尘不染的桌子和整齐的书柜，想要让它们看起来再干净一点儿，似乎有些难度。

与此同时，一辆从一大早就停在公司楼下的汽车缓缓启动，驾驶座上的蓝浩阳紧锁着眉头，脑中一直浮现出普小萄和一个陌生男子肩并肩走进公司的画面，他越想心里越觉得不舒服，于是一个急刹车，把车子停在了马路边。

只见蓝浩阳拿出手机，拨通了一个电话："顾冉，帮我查一下这个男人，看看他和新世纪建材公司有什么关系。"

说罢，蓝浩阳挂掉电话，把刚刚偷拍的照片发了过去，这才重新发动了马达。

电话那头的顾冉及时查到了资料，并且把结果汇报给蓝浩阳："庆天举，新世纪建材公司董事长，三十岁，离异，带着一个五岁的女儿。"

"董事长，三十岁，离异。"蓝浩阳重复了一遍关键词，仔细琢磨，似乎每一个字都对他造成了威胁。

"顾冉，再帮我查一下他和普小萄有什么关系！"蓝浩阳一脸严肃道。

"不会吧，你还对普小萄念念不忘？"顾冉有些不可思议道，"都这么多年了，人都找不着了，你怎么还想着提起她？"

"别废话！"蓝浩阳打断了顾冉的话道，"这是命令！你就当成工作去做，必须要给我查清楚，他们之间有什么关系！"

见蓝浩阳的口气很坚决，即使一肚子的疑问，顾冉也只好按照他的吩咐去做。虽然现在网络很发达，但是怎么查都查不出蓝浩阳想要的信息，于是顾冉只好亲自出马，想方设法地混进了新世纪建材公司的大楼，使出美人计去打探普小萄和庆天举的事情。

结果出乎顾冉的意料，原以为蓝浩阳只是心血来潮，一时想不开故意找事情为难自己，没想到当顾冉打探清楚之后，这才替蓝浩阳多舛的命运感到惋惜。

"蓝总，我劝你还是想开点吧。我都打探清楚了，庆天举与普小莓虽然名义上是工作关系，但是你想想，忽然让普小莓做他的私人秘书，连公司员工都觉得莫名其妙的事情，怎么可能一点儿猫腻都没有呢？而且他们的办公室是在一起，你想想两人天天在一起，怎么可能干干净净……"

"住口！"蓝浩阳打断了顾冉的话，他咬着牙强忍着怒气道，"我只是让你查清楚状况，没有让你分析！"

"是！是！您说得对！"顾冉擦擦额头上的冷汗道，"以上纯属个人猜测，眼不见不为实，怪我多嘴。"真可谓伴君如伴虎，即使顾冉跟了蓝浩阳这么多年，但是蓝浩阳打个喷嚏，他依然会吓得一哆嗦。

此时的蓝浩阳早已回到家中。他怒气冲冲地挂掉电话，并随手扔到了床上，迈开步子走到浴室把冷水泼到脸上，冰凉使他打了一个寒战，也使他瞬间冷静。

他看着镜子中的自己，水珠顺着脸颊滴入水池中，掀起一层层涟漪，在灯光的照耀下，一颗颗宛如水晶般晶莹剔透，然而如此的绚丽没有抹去他眼中的尘埃。

为什么？蓝浩阳在心中呐喊！为什么好容易找到了她，她却当了别人的秘书！难道她不知道他的占有欲有多强吗？

心痛如刀割，这种前所未有的不安让他像身陷沼泽一样无法自拔。这时，电话铃声响起，蓝浩阳深吸一口气，拿起一块毛巾走了出去。

一个陌生的电话，紧接着一个陌生的声音传入蓝浩阳的耳膜。

"你派人调查我？"电话那头的声音很深沉，但一字一顿说得很清晰。

蓝浩阳愣了一下，但转瞬就明白了，便开门见山道："你是庆天举？"

"是我。"此时的庆天举在办公室门口的走廊尽头，压低了声音道，"拜托，派人调查我也要专业一点，找你的特级助理顾冉亲自来，是不是有些兴师动众了？"

顾冉……这个家伙又自作主张！蓝浩阳翻了个白眼开口道："既然如此，那您的意思是？"

"我是来感谢你的，如果不是你的助理露了马脚，费尽心思打听我和普小萄之间的事情，我也不会知道，普小萄的丈夫原来是赫赫有名的星璨音乐传媒公司老总蓝浩阳！"

"你还查到了什么？"蓝浩阳冷笑一声继续问道。

"我还查到了为什么普小萄会逃婚，为什么会一直躲到现在，为什么她不愿意见你。"庆天举直言不讳道。

听到这里，蓝浩阳皱起了眉头道："为什么？就连我都不知道为什么，你怎么会知道为什么？"

电话那头的庆天举幽幽地笑了，过了三秒钟，他才缓缓开口道："蓝总，真是贵人多忘事。"

"我忘了什么？"蓝浩阳警惕地追问道。

"明人不做暗事，我不打算瞒你，有时间你可以看看网络上关于你的信息，十条有九条都是关于你的绯闻。你觉得普小萄这么敏感的女人，会忍受这些默默地跟着你吗？"庆天举的口气有些轻蔑，但字字珠玑。

"如你所说，那些都是绯闻，都是假的，都是为我的艺人进行的炒作，只有小孩子才会当真！"蓝浩阳反驳道。

没有理会蓝浩阳说的话，庆天举抿抿唇继续道："或许你还忘了另一件事，普小萄她就是一个小孩子，你连她最基本的性格都不了解，还有什么资格说爱她！"

"和我谈资格？你才认识她多久！"蓝浩阳有些气急败坏地低声怒吼道，"你知道她最爱的食物、最喜欢的颜色吗？你什么都不知道，根本就没有资格说我！"

"我只知道有一个人深深地伤了她，她现在需要足够的温暖和呵护，这就够了。希望你以后不要再打扰她。"庆天举说罢，立即挂掉了电话。他长长地舒了一口气，果真，打这通电话是要有足够勇气的。

电话那头的蓝浩阳比庆天举想象的要冷静许多，他反复想着庆天举的最后一句话："我只是知道有一个人深深地伤了她，她现在需要足够的温暖和呵护，这就够了……"

自始至终，蓝浩阳都不明白为什么普小萄会离他远去，为什么在那么关键的时刻选择逃避。他只知道普小萄好像不太爱他了，但是他一直觉得普小萄还是会和他在一起，这是一种依赖，即使和爱与不爱无关。

所以这么多年来，蓝浩阳一直在反思，自己是不是真的伤了普小萄的心。但是他翻来覆去地想，也不清楚自己到底做错了什么。

如果真如庆天举所说，根本原因是自己和那些艺人的绯闻，事情是说通了，但蓝浩阳还是想不明白，明明知道那些是绯闻，明明蓝浩阳的眼中只有普小萄一人，难道普小萄感觉不到吗？

第三十二章 为之动容

心乱如麻的蓝浩阳走到窗前,打开了窗户,微风吹拂着他的头发,正如此刻的普小萄一样。

普小萄关好窗户,回到座位上,静静等着庆天举回来。庆天举已经离开好几个小时了,一个人在空荡荡的办公室里,普小萄感到有点心慌。

就在普小萄嘀咕的时候,门口传来了脚步声,只见打完电话的庆天举一边推开门一边说道:"我回来了,你一个人还习惯吗?"

"有什么不习惯的。"普小萄一脸苦笑,说罢,她把刚沏好的茶端了过来,"我自作主张把柜子上的茶叶泡上了,总比喝果汁强,你尝一下合不合口味?"

庆天举笑着端起小茶杯把里面的茶一饮而尽,甘甜苦涩浸满他的味蕾,他不太习惯地皱起眉头,但下一秒就把眉头舒展开来道:"还不错,以后就喝它了!"

普小萄不好意思地笑笑，被夸奖后有些尴尬的她重新回到办公椅上坐好。这时，一个清脆的声音从门口传来："庆董事长，您要的衣服送过来了。"

是蔡小琴的声音，普小萄一听就听出来了，这个如同狐狸精一般的女人，给普小萄的感觉就是做任何事情都不怀好意。

庆天举没有多想，只听他吐出三个字："拿进来。"

办公室的门被迫不及待地打开，果然如普小萄预料的一样，蔡小琴迈出她那条白皙的长腿，拿着三个大口袋一扭一扭地走了进来。

她的第一眼就看到了坐在椅子上的普小萄，但是蔡小琴像看见空气一样无视她，径直走到庆天举的面前道："庆董事长，这是您要的衣服。"

"放在那边吧。"庆天举连头都没有抬一下，随手指了指离她不远的沙发。

蔡小琴接到命令，恭恭敬敬地把东西放好，但是她并没有离开的意思。只见她转过身，轻启朱唇对庆天举道："庆董事长真是走在时尚的前沿，才定做完衣服，又买来了这么多新衣服……"

"这些是给普小姐买的。"庆天举面不改色地打断了蔡小琴的话。

原本一脸笑意想要好好拍拍马屁的蔡小琴顿时语塞，她看看同样有些惊讶的普小萄欲言又止，不知道怎么填补自己挖出来的坑。

见蔡小琴的任务完成了，庆天举摆摆手道："行了，你先出去吧。"

"好的，庆董事长。"蔡小琴说罢，优雅地转过身，她撩了撩自己的长发，刚准备踏出门，却被庆天举叫住了。

"你等一下。"庆天举对着蔡小琴道。

蔡小琴有些受宠若惊地停下脚步，回头看了看庆天举，柔声细语道："庆董事长，还有什么吩咐吗？"

庆天举放下手中的签字笔,对着蔡小琴一脸严肃道:"你出去买一个抱枕,越大越好,要软软的那种。"

"抱……抱枕?"蔡小琴还以为是自己听错了,堂堂的新世纪建材公司董事长,竟然让一个下属去给他买抱枕?

"是……是您的椅子不太舒服吗?"蔡小琴尴尬地笑了笑,一边看着庆天举的椅子一边试探性地问道。

只见庆天举指指普小萄道:"是给普小姐用的。普小姐应该喜欢鲜艳的颜色,你去买个粉红色的抱枕,可爱一点的,越快越好。"

与此同时,普小萄也愣住了,粉红色……庆天举怎么知道她喜欢粉红色?喜欢可爱的东西?不过那些都是以前的事了,现在的她觉得生活没有什么色彩,除了黑就是白,除了白就是苍白……

蔡小琴带着怨气仓促离开,而普小萄不好意思地笑笑道:"真是让您费心了,想得那么周到,我都不好意思了。"

"不要不好意思,把这里当成你自己的家就好。"庆天举依旧是笑脸相迎。

和庆天举共处一室的普小萄虽然有些拘谨,但是没有步入新环境的那种陌生感,或许因为找到了新工作让她觉得安心,也或许坐在办公桌认真批阅文件的庆天举给了她足够的安全感。

一个小时过后,一脸闷闷不乐的蔡小琴气喘吁吁地把抱枕送到了庆天举面前道:"庆董事长,您看这个可以吗?"

庆天举缓缓地抬起头,瞅瞅粉红色镶嵌着花边的绘有糖果图案的超大抱枕,然后看向普小萄道:"这个可以吗?如果不合适,我让她再去买。"

听完这句话的蔡小琴险些被一个不稳摔倒,要知道她可是穿着高跟鞋跑遍了整个商场，最后还是在一家贵得吓人的玩具店找到了这个勉强符合规定的抱枕，说买就买，哪儿有那么容易？

而普小萄受宠若惊地从蔡小琴的怀中接过了抱枕，礼貌地回应道："很好很好，就这个吧！我很喜欢！"

"你喜欢就好。"庆天举点点头道，"以后一些生活琐事就交给蔡小琴来做，你就留在办公室里帮我打下手，跑腿的活都不用你去做。"

听到买的抱枕还算合格的蔡小琴松了一口气，但是下一秒她又绷紧了脸，心里不爽地嘀咕着："凭什么要我给普小萄当跑腿的！她也只不过一个秘书而已！她入职一天还不到！长得也没有我漂亮！凭什么！凭什么！"

见没什么事了，庆天举冲蔡小琴摆摆手，难得说了一句安慰的话："今天辛苦你了，你可以出去了。"

忍气吞声的蔡小琴微微欠身，扭着身子走出了办公室。她关好门，立刻嘟起嘴，露出了一副厌恶的表情，如果不是公司里到处都安有摄像头，并且二十四小时监控，蔡小琴真想找个洋娃娃好好诅咒普小萄一番。

办公室里庆天举的表情正好相反，只见他眉开眼笑道："是不是帮你出了一口恶气？"

开始普小萄还没有反应过来，现在想想才明白了究竟是怎么一回事。原来庆天举早就看出了普小萄对蔡小琴有偏见，所以才故意刁难她，是为了让普小萄高兴。

不过普小萄撇了撇嘴道："幼稚！我看你也像个小孩子一样！"

与此同时，童朵朵醒在了一个陌生的房间，她困惑地皱了皱眉头，但是下一秒她失声尖叫起来。

"流氓！你离我远一点儿！"童朵朵一边喊一边盯着朝她走来的裸着上半身的孔烨，一脸的惊慌失措。

"干吗一惊一乍的，我们不是情侣吗？"孔烨一脸玩世不恭地笑着，朝着童朵朵步步逼近道。

"谁……谁跟你是情侣！"童朵朵瞪大了眼睛道，"我警告你！离我远一点儿，小心我报警！告你非礼我！"

面对童朵朵的威胁，孔烨并没有为之色变，只见他轻笑了两声，缓缓走到童朵朵面前俯下身子道："报警？好！同时我也可以告你诈骗！"他一边说一边伸出手，想要捏住童朵朵的下巴，却被童朵朵一巴掌甩开。

"胡说八道！我哪儿在诈骗！都是你心甘情愿给我埋单的！"童朵朵转过脸去，咬牙切齿地狡辩道。

听到这儿，孔烨咧嘴露出邪恶的笑："我心甘情愿，因为你是我的女朋友，如果不是的话……"

"懒得和你这个流氓浪费时间。"童朵朵说罢，怒气冲冲地掀开被子绕开孔烨下了床，刚刚因为太生气没有注意，现在她才意识到，原来自己的衣服穿得好好的，就是多了一些褶皱。

"你……你没碰我？"童朵朵缓过神来，看着坐在床边的他道。

孔烨抬起眼，脱口而出道："我为什么要碰你？醉成那样，像个木头人一样，我对木头人没有兴趣。"

"你……"童朵朵顿时语塞，她忽然想到那一天她也是醉到不省人事，难道那天他也没有……童朵朵回想起那天她脖子上的吻痕和身上的空无一物,说是什么都没做,这怎么可能?

"我知道你在想什么。"孔烨打断了她的思绪道,"我也知道你是在报复我,但无论你相不相信,我都要告诉你,我吻了你,但我没有碰你。"

听到这句话,原本心乱如麻的童朵朵变得更加纠结了,她没想到孔烨会识透她,更没想到他会这样直言不讳。

既然话题已经说开了,那童朵朵也豁出去了。她抿抿唇,眨眨自己的美目,清清喉咙道:"那我问你,我的衣服,是不是你脱的?"

"是我。"孔烨的口气很平淡。

"我脖子上的吻痕,是不是你弄的?"童朵朵的声音带有一丝颤抖,但是字字咬得清晰。

"也是我。"孔烨答道。

看着孔烨那双深沉的眼睛,童朵朵深吸一口气,终于问出了最后一个问题:"你确定没有……欺负我?"

只见孔烨弯起嘴角,又露出那玩世不恭的笑,绕弯子道:"我说没有,你相信吗?你觉得有就有,没有就没有。总之,我没有。"

绕口令一样的一句话并没有把童朵朵绕晕,反而让童朵朵顿时清醒。不知为何,她竟然选择了相信,或许因为和孔烨相处了一天,虽然对他充满敌意,但她不得不承认和孔烨相处得很愉快。

其实童朵朵也曾偷偷想过,如果没有发生那件事情,他们会不会真的变成情侣,真的彼此相爱?用心交心?

趁童朵朵愣着的时候,孔烨一下子钻到被窝里,盖好被子,头靠在枕头上眯着眼睛道:"不要想得太多了,想得太多会很累。你昨天喝醉了,我一夜都没敢睡,现在你没事我就放心了。厨房里有早餐,门口有钥匙,想去哪儿随你,我要休息了。"

说罢,孔烨就不再说话。

童朵朵看着他慢慢闭上的眼睛,迟疑了几秒钟才诧异地开口道:"你为了照顾我,一晚没睡?"

孔烨鼾声四起,是对她最好的回答。

童朵朵心里微微一颤,她没想到孔烨竟然会为她付出这么多。明明知道她是在报复他,他还这样对待她……

她不敢再想下去,或许她怕自己的心会被感动,真的会爱上他,爱上一个自己都觉得不可能的人。

为了转移注意力,童朵朵赤着脚轻轻走向厨房,看到还在冒着热气的早餐,童朵朵再次犹豫了。不知过了多久,理智说服她离开。既然没有开始,那就让它永远都不曾存在吧。

临走前,童朵朵看了孔烨最后一眼,他安详地睡着,像玩累了的孩子一样。这个男人,无论有没有伤害她,她都决定以后不会与他再有任何联系。

第三十三章 谈判

与此同时,在闹市区一间安静的咖啡厅里,两个帅气逼人的男士面对面地坐在那里,无视周围那些频频向他们投射过来的目光。

"我说的那件事情,你考虑得怎么样了。"蓝浩阳率先开口打破了沉默。

星诚没有给予回答,而是自顾自抿了一口柠檬水,不慌不忙地抬起眼道:"你找我来不全是为了这件事情吧?"

蓝浩阳轻声一笑,这个星诚,远比他想象的要聪明。只见蓝浩阳用勺子搅了搅杯中的咖啡,看着牛奶在咖啡中蔓延,缓缓道:"想必我和普小萄之间的事情你都知道了,是普小萄告诉你的?"

星诚垂下眼帘,默认了蓝浩阳的话。自从普小萄和他说完她与蓝浩阳之间的纠葛之后,星诚就一直闷闷不乐,他的脑中无时无刻不在重复着普小萄嘴里勾勒出的那些画面。一幅幅美好的画面,却刺痛了他的心。

"知道了也好,我也不打算隐瞒。"蓝浩阳抿抿唇,看着咖啡中自己的倒影，眼中没有一丝光彩。

星诚把视线移向窗外：车水马龙，来往的人络绎不绝，一切在时间的追赶下，都显得匆匆忙忙，就好像此时他的心一样，时刻都在不安地跳动着。

见星诚沉默不语，蓝浩阳接着道："今天我找你来的目的，是想劝你放弃，可不可以把她让给我。"

蓝浩阳的一句话唤回了星诚的思绪，他诧异地看着蓝浩阳那精致的五官，冷笑一声道："放弃？让给你？你把她当什么？物品吗？"

"我不是那个意思。"蓝浩阳解释道，"我们是因为误会而分开，我希望在我们把误会化解之前，不被人打扰。"

蓝浩阳的这个听似有些牵强的要求让星诚觉得可笑，他略带嘲讽地道："六年了才想着要解释清楚，解释什么？解释你这六年中一条一条的绯闻吗？解释得过来吗？不觉得太迟了吗？"

"不迟！"蓝浩阳反驳道，"毕竟我们曾经深爱过，我想她会相信我的，只要给我足够的时间。"

"时间可以证明任何东西，但不可能改变过去。"星诚举起杯子道，"况且有些事情不是我们能决定的。相爱就会死心塌地，不爱就形同陌路，爱与不爱是强迫不了的。就像你们曾经的那些故事，我没有想要了解的打算，所有的一切都是她主动说给我听的。所以，爱一个人就要尊重她，包括尊重她的选择。"

星诚的一席话，令蓝浩阳陷入沉思。他从心里觉得星诚说得没错：在爱的面前，自私会使双方都变得廉价。可是现在面对这么强大的对手，不自私一点，怎么才能获得自己心爱的人呢？难道不择手段赢得爱的人，这也有错吗?

"算了。"蓝浩阳摆摆手道,"星诚,我们也算是有缘,虽然可能是孽缘,但我依然感谢你替我照顾普小萄的那段时间。"

"照顾她是我应该做的。"星诚面不改色道。

此时蓝浩阳的热咖啡已经凉透,他把它推到一边,忽然岔开话题道:"星诚,你认识庆天举吗?"

"不认识。"星诚想了想回答道。

蓝浩阳若有所思地点点头,接着一脸神秘:"那你小心了,我想他会成为我们共同的敌人。"

"你什么意思?"星诚警惕地眯起眼睛,忽然想起了那天在游乐园里看到的那个和她亲昵的男人,难道他就是……

星诚的反应令蓝浩阳的嘴角弯起一抹神秘的笑,没想到自己的目标轻松达成了,那就是即使没有给星诚造成威胁,也要让他有点压迫感。

而正如了蓝浩阳所愿,那天两人分开后,那个叫庆天举的男人在星诚的脑海中挥之不去,他真想一脚油门踩过去找到普小萄,问问清楚她和庆天举到底是什么关系,他们是怎么认识的,他们为什么会一起去游乐园?

星诚的确那么做了,趁着梦匣子的演出还没开始,星诚把车子开到了普小萄家的楼下,停在一棵大树后面隐藏了起来。

看看手表,正是逃逃回家的时间,他挺直了腰板把脸凑到玻璃前,观察着外面的一切。

不出五分钟,一辆黑色的商务车缓缓开了过来,星诚一眼就认出了这辆车,最少价值两百万元的路虎牌揽胜,想必这个小区里很少会有这么贵重的车子出没。

车子稳稳地停在普小萄家楼下,接着,庆天举从驾驶座上走下来,并亲自把普小萄从副驾驶里扶了出来。

看到这一幕的星诚拳头紧握,他看不到普小萄脸上的表情,但是他感觉得到普小萄应该很开心。

紧接着,逃逃和小美从后座跳了下来,只见普小萄牵着逃逃的小手,有些腼腆地对着庆天举道:"真是麻烦你了,帮我找了工作,还接了逃逃亲自送我们回家。"

"没什么,正好顺路。"庆天举笑笑道,"如果没什么,不如你们先别急着回家,我们一起去吃个饭怎么样?"

"还是不用了,昨天剩了好多饭菜,不吃就浪费了。改天吧,改天我请客!"普小萄委婉地拒绝道。

庆天举没有为难她,只是双眼含笑地目送着普小萄和逃逃上了楼,这才领着小美上车离开。

回到家中的普小萄总算松了一口气,这一天的工作简直太轻松了,让她轻松到不知道这一天她都做了一些什么。她把外套脱在沙发上,走进厨房打开冰箱,第一眼就看到了昨晚她一口没吃的糖醋排骨。

脸上的笑容瞬间被凝固,那张她拼了命想要忘记却怎么都挥之不去的脸再次浮现在普小萄的脑海里,就在昨天,天黑了的时候,他曾站在这里……

"妈妈!"逃逃跑过来抱住她的大腿,打断了她的思绪,"妈妈,我刚刚在楼下看见帅哥哥了!"

"帅哥哥?"普小萄撇撇嘴道,"星诚?"

"嗯!"逃逃点点头,指指窗外,"就在那里!逃逃看到帅哥哥的车了!"

顺着逃逃手指的地方,普小萄快步赶到了窗前。果真,在一棵大树后面,普小萄看到了一辆车。

脑筋总是不够用的普小萄迟疑地看着那辆车,再看看逃逃道:"你确定那是星诚的车?没有看错?"

只见逃逃在地上一跳一跳的,可惜身高不够高的他看不着那棵树,无法确认那辆车到底是不是星诚的。

普小萄把他抱起来,这次逃逃点点头,口气坚决地说道:"妈妈,那就是帅哥哥的车!我敢保证!"

普小萄真想给逃逃竖一个大拇指,佩服他的好记性。可是她又没有那个闲情逸致,原本心里就很乱了,再加上星诚这么一出现,她的心又开始纠结了。

"要不要逃逃去把帅哥哥带上来,一起吃晚餐?"逃逃转过头,眨着小眼睛看向普小萄道。

普小萄摇摇头,没有说话,她把逃逃放下来,一个人看着远处发呆。

夕阳正好映红了她泛红的眼眶。她猛地吸吸鼻子,叹了一口气,把视线转移到电线杆上叽叽喳喳的两只麻雀身上。

它们依偎在一起,不为春风所动,即使一群麻雀从它们身边掠过,它们也无动于衷,仍然彼此相依。

或许很多年前,普小萄也向往着那样一种生活,不茫然、不浮躁,只图能够安安静静、和和气气地跟自己的另一半过着与世无争的幸福快乐生活。

曾经的普小萄满心里都是甜蜜，无论谁走到哪儿都可以在她的脸上看到幸福洋溢，因为那时候的她有一个很疼爱她的他。

那时的蓝浩阳还年轻，但是早已坐上总裁的位置。呼风唤雨一手遮天，只要是他想到的事情都可以做到，就像他发誓一定要追到普小萄一样，他真的追到了。

只是用"追"这个字有些牵强，因为普小萄承认，蓝浩阳的出现，让她怦然心动，所以他们算得上一见钟情。

那时的他们很倔强，也很勇敢，顶着舆论和压力依然幸福地生活在一起，无论报纸上出现了关于蓝浩阳的何种绯闻，普小萄都只是一笑了之。他们一直觉得，没有什么可以将他们的爱情打败，为了证明她的选择是正确的，他俩早早地领了结婚证。

只是好景不长，当普小萄亲眼看见他与林婉茹出双入对地进了一家电影院，又亲昵地带着林婉茹回家之后，她对他百分之一百的信任开始瓦解，她甚至开始怀疑起自己，是不是自己太单纯、太被动。

从那时起，她便少了很多笑容，多了几分自卑。她从来没有这样爱过一个男人，即使他伤害了她，她还是选择了默默忍受，继续和他在一起。

蓝浩阳也意识到了她对他的冷漠，只是他没有想太多，只是说服着自己她很爱他。虽然看着她没有了幸福目光的眼睛，但他还是给予她一如既往的温暖。

就这样，两个人就像隔了一层纱一样，看得见彼此却捉摸不透彼此的心意。不过即使这样，他们的婚礼还是如期进行。

接下来的事情普小萄不想再回忆了,因为她曾回忆了无数遍,有时回忆中带着憎恨,有时回忆中满是凄凉,甚至有时回忆中透露出一丝后悔……

如果当时她选择迁就,选择好好参与这场蓝浩阳为她策划的隆重的婚礼,那么今天的结局会不会不一样,逃逃是不是就不会没有爸爸?

想到这里,普小萄狠狠地甩了两下头,心里嘲笑着自己道:"想这些有什么用?未来不可预测,过去不可更改,后悔和奢望又有什么用?"

看着普小萄一会儿唉声叹气一会儿抿嘴轻笑,一直站在旁边的逃逃也是丈二和尚摸不着头脑,或许逃逃已经习惯了普小萄这副模样,他没有打扰她,只是轻轻地打开冰箱,踩着小板凳把糖醋排骨取了出来,拿到微波炉里面加热了五分钟。

香气扑鼻而来,这熟悉的味道使得普小萄吞了吞口水,两条腿不听使唤地朝着厨房走去。

正愁着不知如何把热盘子拿出微波炉的逃逃顿时眉开眼笑,他拉过普小萄的手,对着她道:"妈妈帮帮忙,哥哥做的菜逃逃现在就要吃。"

普小萄笑了一声,喃喃自语道:"人走茶凉,即使再热一遍,也回不到从前了。"

"妈妈你说什么呢?"逃逃嘟着嘴道,"或许热过一遍会更好吃!"说罢,逃逃迫不及待地摆上碗筷,这架势就像是只吃这一道菜就足够了一样。

热过一遍会更好吃吗?普小萄在心里嘀咕道:"还有回去的可能吗……"

第三十四章 无可取代

依旧躲在车里的星诚迟迟不肯离开,他把头靠在椅背上,黯淡下的眼睛连眨都不曾眨一下。他躲在这里不想让普小萄发现,却又希望她可以出现在他的面前,他的心里真的好纠结。

星诚从来没有想过,有朝一日,他会和两个男人共同喜欢上一个女人。这场没有硝烟的战争,他不想参与,但又不得不卷入其中。

其实有时候爱上一个人,是没有为什么的,但是这次星诚爱上了普小萄,还真的是有因有果。

还记得八年前,因为爱好音乐而辍学的星诚跟着乐队一起到市里进行商演,那时的他碌碌无为,只是一个帮忙搬乐器替别人买早餐的小角色。

那时的他躲在角落,偷偷地看着舞台上光彩夺目的他们,心中小小的梦想在燃烧。

其间,一个戴着黄色帽子,穿着义工服装的女生进入他的视线,那就是还念着大二的普小萄。

那时的普小萄要比现在开朗，她向周围的人群发着宣传单，脸上时刻带着微笑，其中有一张发到了星诚的手里，星诚轻轻一嗅，似乎还能闻到她的芬芳。

仅仅是那一眼，那抹灿烂的笑就注定了星诚一辈子都不会忘记普小萄。虽然从那之后，他再也没有看到普小萄，但他并没有失落，也没有去寻找，只是安安静静过自己的生活，因为他相信，有缘自会相见，最美好的恋情就是再次遇见。

正如星诚所想的那样，在念念不忘的日子里，星诚真的在酒吧里碰见了普小萄。普小萄的容颜依旧清纯，只是脸上没有了笑容，还多了一个五岁的儿子和令她心碎的往事。

不过星诚不在乎，谁没有不堪回首的过去？谁没有被伤害过？只是在他想要发起猛攻追求自己幸福的时候，没想到出现了两个同样视她为珍宝的男人……

星诚不愿再想下去，他不希望来之不易的幸福就这样从他的身边流过，连停留都不曾停留，哪怕就这样在深夜里默默地守护着她，他也心甘情愿。

夜渐渐深了，星光洒落天际，把黑暗凸显得格外璀璨。此时的普小萄把逃逃哄睡了。她依偎在阳台边，若有所思地看着树下那辆迟迟不肯离开的轿车。

隔得太远，即使普小萄踮起脚尖也看不清车里的情形。她看看时间，已经快十一点了，如果星诚真的在车子里，那他为什么躲在里面不肯出来？

普小萄有些纠结，最近这几天，似乎所有的烦恼都向着她呼啸而来，先是丢了工作，再是童朵朵被人欺负并花光了她的积蓄，最让她心乱如麻的是，竟然在五年后重新碰到了蓝浩阳。

好不容易在庆天举的公司找到了一份待遇很好的工作，但总是觉得有些天上掉馅饼的惊喜之后的不安，再加上让她捉摸不透的星诚，普小萄真的觉得自己的生活从来都没有这么复杂过。

于是他们两个人就这样，各自怀揣着各自的心事，隔着两扇窗，在这片苍茫中对望……

时光像个美丽的少女，踮着脚尖轻轻走过，不知不觉，无声无息。

时间的另一头，把杯中的红酒一饮而尽的蓝浩阳闭着眼睛，深陷在沙发里，一脸的愁眉不展。

这时的林婉茹穿着一件清凉的蓝色连衣裙出现在了他身边，她撩撩自己精心护理过的长发，把手随意地搭在沙发扶手上，柔声道："你找我？"

蓝浩阳缓缓抬起眼，他嗅了嗅从林婉茹身上蔓延开来的香水味，微微蹙起眉头道："怎么这么晚？"

只见林婉茹妩媚一笑，轻轻俯下身子把红唇贴在了他的耳边："难得找我一次，我当然要好好准备一下。"说罢，林婉茹在蓝浩阳的耳边挑逗地吹了一口气。

若隐若现的乳沟在蓝浩阳的眼前轻晃，穿到大腿处的黑色丝袜也充分体现了林婉茹口中所谓的好好准备的深层含义。

可眼前的尤物并没有让蓝浩阳有半点心跳加速、热血沸腾的反应，他反而厌恶地别过头道："香水味太刺鼻，我不太习惯。"

林婉茹诧异地眨眨眼，但是下一秒声音更加温柔道："这可是人家特地为你准备的，如果你不喜欢，我现在就去洗掉。"

说完，林婉茹弯起嘴角微微一笑，顺势撩起自己的短裙，想要在蓝浩阳面前把衣服一件一件脱掉。

混在圈子里这么多年的蓝浩阳怎么能不知道林婉茹心里的小九九，只见他站起身，径直走向窗前，猛地拉开了遮挡得严严实实的窗帘。

"你……你这是做什么？不怕被记者拍到？"林婉茹一边说一边拽了拽裙子，想要掩饰住大腿间的那一丝空缺，可是裙子实在太短，即使用尽了力气也没有挡住那丝裸露。

蓝浩阳轻蔑地笑了，他转过身看着有些不知所措的林婉茹，咧开嘴角道："这不就是你想要的吗？还不赶快把衣服脱了，摆几个撩人的姿势，这样明天就又可以上头条了。"

"你说什么？我听不懂！"林婉茹接过话茬道。

"不要揣着明白装糊涂，知道这么多年来我为什么配合你，却一直都没有碰你吗？那是因为你在利用我的同时，我也在利用你！"蓝浩阳说罢，转身猛地拉上窗帘，继续道，"不过现在，你对我来说已经没有任何意义了。我找你来，就是为了解除你和星璨音乐传媒公司的合约，违约金我会如数打入你的账户。"

"什么？"林婉茹不敢相信蓝浩阳说的话。这么多年来，她跟在蓝浩阳的身边，为了整个公司赴汤蹈火，完成了常人无法完成的工作量，并且牺牲了所有的休假时间陪蓝浩阳前往各地做宣传。为什么今天却这么突然，说解约就解约了呢？

"浩阳，你……你是开玩笑的吧，你一定是搞错了……"林婉茹的声音有些颤抖，但脸上依旧保持着那招牌式的微笑。

"我没有搞错。"蓝浩阳看着她的眼睛郑重其事道,"具体事宜回到公司我们再详谈。我相信凭你的个人能力,即使离开星璨音乐传媒公司,也会一直红下去的。"

蓝浩阳的话,像一盆凉水浇到了林婉茹的头上。她苦笑着摇摇头,含着泪道:"浩阳,你以为我跟着你,是为了大红大紫吗?那么风光有什么用?万人瞩目又有什么用?我心里是空虚的,你知道吗?"

蓝浩阳沉默了,他没有说话,只是走到那瓶喝到一半的红酒面前,重新斟一杯握到了手中。

说实话,和林婉茹解除合约这件事,他犹豫了好久,毕竟林婉茹是他一手栽培的,而且她确实是个才貌双全的人才。她女神级别的形象已经深深印入粉丝的心里,给星璨音乐传媒公司树立了很好的形象——如果不是迫不得已,蓝浩阳不可能把一棵摇钱树拱手送人,更不可能把自己的公司往火坑里推,即使他对她真的没有感情,合作了这么多年,多少也有些于心不忍。

可是自从再次遇见普小萄,又听了庆天举和他说的那些话,使得蓝浩阳彻底清醒。他意识到了问题的所在,他承认还深爱着普小萄,他忘不掉普小萄,所以为了让普小萄能够重新回到他的身边,失去一棵摇钱树又有什么值得惋惜的?

可是眼前的林婉茹受不了这种打击,眼泪顺着她的脸颊流下来,流到了她的心里。这么多年,即使蓝浩阳一次又一次地拒绝她、利用她,她的心也从来没有这么痛过。

蓝浩阳见不得女人哭,他垂下眼帘,缓缓开口道:"不必担心,如果需要,我帮你联系下家,甚至价钱可以开到更高。"

林婉茹哽咽道:"你以为我舍不得你的公司?错了!我是舍不得你!你知道吗!我爱你!为什么你都不能给我一个爱你的权利!"

"因为我的心里装不下任何的另外一个人了,你是知道的。"蓝浩阳幽幽开口道。

"普小萄?哼!她有什么好!"林婉茹哭道,"她哪点比我好?"

"在我心里,她无可替代。"蓝浩阳说罢,做了一个送客的手势,"不早了,该说的我都说完了,你先回去吧。"

满身的伤口还没有愈合的林婉茹感到自己的心里又添了一个血淋淋的新伤口,她崩溃到大笑,在毫无防备之下,她扑向蓝浩阳,把他紧紧压在自己的身下。

蓝浩阳感到她高耸的胸压在自己的胸膛前让他喘不过气来,下一秒,林婉茹的唇向他逼近,在双唇就快要触及时,蓝浩阳一个翻身把林婉茹摔倒在地上。这一连串的动作,没有半分怜香惜玉的意思。

再次受到打击的林婉茹从地上爬起来,她不顾自己膝盖的疼痛,颤颤巍巍地扶着沙发站起来,咬着牙气喘吁吁道:"蓝浩阳,我跟了你这么多年,我就要你一个吻。就一个吻!这过分吗?"

"在旁人的眼里,我们不仅仅只是接过吻而已。"蓝浩阳说罢,大步流星地走到门口,替她打开门道,"不送。"

林婉茹笑了,她已经清楚地知道蓝浩阳的态度,所以她也没有再卑微地肯求。只见她擦干脸上的泪痕,整理了一下有些凌乱的衣服,头也不回地走出了蓝浩阳的视线。

蓝浩阳重重地把门关上,坐回沙发上叹了一口气:如果一切都可以回到原点,从他们第一次相遇那天开始,那该有多好……

第三十五章 迟迟不肯离开

时针指向深夜十二点，和蓝浩阳一样纠结的是依旧望着窗外的普小萄。星诚的车子还在那里不曾离开，想着有人在楼下看着她，搅得普小萄连睡觉的心情都没有了。

终于，抵不过内心的煎熬，普小萄还是披上外套步履匆匆地走出家门。如果星诚真的在那里，她要好好地问清楚，他这葫芦里究竟卖着什么药？

普小萄三步并作两步来到楼下，靠近车窗一看，车里面黑漆漆的一片，普小萄顿时慌了神，他……真的在吗？

就在普小萄紧锁眉头想要看清楚时，车内的灯忽然亮了，但是驾驶座上并没有人。

普小萄正感到纳闷时，后车门开了一条缝，好像知道普小萄要来的星诚探出那张帅气依旧的脸，对着普小萄道："你来了？外边冷，快上车。"

普小萄裹紧了外套，没有多想就按照星诚的指示坐上了车。车上很温暖，细细一闻，依旧是那抹清新的绿茶味道。普小萄搓了搓冰凉的小手，本是无意的动作，却被星诚看在眼里，他一把抓住普小萄的手，握在手心里，放在嘴边哈了一口气。

一股热流顺着普小萄的手指传到了她的心里，普小萄心里一颤。这种感觉令她忽然间红了脸，她迅速抽回自己的手，嘴里喃喃道："不用……谢谢。"

星诚尴尬地一笑，他用舌尖舔了舔有些发干的嘴唇，这使他原本的粉唇显得更加妖艳。

可能是空间太小的缘故，普小萄似乎能感觉到两个人的呼吸和心跳，她原本一肚子的疑问竟然停在嘴边说不出口。

沉默使周围的空气持续升温，星诚看着用手拽着衣角的普小萄，轻声开口道："这么晚还不睡，跑下来干什么？"

普小萄没有回答星诚的问题，而是反问道："那你为什么在这里？你们家楼下没地方停车了？"

"我……"一向心直口快的星诚竟然语塞。是啊，他到底是为了什么才到普小萄家楼下来的，又为了什么迟迟不肯离开？

见星诚似乎有苦难言的样子，普小萄追问道："说话！回答我的问题。"

"因为我想见到你！"星诚脱口而出。

这个直接的答案，让普小萄顿时哑口无言。其实星诚说得没错，虽然因为听到了庆天举的名字才跑来这里，但是归根结底还是为了见普小萄一面。

"贫嘴。"普小萄说出两个字后，别过身子转移话题道："今天怎么换车了，要不是逃逃看到你,我都不知道你在这里。"

"那辆车被你毁了容,钱还没赔给我,让我怎么去修?"星诚半开玩笑回答道。

普小萄当了真,她有些抱歉地抿抿唇,支支吾吾道:"我……我现在经济有些紧张,等我发了工资,我就把钱给你……"

"傻瓜。"星诚打断了普小萄的话,他往普小萄的身边挪了挪,把嘴巴凑近了她的耳边道,"我不要你的钱。如果你诚心诚意,就把你赔给我好了……"

"你说什么呢……"普小萄面红耳赤地躲开星诚,可是车子里毕竟空间太小,只是一个转身,她就紧紧靠在了车门边动弹不得。

星诚没有放过她,反而俯下身子把脸凑到了她的脸旁,继续道:"普小萄,我对你是真心的。"

说罢,他忽然抓过普小萄的手,强迫她把手放在自己的胸膛上道:"你感觉一下我的心跳,我从来没有这么紧张过。"

强烈的心跳传入普小萄的手掌心,但是同时,她也感受到了自己狂乱的心跳。多少年了,除了蓝浩阳,她从来没有和任何一个男人靠得这么近过。

车里的灯熄灭了,星诚也趁此机会锁死了后车门,普小萄即使有心想要逃也逃不出去了。有些手足无措的普小萄僵在那里,感受着星诚在她脸旁的呼吸,吃力地挣脱道:"星诚,你疯了,你放开我。"

"我不会放开你,我不想输。"星诚喃喃道。

"你忘了!我是结了婚的人!我是一个五岁孩子的妈妈!"普小萄强调道。

"我不在乎……"说罢,在黑暗中,星诚猛地抬起普小萄的脸,顺着她有些干渴的唇吻了下去……

毫无心理准备的普小萄顿时慌了手脚,她拼命挣扎,但一个弱女子怎能抵得过满身热血的男人呢!

此时的星诚就像失去了理智一样,他闭着眼睛在普小萄的唇上吮吸着,就算是普小萄咬伤了他的唇,他忍着痛,也没有停止他此生最疯狂的举动。

普小萄有些绝望,为什么这几天尽碰到这么莫名其妙的事情,还记得蓝浩阳给她的那一个吻,也是在她毫无防备之下,只不过相比之下,星诚的吻更加让她感到窒息。

又是一个咬唇的动作,这次使了蛮力的普小萄终于从虎口脱身,星诚用手摸了摸嘴唇上的鲜血,喘着粗气道:"为什么不接受我?"

"因为你不尊重我!"普小萄说罢,使劲推了推车门,气喘吁吁道,"我再重复最后一遍!让我出去!"

"你走了还会回来吗?"星诚的眼神满是迷茫,只不过普小萄看不见,她也不想去看。

普小萄没有回答星诚的问题,这个男人虽然让她有着不一样的感觉,但是面对他今天突如其来的举动,她真的有些怕了。此时的她只想逃,逃离这个是非之地。

星诚哭笑了一声,后退着把身子靠在椅背上,半闭着眼睛呢喃道:"你还是爱着他,是吧?"

"他?"普小萄暗淡下了目光道,"你是说……"

"蓝浩阳。"星诚轻描淡写地吐出的这三个字,使普小萄的心头莫名一颤。

蓝——浩——阳——多么陌生又熟悉的名字……

"你还爱着他,对吧。"星诚重复道。

或许此时的沉默变成了最好的回答,面对普小萄有些哽咽的呼吸声,星诚心领神会,他苦笑着点亮了车里的灯,把视线移向垂下眸子的普小萄道:"对不起,是我太冲动。"

只见普小萄轻轻摇了摇头,顿了顿道:"对不起?你觉得对不起有用吗?"

"不管你接不接受我的道歉,我都要谢谢你,因为你让我变得清醒。"星诚说罢,替普小萄打开车门,"我送你上去,相信我,我不会再伤害你。"

普小萄再次沉默,没有同意也没有反对,只是低头下了车,径直朝着楼道走去,没有回头看他一眼。或许因为这些日子以来,他对她的那些无声关怀和照顾,让她不忍心拒绝吧。

星诚跟在普小萄的身后,默默护送着她。他们一路都没有说话,就好像对方不曾存在一样。

到了家门口,普小萄停下脚步,她从口袋中摸出钥匙,握在手心里,缓缓开口道:"我到了,你回去早点休息。"

星诚在幽暗的灯光下挤出一丝微笑,他顿了顿,最终还是开口道:"我们以后……还会见面吗?"

普小萄没有回答星诚的问题,只是咬着唇,打开房门,走了进去。

一个人留在门外的星诚百感交集,他摸摸自己还在隐隐作痛的唇,虽然痛,但是远远不及他心上的伤痛。

八年后的相逢,注定了会是这样的结局,星诚像个木偶人一样一步一步走下楼梯。重新回到车上,看着他们刚刚一起坐过的地方,似乎还依稀留有普小萄的体香,和那个吻带来的暧昧。

　　一切似乎都已经结束。星诚闭上了眼睛,或许这个吻对他来说是一辈子的奢求,但是自己一辈子的幸福,竟输在了这个冲动的吻上……

　　一夜无眠,普小萄顶着两个大大的黑眼圈牵着逃逃走出家门。刚到楼下,就看到了庆天举一脸笑意地站在那里。

　　他的笑容很温暖,似乎可以融化一切,但是普小萄并没有为之所动,她只是勉为其难地苦笑一声问道:"你怎么在这里?"

　　"来接逃逃上学,接你上班。"庆天举回答得理所当然,就好像这些是他应该做的一样。

　　面对庆天举的殷勤,普小萄有些受宠若惊,她急忙后退一步摆摆手道:"不用不用!逃逃离幼儿园很近的,走走就到了!我也没有这么娇气,自己可以坐公交车去上班的。"

　　"客气什么,顺路而已。"庆天举没有征得普小萄的同意,一边说一边把逃逃一把抱上车。

　　一直等在车上的小美看到逃逃,腼腆地轻唤了一声:"逃逃。"

　　逃逃看着今天的小美扎着双马尾,上面还绑着两个大大的红色蝴蝶结,忍不住张开小嘴称赞道:"小美你今天真漂亮!"

　　小美有些羞涩地红了脸,普小萄看到这一切,忍不住心里感叹道:"逃逃你嘴巴这么甜究竟像谁……"

第三十六章 追求幸福的权利

无奈之下,普小萄再次上了庆天举的车,庆天举看着普小萄系好安全带,嘴角不自觉地露出了满足的笑。

这时,他拿出早就准备好的热奶茶对普小萄道:"喝点这个,暖暖胃。"

"不……不用了……"普小萄一边拒绝一边把庆天举递过来的奶茶往他那边推,没想到一个不留神,一股暖流直接洒在了庆天举黑色的西裤上。

被烫着的庆天举下意识地皱起了眉头,只见普小萄口里大喊了一声:"遭了!"就急忙拿起纸巾朝着他的裤子上擦去,不料越帮越乱,手纸擦过的地方反而印上了更大的痕迹。

普小萄慌了神,她一边道歉着:"对不起!对不起!我不是有意的。"一边四处张望。

看着普小萄似乎在寻找什么,庆天举一脸苦笑着问道:"找什么呢?"

"我在找你车上有没有换洗的衣物,好让你换上。"普小萄脱口而出。

庆天举笑了,他摇摇头看着一脸慌乱的普小萄道:"就算有,我也不能在这里换,没关系,到公司再说。"

说罢,庆天举就发动了汽车。普小萄怕奶茶再次洒出来,于是一直紧紧地攥在手里,只是直到公司的停车场里,她也没有喝过一口。

停好了车子,庆天举看着自己新买的裤子上白花花的一片,表情有些尴尬,他虽然没有刻意维持过英俊潇洒的模样,但至少在别人眼里他还是一个干净到一丝不苟的男人,裤子邋遢成这样,还真让他有些难为情。

普小萄犯了难,祸是她闯的,但是现在她没有弥补过错的机会。见庆天举虽强颜欢笑,却迟迟不肯下车,普小萄灵机一动,摊开手掌道:"把钥匙给我,我去帮你拿裤子!"

这个提议瞬间解决了庆天举的难题,只见他立刻从口袋中掏出钥匙,递给普小萄道:"衣柜里,黑色的裤子随便拿一条就好!要快!"

普小萄难得这么积极主动,她点点头匆忙跳下车,马不停蹄地朝着公司的大门跑去。

上班第一天被庆天举亲自接待,上班第二天又像疯子一样在公司里乱窜,想让人不注意都难。

在公司员工的议论纷纷中,普小萄突破了重重阻碍,用最快的速度来到庆天举的办公室。普小萄半哈着腰喘着粗气擦擦汗,待心跳平复一些之后,她才打开门,直奔着衣柜而去。

普小萄打开庆天举的衣柜,不看不知道,一看吓一跳。只见庆天举的衣柜里整整齐齐地挂放着一整排的衣服,全部是西服,款式都很类似,但是颜色不同,庆天举把他们按照从浅色到深色的顺序摆好,每个颜色的过渡都像彩虹那样协调。

普小萄有些被震撼住,但是理智告诉她,此时庆天举还一个人在车子里不敢出来,只为了等着他的裤子。想到这里,普小萄拽下一条黑色的裤子拿在手里,再次在大家诧异的目光中风一般地跑出公司的大门。

见普小萄跑过来,庆天举心里的石头顿时落了地,他连说了三声:"谢谢!谢谢!谢谢!"接过来裤子,但是当他看到裤子的时候,他愣住了。

因为庆天举今天穿的是一身质感很好的黑色西装套装,上面没有一点花纹,但是普小萄拿给他的那条裤子虽然也是黑色的,但上面满是白色的竖条,而且质感也不同,看起来比他穿的那件上衣要光滑得多。

"这……"庆天举再次犯了难,他看看裤子,再看看自己的上衣,忽然有了一种想哭的冲动。

重新坐到副驾驶座上的普小萄自然也注意到了自己的失误,她哪里知道看似一个模子刻出来的西装,仔细一看差别会这么大。只见她挠挠头,有些不好意思道:"那什么……我再去帮你拿一条好了。"

"算了。"庆天举摆摆手,他看看四周无人,三下两下地脱掉弄脏了的裤子。

这忽然的举动吓了普小萄一跳,她急忙别过脸捂住了眼睛,嘴里不满地嘀咕道:"男女授受不亲,光天化日下脱裤子……"

庆天举的头上冒出三条黑线,貌似他会在车子里面脱裤子,完全是普小萄出的馊主意吧……

不顾普小萄的大惊小怪,庆天举穿好了普小萄给他拿来的裤子。由于这一套看起来太格格不入,于是聪明的庆天举脱掉了西装外套,一条别致的西装裤子配上干净利索的白色衬衫，看起来少了一丝严肃，多了一分神清气爽。

今天的庆天举走在公司里吸引了很多人的眼球，不光是因为他脱下了那笨重的外套，而且因为他的脸上竟然挂着笑容。

不知道为什么，只要他和普小萄在一起，嘴角就会不自觉地上扬，就连他自己都不知道，原来他也会这么频繁地微笑。

当然普小萄不知道这一点，在她的心里一直觉得庆天举是一个乐观又热情的单亲爸爸，她以为他对她的好，是出于本分。

其实没有几个人知道庆天举的过去，即使他曾经和普小萄提起，普小萄也只是略知一二，她不知道他是如何走到今天，坐到了新世纪建材公司董事长的位子上的。

年轻时的庆天举有些不堪一击，自尊心太强的他受不了别人对他的谣言，选择辞掉了很好的工作，自己跑出去创业。那时的他认识了几个好兄弟，于是和他们在一起干起了建材生意。但是庆天举不知道，看似利润可观的倒卖材料，实际上竟然都是用一些滥竽充数的赝品来赚黑心钱。

那段日子，庆天举过得还算滋润，他的口袋里揣着大把的钞票，整天想着怎么自己开一家公司，赚更多的钱。可惜好景不长，庆天举还没有找到公司的落脚处时，就出事了。

一座大桥因为材料不合格的关系，在建造到一半的时候轰然倒塌，庆天举和他的好兄弟都被抓了起来。由于庆天举毫不知情，再加上他退还了自己这些日子辛辛苦苦攒下来的所有存款，并揭发了供给他们假货的上家之后，他才得以释放。

从那时起,庆天举又身无分文从头再来,他发誓从哪儿跌倒就要从哪儿爬起来,于是他又开始接触建材,并一步一步脚踏实地地走到了今天。

所以说,一个人的成长是需要付出代价的,有时不仅仅付出努力和汗水,更多的是要经历一些困境和挫败。庆天举就是在逆境中不低头,才有了今日的辉煌成就。

庆天举缓步走向电梯,普小萄跟在他的身后,就像个小秘书一样替他拿着外套,一路无语,表情却是恭恭敬敬。

"不要这么拘束。"庆天举开口道,"我说过了,把这儿当成你的家,以后这里就是你的家。"

"可是我从没想过有一天我的家里会出现这么多的人……"普小萄驴唇不对马嘴道。

听到普小萄有意思的个人见解后,庆天举禁不住咧嘴一笑道:"你可以把那些员工当成水果,高一点的是甘蔗,胖一点的是西红柿,长得黑一点的是葡萄……"

普小萄禁不住被庆天举的幽默逗笑,她难得淑女似的捂住嘴,半开玩笑道:"那门口的两排迎宾小姐,是什么水果?"

庆天举想了想道:"当然是香蕉!因为她们整天都要低头哈腰的。"

"哈哈哈……"普小萄大笑,这个庆天举,还真有意思!

回到办公室,庆天举的第一件事情就是赶紧找西装换好,他从衣柜里拿出一套浅蓝色的西装,拿到镜子前面比量着道:"小萄,你看这件怎么样?"

"还不错!"普小萄一边点头一边说道,"显得比较年轻,而且充满活力。"

"已经老了……"庆天举故作伤感地叹一口气道,"感觉前些日子还年轻着，怎么这么快就老了。"

"换个话题！"普小萄说罢起身沏了壶热茶，没等茶泡好就迫不及待地斟了一杯道，"老了又怎样，就像这茶，泡开了才好喝！"

"对！对！小萄说得太对了！"庆天举附和道，"我们还没老，我们还年轻，我们还有追求幸福的权利。"

脑子永远一根筋的普小萄没有听出庆天举的弦外之音，她附和着点点头，张开嘴道："我们一起努力！"

第三十七章 神秘的女人

童朵朵一个人坐在咖啡厅里,心力交瘁,她点的那杯咖啡早已没有热气,但是好像她对此浑然不觉。

"这位小姐,您已经坐在这里三个小时了。请问您需要我们的帮助吗?"咖啡厅里的值班经理亲自走到童朵朵的面前问道。

童朵朵抬起眼,这是今天第一个主动与她搭话的人,没想到是一个与她毫无关联的陌生人。

"没什么。"童朵朵摆摆手云淡风轻道,"我的事情你不必明白,况且即使你知道了,也解决不了。"

"可是那边一直有一位男士看着你。请问,你们认识吗?"值班经理再次问道。

童朵朵缓缓抬起头来,顺着他的目光,果真在拐角处看到了一个戴着墨镜的男人,只是他的一头长发,瞬间暴露了他的身份。

童朵朵只听见自己的心跳在"怦怦怦"地加速。不知为何,她突然口干舌燥,就连想要说话都没了声音。

"小姐!小姐!"值班经理用手在童朵朵的面前晃了晃,第六感告诉他,眼前的女人和那个一直注视着她的男人一定有着某种关系。

缓过神来的童朵朵清了清喉咙,对值班经理小声问道:"他坐在那里多久了?"

"和你的时间差不多,快三个小时了。"值班经理如实回答。

童朵朵点点头,似乎明白了什么。难怪她总觉得心神不宁的,原来是有人一直在跟着她,而且跟踪她的对象竟然是这些日子她恨到骨头里的孔烨。

心里有谱的童朵朵端起咖啡抿了一口,这才发现咖啡已经凉透,于是她对着值班经理道:"再给我来一杯一样的。"

值班经理苦笑着退下,心里嘀咕道:"好心好意助人为乐一下,没想到被当成了服务员……"

孔烨似乎也注意到了童朵朵那边的不同寻常,他拿起菜单装模作样挡着自己的脸,生怕被童朵朵看出来,都说恋爱中的女人的智商为零,但这话用在孔烨身上也恰到好处。他虽不是女人,也没有在恋爱中,但是他的智商好像变成了负数。因为他完全没有意识到,自己即使戴了墨镜,用菜单挡住了胡子,但是那头长发,彻底地把他暴露了。

童朵朵心乱如麻,面对一个不知道应不应该相信的人,她真不知道该如何是好。都说宁愿相信这个世界上有鬼,也不要相信男人那张臭嘴,可是童朵朵就是说服不了自己,为什么不可以继续恨下去,继续把他当成仇人利用下去?

明明她没有错,她是受害者,可为什么像是犯了滔天大罪一样备受煎熬,时时忍受着良心的不安?

透过厚厚的墨镜,孔烨似乎感到了童朵朵情绪的变化,看着她像喝酒一样喝着咖啡,他的心也跟着隐隐作痛。

他知道,自己没有伤害她。因为就在他想要伤害她的时候,他竟然于心不忍,竟然把满心的欲望化作了一个缠绵的吻,落在了童朵朵的额头。

可惜童朵朵不知道这一切,如果她知道,就不会如此纠结。童朵朵垂下眼帘装作没有看到孔烨,但是她眼神的闪烁和抿嘴的动作被孔烨看得一清二楚。

见继续隐瞒下去已没有任何意义,孔烨站起身摘下墨镜,径直走到童朵朵面前,不经她同意就拉着她的手,把她拽了起来。

"放开我!流氓!"童朵朵压低了声音道。

"不。"孔烨道。

只见童朵朵忍着心中的怒火瞪着孔烨道:"我再说一遍,放开你的手,大庭广众之下你想做什么?"

孔烨没有说话,他只是拉着童朵朵,想要带她走出咖啡厅。可是童朵朵依旧挣扎,并喊道:"报警,我要报警!"

只听孔烨轻笑了两声,他一个转身移到童朵朵面前,忽然失去重心的童朵朵摇摇欲坠地跌倒在他怀里。没等她反应过来,孔烨竟然做出了一个惊人的举动。

在所有人惊诧的目光下,孔烨俯下身子,深深吻住了童朵朵的唇。童朵朵霎时停止了挣扎,但是下一秒后她狠狠地推开了孔烨,摸干了嘴上的余温,气喘吁吁地逃掉了。

留在原地的孔烨慌了神,这一切都是他没有预料到的。他没想到会在咖啡厅里和她相认，没想到他会控制不住感情想要吻她，更没想到女汉子一样的她会落荒而逃。

这时，不知是谁大喊了一句："傻愣着干什么？还不快去追！"孔烨这才回过神来，放下几张钞票就朝着童朵朵消失的地方跑去。

在咖啡厅门口，行人稀稀落落地从孔烨面前经过，很多人都被孔烨独有的沧桑魅力所吸引，忍不住多看两眼，但是孔烨只在乎童朵朵。

此时的童朵朵已经上了出租车，用最快的速度回到了服装店。她把自己关在里面，看着琳琅满目的衣服和饰品，似乎只有这样，才可以给她足够的安全感。

她与孔烨之间的关系似乎要好好考虑一下了，因为随性和憎恨开始的恋爱，会有开花结果的可能吗？

这时，一个把自己包裹得严严实实的女人走到童朵朵的服装店门口。她踮着脚尖看了看里面的服饰，似乎对童朵朵的眼光还算满意，只见她撩开长裙，迈开腿小心翼翼地走了进去。

"今天不营业。"童朵朵冰冷的声音响起，她现在连吃饭的心情都没有，哪里还有心情招待客人。

女人没有理睬她，她自顾自地在服装店里面转了一圈，然后指着墙上的几件衣服道："这件，这件，还有那件，所有的颜色帮我包起来。"

女人出手的阔绰和性格的果断，令童朵朵抬起了眼。她仔细打量了一下女人的装扮，黑色的长裙配上黑色的长款外套，盖住了半张脸的大墨镜和现在并不多见的大帽檐遮阳帽。最让童朵朵感到惊讶的是，看似低调的她竟然提着一款 LV 最新款的限量版小包。

面对这个神秘的女人，即使没有心情接待客人的童朵朵，也情不自禁地站起身子。大客户见得多了，但是这么让人匪夷所思的大客户她还是第一次见。

只见女人从衣架上拿出了一款露肩的过膝碎花连衣裙，把视线转向童朵朵问道："这条裙子一共有几个颜色？"

"四个。"童朵朵回答道，"白色、黄色、紫色和蓝绿色。"

女人把衣服拿到身上对着镜子比量了一下，想了想道："除了白色，其他的各要一件。"

童朵朵点点头，她一边从小仓库里拿出货，一边从镜子里偷窥女人的脸，虽然无法看全她的脸，但是从她那精致的鼻尖和樱桃一样的唇来看，她一定是一个红颜祸水级的美女。

女人似乎注意到了童朵朵的目光，只见她优雅地转过身子，躲开了镜子中的自己，用背对着童朵朵道："一共多少钱？"

"五千零八十元，现金还是刷卡？"童朵朵算了算道。

"现金吧。"女人掏出自己的钱包，从里面掏出一摞钞票，点了五十一张递给童朵朵，"不用找了。"

童朵朵欣然接受，但是她也没有占她的便宜，她把一条精美的手链作为礼物送给了她，并彬彬有礼道："欢迎下次再来。"

"我今晚八点会来拿这些东西，回见。"女人说罢，转身走出了服装店，她两手空空，仿佛不曾来过一样。

这个举动，使得童朵朵对她更加感兴趣了。晚上八点，虽然有点晚，但是一定要看看她的庐山真面目。

此时正趴在办公桌上懒洋洋的普小萄有些不情愿地放下了童朵朵的电

话，她知道童朵朵一打电话来准没什么好事。果然不出普小萄所料，童朵朵约她晚上七点半在服装店会合，目的是为了见一个神秘的客人。

原本这些日子以来疲惫不堪的普小萄想都不用想就直接拒绝，可是童朵朵诱惑她道："我接了一个大单子！事成后分你百分之五的利！不，百分之八！"

正愁着要喝东北风还是西南风的普小萄顿时缴械投降，顾不得身上的疲惫，答应了童朵朵有些无理的要求。

八点……普小萄算了一下时间，接逃逃回家，给他做完晚餐，再出去挣点外快，何乐而不为？

与此同时，独自坐在宾馆里喝闷酒的蓝浩阳眉头紧锁，好像自从上次碰见普小萄之后，他就一直是这副忧心忡忡的表情。

这时，顾冉敲响了房门，他探出头说道："蓝总，都准备好了，我们可以出发了。"

只见蓝浩阳放下手中的酒杯，披上早就放在一旁的外套，大步流星地跟着顾冉走出了房间。

轿车的后排，顾冉小心翼翼地看着蓝浩阳的侧颜，有些困惑地开口问道："蓝……蓝总，你确定要这么做吗？"

"你指的是哪件事情？"蓝浩阳面不改色地反问道。

"就是钻戒的事情。您让我避开媒体记者，说要亲自去挑选钻戒，难道您真的想要在这个时候求婚？"顾冉试探性地问道。

蓝浩阳听后嘴角微微上扬，轻笑一声道："没错，求婚。"

第三十八章 阴差阳错

一眨眼的工夫,他们来到了市内最大的一家珠宝店,顾冉早就联系好了那里的商户,告诉他们蓝浩阳要来挑选钻戒,千万不可声张。于是在顾冉的一路护送下,蓝浩阳顺利地走了进去。

琳琅满目的钻戒让蓝浩阳眼花缭乱,他听着售货员小姐的介绍,把一个又一个精致得无可挑剔的钻戒放到眼前细看,但最终也没有一个让他觉得惊艳。

整整两个小时,就连顾冉都觉得双腿酸麻了,但蓝浩阳还在对比来对比去,最终也没有做出选择。

顾冉轻轻走到蓝浩阳的身边,对着他的耳朵轻言道:"蓝总,时间差不多了。怕再拖下去,那些记者会不请自来,到时候躲都躲不了,有八张嘴都解释不清!"

蓝浩阳觉得顾冉说得有道理,这次的购物是他突发奇想的。他一定要秘密行动，所以一定不能走漏风声。

于是在挑选了两个多小时之后，蓝浩阳两手空空地走出了珠宝店。他认为钻戒这种神圣的东西是万万马虎不得的，没找到最好的就不能轻易买下，连自己都感动不了，怎么能感动他的女人？

只是蓝浩阳和顾冉不知道，即使他们千万个小心，也没有逃过记者们的鹰眼，那鼻子一嗅就知道哪里会有新闻的他们怎能错过这么劲爆的消息。于是，诸如"蓝浩阳亲自挑选钻戒，疑似要向林婉茹求婚"之类的新闻，瞬间布满了整个网络。

此时正在帮着庆天举查阅资料的普小萄及时看到了这条爆炸性的新闻，只是令她震惊的不是频频出现在报纸、网络上的"蓝浩阳"这三个字，而是那被放大了的"求婚"二字。

求婚……普小萄犹如晴天霹雳一般大脑一片空白，她像丢了魂一样，身子瘫软在椅子上，眼睛死死地盯着这两个字，直到泪水从眼眶中溢出。

照片中的那个男人，普小萄明明千万次地告诉自己：他与她无关！即使频频出现在她的梦里，甚至出现在了她眼前，她还是一遍一遍告诫自己：就算再忘不了他，他与她此生不会再有任何关联！

普小萄闭上了眼睛，但是黑暗中，她的脑海里依稀重复着那个让她彻夜难眠的梦境，他和她……求婚……看来梦境终究会变成现实。

对一切都还毫不知情的庆天举从会议室里回来了，他把手里的资料扔到办公桌上，整个人往沙发上一坐，这才开口道："那个黄经理还真是人如其名，开会还不忘摸他秘书的大腿。这种主儿，即使赚得再多我也不想和他合作。"

普小萄没有回应,她呆呆地坐在那里,满脑子想的都是蓝浩阳和林婉茹两个人结婚现场隆重的画面,心不在办公室的她根本就没有听到庆天举说的话。

庆天举觉得奇怪,在他心里普小萄是个很有礼貌很体贴的女人,她不会对他置之不理的。于是庆天举诧异地回过头,这才注意到了她脸上的两行泪珠。

庆天举立刻慌了神,他急忙走到普小萄身后,还没等开口询问,他就看到电脑屏幕上那滚动着字幕和照片的新闻,瞬间心领神会。

普小萄的过去庆天举不曾参与,但是他能体会得到她此时失魂落魄的心情,因为他也曾面临过无法跨越的鸿沟,他也曾失去过。

庆天举叹了一口气,轻轻关掉了电脑的电源。只听普小萄幽幽开口道:"资料……我还没有保存……"

"那些都已经不重要了。"庆天举双手抚在普小萄的肩上道,"闭上眼睛,不要想得太多。"

只见普小萄抬起眼,直愣愣地看着前方,不温不火地道:"可是闭上眼睛,我会想得更多。"

庆天举沉默了,这个小小的身躯里究竟藏着多少心痛和委屈?都说爱之深恨之切,他无法想象这个女孩子曾经多么地爱着那个男人,才造就了今天这种想爱却不能爱,想忘却忘不掉的局面。

"振作一点儿。"庆天举有些笨拙地安慰道,"走,我带你出去,转一圈就没事了。"

"我有什么事?"普小萄轻笑一声道,"难道我的事情,你都知道了?"

庆天举有些局促起来,撒谎他不在行,但是总不能告诉她自己暗中调查过她,并背着她和蓝浩阳通过电话吧!顿了一顿,方才说道:"略知一二,绝对没有你了解我那样了解得多。"

普小萄没有回答,她扶着桌子缓缓地从椅子上站起来。或许因为受到的打击实在太大,她头晕目眩,差点摔倒在庆天举的怀里。

庆天举眼疾手快地扶住了普小萄的胳膊,却被她一把推开。只见她缓步走到窗前,看着下面的车水马龙,有些自嘲地道:"真是好事不出门,坏事传千里。我普小萄的过去,始终一直被人提起,让我想忘记都难。"

"我不是那个意思。"庆天举急忙走上前试图安慰道,"谁没有过去?再说了,这也不是什么坏事。你不要这么悲观,生活还是很美好的。"

"是啊!美好的!"普小萄苦笑着垂下眼帘,语重心长地道,"有人欢喜有人忧,有人笑就有人哭,只是角色不同罢了。"

面对着普小萄的自暴自弃,庆天举的心也跟着纠结在了一起,他很想安慰她,帮助她渡过难关,可是心有余而力不足。

与此同时,电话快被打爆了的林婉茹正坐在梳妆台前看着镜子中的自己发呆。求婚?这怎么可能!

可是有照片为证,蓝浩阳进入珠宝店挑选钻戒这个新闻的真实性无懈可击,明明才要把自己扫地出门,怎么忽然间会向自己求婚?

就连当事人自己都觉得不可思议的事情,难道有真实性可言吗?

还是说……

林婉茹垂下眼帘，她从抽屉里拿出自己一直当作宝贝的钻石耳环，戴在耳朵上。耳环在阳光的照耀下闪闪发光，但没有照亮她眼中的一丝尘埃，因为她突然间醒悟到，求婚，或许不是对她……

事情到了如此地步，原本就忍气吞声备感委屈的林婉茹再也按捺不住了，连老天都在帮她，她还怕什么呢？

于是她没有再逃避，反而深吸了一口气接起电话道："你们不要再问了，我现在就告诉你们，我和蓝浩阳确实要订婚了。"

没等对方问出诸如"你们什么时候打算结婚，是不是未婚先孕了"之类的问题，林婉茹就挂掉电话，并关上了手机。

她用手托着下巴想着：她缠了他六年，创造了无数个与他在一起的绯闻，多这一个也没什么关系吧？

于是，"当红艺人林婉茹公开与蓝浩阳订婚"的消息迅速上了各大媒体的头版头条，并引发了所有人的关注。

此时的蓝浩阳狠狠扔掉手上的鼠标，指着一脸无辜的顾冉破口大骂道："这是怎么回事？不是说万无一失了吗？这下子好了，全天下的人都知道我去挑钻戒了！"

"蓝……蓝总……你先消消气……"顾冉一边平复着蓝浩阳的情绪，一边端来一杯温水道，"喝点水，压压火气。"

只见蓝浩阳不耐烦地把杯子推到一边，用手解开了衬衫上面的几颗纽扣，气喘吁吁地道："你现在叫120来也晚了！"

杯子一下不稳，倒在了桌子上，水漫延到桌脚，洒了一地。

真是越烦越添乱,顾冉一边在心里嘀咕着一边手忙脚乱地拿起毛巾擦拭,心里暗自叹息道:"当蓝浩阳的特助还真是心酸。"

看着水一滴一滴地滴到地上,蓝浩阳心中的怒火稍稍平息,冷静下来的他用手揉着太阳穴,冥思苦想着对策。

收拾完残局的顾冉缓缓走到蓝浩阳身后,他倚在窗前叹了一口气道:"蓝总,让林小姐知道了也未尝不是一件好事,正好给她多一点时间准备。求婚这件事,双方都保持到最佳状态才是完美的。"

"你说什么呢?为什么要给她多一点时间准备?"蓝浩阳迟疑地抬起头。

"你不是要向林小姐求婚吗?就像报道的一样?"顾冉反问道。

只见蓝浩阳轻笑一声,转过身对着一脸懵懂的顾冉道:"我是想要表白,没有错,但是所有的人都搞错了我想要表白的对象,包括跟在我身边好几年的你。"

"搞错了对象?"顾冉瞪大了眼睛,他把放在口袋中的手掏了出来,一脸不可置信地道:"蓝总,我也不记得你和谁又传出了绯闻。除了林小姐,还能有谁?"

蓝浩阳没有回答顾冉的问题,他只是默默地走到窗前,看着远方的一栋大楼,不知不觉嘴角露出了一丝匪夷所思的微笑。

顾冉顺着蓝浩阳的目光望去,远处最高的那栋大楼归属新世纪建材公司的旗下。想到这里,顾冉似乎有些明白了,他支支吾吾地道:"蓝……蓝总……不会是……"

没等顾冉说完,蓝浩阳打断了他的话道:"没错,我要向她再次表白!"

第三十九章 求婚的回忆

与此同时，已经站在窗前整整两个小时的普小萄忽然间打了两个喷嚏。

"哪里不舒服？是不是感冒了？"一直守在她身边的庆天举及时关切地问道。

普小萄摇摇头，吸吸鼻子有气无力地道："没什么，估计谁在骂我……"

"别这么悲观，说不定是谁在想你。"庆天举半开玩笑道。

没想到这句话让普小萄更加陷入伤感，只见她仰起头，似乎要克制住自己的眼泪："谁在想我？是蓝浩阳吗？他要求婚了，他是不是在想终于要抱得美人归了，所以才会顺带想起我？他以为我会难过？开什么玩笑！他求不求婚和我有什么关系！在我心里，他连一个陌生人都不如！"

话是这么说，但是一颗晶莹的泪珠顺着她的脸颊流下来。她急忙用手抹了抹，把视线移向窗外。

说不难过那都是假的，即使千万次告诉自己不要去想这些会让自己崩溃的事情，但越是强迫自己，就越是在意。

求婚……求婚……求婚……

在六年后再次相逢的时候，他选择了向别人求婚……

其实求婚这个词，对于普小萄来说并不陌生，因为她也曾经历过。普小萄缓缓伸出左手，看着无名指上空空如也，回忆起了曾经戴在上面的那个让万人羡慕的订婚钻戒。

曾经的那只钻戒是蓝浩阳亲自找英国的顶级珠宝设计师为普小萄定做的，先不说价格不菲，光是蓝浩阳对普小萄的用心，就足以让人惊叹。

记得那时的普小萄还在蓝浩阳的公司里做着前台的工作，但即使公司的总经理路过她身边，都会低头哈腰，附上最礼貌的问候语，因为那时的普小萄虽遭到无数人的嫉妒和嘲讽，但她是蓝浩阳的女朋友，这个事实是无可争议的。

那是一个平凡到不能再平凡的下午，公司上上下下的人都沉浸在瞌睡虫的海洋中无法自拔。普小萄也深陷其中，她躲在一个没有人的办公室里，脱掉鞋子往沙发上一倒，就进入了梦乡。

只有蓝浩阳一个人精神抖擞地开着车，朝着星璨音乐传媒公司的大楼驶去。在副驾驶座上，静静躺在那里的是一束正散发着芬芳的鲜花，娇艳欲滴的模样，宛如他此时满脑子里的普小萄。

虽然那时的蓝浩阳脸上还稚气未脱，不过年少有为的他在社会上打拼了多年，经验使得他面对任何事情都能有条不紊，甚至已经不知道了什么是不安和害怕。但在今天，他控制不住自己的内心，一路上他没有心情欣赏耳边的音乐，只顾着默数自己的心跳了。

因为他做出了一个重要的决定，就在今天，就在到了公司之后，他要走到普小萄面前，然后当着所有人的面单膝下跪向她求婚！

理想是丰满的，但现实是骨感的。当蓝浩阳深吸一口气把鲜花藏在身后走进公司大门的时候，竟然发现普小萄不在那里。

"她人呢？"蓝浩阳皱着眉朝着另一个前台问道。

"不……不知道……"被问到的前台小姐有些慌了手脚，她总不能告诉蓝浩阳普小萄在翘班睡大觉吧。

见前台小姐一脸为难的模样，蓝浩阳顿时心领神会，与此同时，很多人都注意到了蓝浩阳藏在身后的那束鲜花，于是个个赶走了瞌睡虫，躲在一旁议论纷纷。

见事情没有向着自己预想的情况发展，蓝浩阳顿时涌上来了一股怒火，求婚的时候掉链子，这可不是一般的不默契。

事已至此，蓝浩阳也豁出去了，他觉得情况已经没有办法更糟了，于是拿起前台的扩音器，对着里面大喊道："普小萄，我数三十个数！限你三十秒之内，出现在我的面前！"

说罢，在所有人诧异的眼光下，蓝浩阳旁若无人地数道："一、二、三、四、五……"

前台小姐见事情闹大了，小心翼翼地躲过蓝浩阳，从侧门快速跑到普小萄经常睡午觉的那间办公室里。果然，此时的普小萄对回荡在整栋楼里的蓝浩阳的声音浑然不觉，侧着身子睡得正甜。

"真是一头猪！都火烧眉毛了还睡！睡！睡！"前台小姐一边嘀咕一边

一把将普小萄拉起来,"你醒醒!蓝浩阳在大堂里找你呢!"

"什么?"此时的普小萄迷迷糊糊的,满脑子里都是和周公约会的情形,根本就没有听到前台小姐在说些什么。

前台小姐也是无语了,只见她拽着普小萄的胳膊不管三七二十一地就要把她拉出办公室。

此时的蓝浩阳已经数到了"二十八、二十九",见普小萄迟迟没有来,于是乎硬着头皮道:"普小萄,你听好了,我要开始倒计时了!三十、二十九、二十八、二十七……"

这时的普小萄才恢复了意识,听见蓝浩阳那放大了的声音。她揉揉眼睛,一脸疑惑地瞅着前面使劲拉着她的同事道:"他怎么了?没吃药?抽什么风呢?"

"鬼知道,"前台小姐脱口而出,"你快去吧,得罪了蓝总,你没事,我们就吃不了兜着走了。"

普小萄似懂非懂地点点头,虽然一肚子的问号,但最后也是无可奈何地踩着"三、二、一"的最后三秒出现在蓝浩阳的视线里。

原本眉头紧蹙的蓝浩阳瞬间松了一口气,但是当看到普小萄本人时,他禁不住心跳加速,那种在车里紧张到口干舌燥的状况再次出现。

碍于围在旁边的职员太多,普小萄没有问出那句:"你抽什么风?"只是态度来了一个一百八十度的大转变,有些不好意思地看向蓝浩阳的眼睛道,"抱……抱歉……我偷懒这事儿不怪她,是我没有告诉她……真的和她没关系……"

原本这件事情就和她的同事没有一点儿关系,但是经过她这么一说,好像有种此地无银三百两的感觉。

不过蓝浩阳没有在意这些,因为他本来就没有在意普小萄总是偷懒睡觉这个毛病。只见他缓缓走到普小萄身边,从身后拿出那束早就该出场的鲜花,嘴角上扬起了那迷人的微笑。

没等普小萄开口,蓝浩阳忽然单膝跪地,仰起头用性感的嗓音说道:"普小萄,我蓝浩阳愿意与你看尽繁花似锦,愿意与你共享似水流年。无论你在哪里,无论你眼中是怎样的风景,在我的眼中,所有的风景都是你,你是愿意嫁给我,还是愿意让我迎娶你?"

忽然的告白,让普小萄顿时脸红心跳。她曾幻想过有朝一日自己真的会嫁给这个受万人瞩目的男人,但是她没想到,他居然这么快就向她求婚。

围观的公司职员全都大跌眼镜,但是下一秒,迸发出了震耳欲聋的掌声。星璨音乐传媒公司总裁蓝浩阳,竟然当着这么多人的面向公司前台求婚,这是要克服多大的心理压力,多么难能可贵!

有些不知所措的普小萄颤抖着手接过了那束鲜花,但是她的喉咙就像被黏住了一般,一句话也说不出口。

这时,蓝浩阳不慌不忙地从口袋中掏出了那个花费了他几个月时间才拿到手的钻戒,递到普小萄面前继续道:"这枚钻戒上,刻着你的名字,我却想把你刻在我的心里。普小萄,你愿意嫁给我蓝浩阳吗?"

普小萄被感动得泪湿眼眶,看着眼前的男人为她做了这么多,她有什么理由拒绝?于是她微微点点头,控制住内心的激动说道:"嫁给你,我愿意……"

求婚成功,蓝浩阳莞尔一笑,他的那一笑明媚了普小萄整个春天。

也就在那天,普小萄戴着这枚刻着她名字的钻戒,和蓝浩阳偷偷领了结婚证,做好了和他一起幸福一辈子的准备。

求婚当晚,他们在包厢里,普小萄奉献了她的第一次,也仅仅只有那一次……

他们把婚礼定在两个月之后。无论非议也好,还是祝福也好,普小萄都欣然接受,直到蓝浩阳和林婉茹的绯闻开始渐渐变多,并目睹了他们两个人成双成对地出入电影院后,她才僵掉了脸上的笑容……

回忆到了这里,普小萄猛地甩甩头。她这才意识道,即使自己总是想起那一个个片段,看似支离破碎,但是组合在一起,也就是她完整的过去。

从在马路上相遇,到去蓝浩阳的公司上班,从他们交往再到订婚,最后因为承受不了内心的煎熬选择逃婚,这一幕一幕,竟然在她的脑海中如此清晰地浮现……

果真,这么多年了,还是忘不了他……

第四十章 再次求婚

庆天举只是默默地注视着她,并没有打扰她。这时,急促的敲门声响起,把两个人同时拽进现实中。

"庆董事长,一份加急文件。"蔡小琴迈着小碎步火急火燎地来到庆天举身边,她瞅了一眼普小萄,媚声说道,"说是特急,所以我就亲自给您送来了。"

"你回去吧。"庆天举摆摆手,示意蔡小琴离开。

再一次被泼了凉水的蔡小琴心灰意冷,看来她以追到庆天举为目标的这个秘密计划,要以普小萄的忽然出现彻底画上句号了。

庆天举拿着文件坐在办公桌前,文件上大大的"加急"两个字,让他好奇地拆开了文件,当他看到文件的内容时,"川"字瞬间爬上了他的眉宇。看到最后,他的脸色变得铁青。

普小萄似乎意识到了庆天举的情绪变化,她走到他的身后,把自己的悲伤放到一边道:"你没事吧,那个文件,是不是……有什么问题?"

"没,没什么!"庆天举一边说一边把文件合上,然后锁到抽屉里。这个举动让普小萄觉得奇怪,因为虽然工作的时间不长,但是庆天举从来都没有把她当作外人。当着她的面把文件锁起来,这还是第一次。

碍于庆天举的身份、地位,身为秘书的普小萄虽然好奇,但也没有多问。在接下来的时间里,趴在桌子上的普小萄看着坐立不安的庆天举,两个人没有说一句话,不知不觉中就到了下班的时间。

普小萄拎着包走到了庆天举的身边,小心翼翼地道:"今天我自己回去了,用不用我帮你接小美?"

庆天举缓缓抬起眼,普小萄看不懂他复杂的眼神,只听他开口道:"小萄,我不希望你离开。"

这句话把普小萄吓了一跳,这……这难道是间接的表白吗?普小萄不明白最近是怎么了,又是星诚,又是庆天举,难道自己的桃花运来临了?

只见普小萄尴尬地笑笑,说了一句:"我先走了。"就落荒而逃。虽然庆天举是一个可以依靠的男人,但是从心里,普小萄只把他对她的关爱当作朋友和大哥哥一样看待。成为一家人,那是万万不可能的。

看着普小萄夺门而出的背影,庆天举心里百感交集,一切都发生得太突然了,令他有些难以接受。他重新拿出那份加急的文件,只见文件里有一张白纸,上面写道:

请允许我选择用这种方式联络你,想必你已经知道了我要向林婉茹求婚的消息,你也一定会深信不疑。只是十分抱歉,我让你失望了,就像我对现在的新闻记者凡事都捕风捉影一样失望。

我确实去了珠宝店,也确实挑选了钻戒,但我求婚的对象并不是林婉茹。今天晚上,在普小萄下班之时,我会准时到达新世纪建材公司的楼下,向她求婚。

我送达这份文件的用意,不是激起情敌之间的仇恨,我相信你也是一个有风度的人,损人不利己的事情你做不出来,我只是希望你可以回避,这样对我们双方都很公平。

感激不尽。

说是文件,还不如说是一封信,虽然信的开头和结尾都没有署名,但是庆天举心知肚明,除了他,不会有别人。

他靠在椅背上闭上了眼睛,看来自己还是小看了蓝浩阳,没有想到他竟会做出如此疯狂的事情,在女人失意的时候选择求婚,结果只有两种:糟!或者更糟!

但是蓝浩阳毅然决然选择冒这个风险,他的果断和勇敢,让庆天举钦佩,但是他也替自己捏了一把汗,如果普小萄真的选择了蓝浩阳,那该怎么办?

此时什么都不知道的普小萄缓缓走出电梯,只是刚刚迈出电梯门口,她就意识到了一种不同寻常的气息。

不知为何,公司的门口黑压压一片,里三层外三层挤满了人,搞不清楚状况的普小萄加快了脚步,以多一事不如少一事的心态快步走了过去。

此时,倚靠在自己车上的蓝浩阳频频看着手表,他的一只手藏在身后,所有的人都能看见,他的手里拿着一束美丽的鲜花。

闻声而来的围观群众越来越多，就连公司里下班的职员都围在门口迟迟不肯离开。被堵在里面的普小萄踮起脚尖也看不到究竟发生了什么事情，于是身材娇小的她发挥优势，顺着人群一直窜到了队伍的最前面。

她低下头整理好自己被挤乱了的外套，这才抬起头，没想到第一眼就迎上了蓝浩阳那双清澈的眼睛。

毫无心理准备的普小萄顿时慌了神，他怎么会在这里？他在等谁？他究竟想要做什么？

见普小萄有想要临阵脱逃的架势，蓝浩阳深吸一口气，在众人惊诧的目光下，缓缓走到普小萄的身边，堵住了她的去路。

围观群众开始议论纷纷，所有的相机都对准了镜头中的两个人"咔嚓咔嚓"地拍个不停，只见镜头里的普小萄一脸惊慌失措，频频向后移动着步子，直到无路可退。

见时机成熟，蓝浩阳嘴角一弯，忽然间单膝跪地，就像六年前那样把藏在身后的花举在她的面前，一字一顿地说道："普小萄，我蓝浩阳愿意与你看尽繁花似锦，愿意与你共享似水流年。无论你在哪里，无论你眼中是怎样的风景，在我的眼中，所有的风景都是你，你是愿意嫁给我，还是愿意让我迎娶你？"

普小萄愣住了，这似曾相识的场景，她刚刚回忆过。

看着眼前的蓝浩阳，和六年前比，少了一分稚气，就连口气也变得成熟，唯独不变的，是他眼中的那份憧憬与期待。

和六年前一样，泪依旧浸湿眼底，但是普小萄拼命地攥着拳头忍住了，她有好多的话想说，却欲言又止。

普小萄没有接受这束鲜花——这是蓝浩阳预料之中的事。他强迫着自己不要失望，按照原计划把花放到了普小萄的脚边，接着从口袋中掏出一枚没有包装的钻戒，递到普小萄面前继续道："在这枚钻戒上，刻着你的名字，我却想把你刻在我的心里。普小萄，你愿意再次嫁给我蓝浩阳吗？"

只听普小萄冷笑一声，低下头看着蓝浩阳说道："我的名字？拜托，我叫普小萄。你去给林婉茹买的钻戒，怎么会刻着我普小萄的名字！"

就知道普小萄一定会误解，蓝浩阳没有急着解释，他一把抓住普小萄的手，一边把戒指塞到普小萄手里，一边对她说道："你仔细看看清楚，真的刻着普小萄的名字！"

"鬼才相信！"普小萄甩开手准备转身离开，不料碰掉了蓝浩阳手中的钻戒，钻戒掉在地上，发出清脆的声响，滚落到了普小萄的脚边。

两个人的心中同时一颤，普小萄也因此停下了离开的脚步。她慢慢俯下身子将这枚钻戒捡起，当钻戒触及她指尖的那一刻，她感到一种莫名的温暖。

来不及多想，普小萄把钻戒还到蓝浩阳的手中，忍住哽咽，顿了顿道："我普小萄，今生无幸与你看尽繁花似锦，共享似水流年。你起来吧，带着它去寻找它真正应该归属的主人。这么美好的东西，不应该存在于我眼中的风景里。"

见普小萄再一次拒绝了他，蓝浩阳好不容易建立起的自信心瞬间被瓦解。他抿抿唇，把这枚钻戒放在手心，捧在怀里道："普小萄，你是否记得六年前……"

"我记得！"普小萄打断了他的话，没有回避他灼热的目光道，"我记得当初我的天真和烂漫，我记得我曾相信海枯石烂天荒地老那些幼稚到掉牙的神话，我记得我不顾一切和你走进民政局！所有的一切我都记得！"

"既然如此，你为什么不记得六年前我为你准备的求婚钻戒？"蓝浩阳脱口而出。

普小萄愣住了，六年前的那枚戒指，她当然记得，那是蓝浩阳特地为她定做的，上面刻着她的名字。这时，她才把视线移到蓝浩阳手中的那枚钻戒上。难道他手中的这枚钻戒，就是六年前准备用在婚礼现场的那枚求婚戒指？

见普小萄的心有所触动，蓝浩阳接着道："我在珠宝店选了整整两个小时，也没有选到比这枚钻戒更让我心动的，虽然是六年前的，时光告诉我它已经旧了，但是我每天都带在身边精心擦拭，我相信它可以见证这六年来我不变的心意。"

听到这里，普小萄的眼泪不争气地滚了出来，可是蓝浩阳说这些话不是为了想要感动她，而是希望通过这个临时决定的告白仪式，把心里埋藏已久的话说给普小萄听。

"不要再说了……"普小萄咬着嘴唇打断了他的话，心里无比纠结道，"过去的事情都过去了，未来的事情未来再说，但是现在，我不能接受。"

蓝浩阳的心碎了一地，就如同被风吹掉的花瓣一样，漫天飞舞却毫无归宿。周围嘘声一片，所有的人都被蓝浩阳的深情打动，唯独普小萄保持了冷静。

在围观群众的议论纷纷中，普小萄一个人黯然地离开了这个是非之地。这次她没有逃，只是一边抹着泪，一边大步流星走出人群。

第四十一章 从中作梗

留在原地的蓝浩阳在顾冉的搀扶下站起身来。他的腿已经麻了,跪着的膝盖上被砖头硌得通红,但是身体上的不适敌不过他痛到撕心裂肺的心。

明明做好了心理准备,明明知道自己只有百分之零点零一的可能,虽然预料到了结局,却没有预料到结局中的自己竟然会如此心痛。

与此同时,站在窗边的庆天举心里也是百感交集,看着他们不欢而散,本以为自己的心里会有一丝窃喜,没想到看着普小萄故作坚强的模样,他的心也忍不住隐隐作痛。

走在马路上,普小萄任凭风吹干了她脸上的泪痕。不知道为什么,面对蓝浩阳的深情,她的心竟然会再次震撼。

一口气快步走到逃逃的幼儿园,此时逃逃已经站在门口等着她。逃逃乖巧地牵起普小萄的手,仰着脸看着普小萄道:"妈妈,你怎么又哭了?"

"妈妈没有哭。"普小萄强颜欢笑道。

只见逃逃嘟起小嘴,继续道:"妈妈说谎,没哭眼睛为什么会是红色的?"

"是沙子迷了眼睛。"普小萄说了一个善意的谎言。

逃逃没有再追问,因为他感觉得到普小萄有些颤抖的手。他不知道普小萄经历了什么,但是他知道,自己心爱的妈妈又受伤了。

回到家里,逃逃抱住站在厨房里炒菜的普小萄的腿道:"妈妈,老师说了,小朋友要学会爱自己的爸爸和妈妈。我没有爸爸,所以我要更爱妈妈。"

逃逃的这句话让普小萄放慢了手中的动作,她欣慰地一笑,但转念间又问道:"逃逃,你想要个爸爸吗?"

"逃逃以前想,但现在不想了。"逃逃睁大眼睛,一脸天真地回答。

普小萄有些诧异地顿了顿,因为在她的印象中,最急着让自己找个男人的不是童朵朵,而是整天在自己身边的逃逃。

"为什么?"普小萄还是问出了口。

"逃逃也不知道为什么。"逃逃想了想道,"只有妈妈开心,逃逃才会开心,就算没有爸爸,只要有妈妈,逃逃就足够了。"

内心被融化了的普小萄再次哽咽,受尽了委屈的她只要听到逃逃暖心的话,即使对未来再迷茫,她都会重新振作起来,勇敢地走下去。

吃完晚餐,在逃逃恋恋不舍的目光下,普小萄准时踏出了家门,答应童朵朵的事情,她是一定会做到的。

刚好七点半,普小萄出现在童朵朵的服装店门口。童朵朵立即看到了普小萄,她像看到救命稻草一样把普小萄拉进服装店,然后指着门口的那个大黑口袋道:"你看看!你看看,这都是一个人买的!大主户,一分钱没讲,还给我二十块钱小费!"

"人家这么照顾你的生意，你就给人家这么一个破旧的大黑袋子？"普小萄看错了重点，反问道。

"这也是没有办法的事情，一次买这么多的都是批发的，哪里会有零售的，有个袋子就不错了，重要的是衣服的质量，还有衣服的性价比，你说是不是！"童朵朵给普小萄洗脑道。

"是！是！是！"普小萄做了一个停止的手势，缓步到沙发上坐好。现在，她一肚子的心酸，哪里还有心情和童朵朵聊那些经营之道。

可是童朵朵就不会这么隐藏自己，她坐到普小萄的身边，对她说道："其实今天，我找你并不是为了让你看这个客人。"

"哦？"普小萄歪过头，看着她有些暗淡的目光问道，"你有心事？"

"嗯。"童朵朵点点头，她拧开一瓶水递给普小萄，撩了撩自己的长发道，"今天，孔烨在咖啡厅吻了我。"

刚刚把水含到嘴里的普小萄差点一个不小心把水喷出去，她苦笑着擦擦嘴角的水，看着童朵朵道："你们不是情侣吗？有什么大惊小怪的，接吻这种事情也不至于向我汇报吧。"

"可是我不想爱他。"童朵朵开口道。

普小萄犯了难。不想爱？这是什么概念？

童朵朵朝普小萄的身边挪了挪，难得以一种郑重的口气道："有些话我不想说得太明白，但是憋在心里又太难受。小萄，除了你，我好像没有什么可以安心倾诉的对象了。"

"有什么事尽管说，你就把我当成你的垃圾桶，我会帮你清理得干干净净的，保证不会把我们之间的秘密泄露出去。"普小萄道。

童朵朵点点头,她对于普小萄是百分之一百的信任,只是有些事情,她真的纠结着要不要说出口,可是事已至此,她也别无选择。于是她把自己为什么和孔烨交往,又为什么拒绝孔烨的前因后果,统统讲给了普小萄听。

普小萄虽然已经猜出十之一二,但是听了童朵朵的讲述后,她还是表现出大吃一惊的模样。她深思熟虑了一番,对童朵朵道:"那些都已经不重要,重要的是,他说的话,你相信吗?"

"我不知道。"童朵朵垂下眼帘。

"那你喜欢他吗?"普小萄再次追问道。

童朵朵想了想,回答道:"如果没有那天晚上的事情,我想我应该会尝试着和他交往一下。"

"那谜底不就解开了吗!"普小萄轻描淡写地道,"你喜欢他,还有什么好犹豫的。"

"可是那天晚上他……"童朵朵纠结着道。

"喜欢一个人就要相信一个人,你既然喜欢他,为何还要怀疑他?他说了他没有,那你就当作没有好了。真心日月可鉴,大不了给他一个考察期,让双方都尝试着心平气和地重新交个朋友,你说呢?"

普小萄的一番话,彻底拨开了朵朵心中的雾霾,这么简单的事情竟然纠结了她一整天。她真觉得自己在普小萄面前,就是一个不会谈恋爱的小孩子,可是她不知道,努力化解她心事的普小萄,竟然也是满心的伤口。

这时,那个神秘的女人走了进来,心情由阴转晴的童朵朵立刻起身前去招待,普小萄则坐在一边,有些心不在焉地盯着自己的脚尖。

"你的东西在这边。"童朵朵把黑袋子移到那个女人面前,拍拍手上并不存在的灰尘道,"你一个人吗?有没有人来接你?"

"我自己。"女人淡淡地说出口,但就是这三个字,令普小萄皱起了眉头。

只见普小萄慢慢站起身来,走到这个神秘的女人面前。与此同时,女人也看到了普小萄,她的嘴唇微张,露出了些许惊讶的神色,但是下一秒,她恢复了嘴角的微笑,并且用修长的手指摘掉了脸上的墨镜。

一张精致的脸孔出现在普小萄的面前,柳眉微弯,明眸清澈,目光在宁静中带着一丝自信和不屑。只见普小萄紧盯着她的双眸,并没有因为她的美艳而露出半丝惊讶的神色。

而童朵朵慌了神,她盯着女人的脸,顿了三秒钟左右才吞吞吐吐地道:"你……你是林……林婉茹?"

"你好。"林婉茹优雅地一笑,脸上露出两个浅浅的酒窝。有些不知所措的童朵朵急忙把普小萄拉到她面前,对着她激动地道:"喂,看到没有!林婉茹,竟然是林婉茹!活的!"

林婉茹似乎对童朵朵的反应习以为常,她把视线移到普小萄的身上,说:"好久不见。"

"前几天才见着,为什么说好久不见?"普小萄冷言相对。

林婉茹抿嘴一笑,这倾城的模样,看得童朵朵心花怒放,但是下一秒,沉重的气氛使她缓过神来。她扭头看看一脸严肃的普小萄,再仔细看看比电视上还要漂亮的林婉茹,心里质疑道:"难道她们认识?这怎么可能?"

这时,林婉茹走到货架前,随便拿起一件衣服,在镜子前面一边比量一边说:"你已经知道了吧,蓝浩阳要向我求婚的事情。"

"当然知道。"普小萄抬起眼道。

"什么？蓝浩阳要向你求婚？"童朵朵忍不住打断道，"这么劲爆的新闻我怎么不知道！我得赶紧看看！"说罢，童朵朵慌忙翻出手机，细手熟练地刷新了新闻，没等反应慢半拍的普小萄制止，她就已经看到了新闻上那些清晰的照片。

用呆若木鸡四个字形容童朵朵，似乎最为贴切。只见她深吸一口气，颤抖着手一张一张地翻看下去，最终僵硬地把视线移到抿着唇不知道如何解释的普小萄身上，问道："怎……怎么照片上和蓝浩阳在一起的人，全是你……"

仅仅一句话，让林婉茹皱起了眉头：照片上的人全是普小萄？这句话是什么意思？或许因为一时的冲动，或许因为女人与生俱来的第六感，顾不得自己的偶像形象，林婉茹一把抢过了童朵朵的手机。

照片上，背景有些模糊，甚至看不出黎明还是黄昏，照片上那单膝下跪的蓝浩阳和面对着他站好的普小萄却格外清晰。

星璨音乐传媒总裁蓝浩阳不忘旧情，向六年前逃婚新娘再次求婚

这个标题也刺痛了林婉茹的双眼。

一张一张照片，还有配图下面那针针见血的文笔……这突如其来的打击，使林婉茹气愤地抬起头，把目光瞥向普小萄，眯起那双美目一字一顿道："为什么？为什么会这样？为什么六年前你把他从我身边夺走，六年后你依旧阴魂不散，公然破坏我们之间的好事？"

"六年前，我并没有把他从你身边夺走，因为你们没有相恋。六年后，直到今天也一样。你明明知道,他从来没有爱过你,他爱的人一直是我,所以拜托你搞清楚,阴魂不散从中作梗的人是你!不是我!"普小萄虽然是赌气说出这句话的,但她并没有察觉到,自己的言辞是那么句句在理。

一字字,一句句,像刀子一样插进了林婉茹的心里,一直保持着优雅形象的林婉茹克制着自己满心的愤怒,颤抖着声音咬牙切齿地看着普小萄道:"敢这么和我说话!你知道我是谁吗?我是林婉茹,当红巨星林婉茹!你觉得蓝浩阳这种有身份、有地位的人,会因为你这个平凡到掉渣的女人,而放弃万众瞩目的我吗?"

林婉茹轻蔑的口气,就连童朵朵听着都觉得气愤,可是普小萄清清喉咙轻笑一声道:"不好意思,当红巨星林婉茹小姐,我想你又搞错了。首先,蓝浩阳选择谁是他的自由,你无权干涉。其次,再次拜托你好好看看清楚,照片上的人是我不是你,我才是被蓝浩阳求婚两次的人。"

"就是,"童朵朵在一旁添油加醋,"新闻上写得清清楚楚,蓝浩阳是向普小萄求婚,不是向你。在荧屏上看,觉得你温文尔雅的,没想到本人竟然这么刁蛮,而且还有妄想症!"

说罢,童朵朵还翻了个白眼以表示自己对林婉茹的不满和鄙视。

平时受人追捧的林婉茹哪里受得了这口恶气,只见她紧咬着牙怒气冲冲地把童朵朵的手机往地上一摔,转身推门而去。

第四十二章 妄想症

又恢复了平静,普小萄弯下身替童朵朵捡起手机。她看着已经摔碎的屏幕,有些抱歉地道:"朵朵,真是对不起,都是我害得你的手机报废了。我现在没有钱,等发了工资我一定赔你一个新的。"

"说什么傻话呢!"童朵朵一边说一边走到那个大黑袋子前,把里面的衣服一股脑儿地倒在地上,双手叉着腰道,"她的衣服不要了,我白白赚了五千一百元钱,亲爱的,有福同享,有难同当!我们一人一半!"

普小萄翻了个白眼,得罪了林婉茹这么大牌的人物,林婉茹不上门来找事儿就已经烧高香了。童朵朵这个时候还见钱眼开,真是大脑短路。

大笑三声的童朵朵似乎看得出普小萄心中的小九九,只见她走到普小萄面前,一把搂着普小萄的肩膀道:"你放心好了,就是因为她的身份和地位,她才不敢轻举妄动。我们没有必要怕她,现在她才应该害怕。要是她再找你的麻烦,我就去新闻记者那里告发,我店里有监控录像,她赖也赖不掉!"

普小萄冲她竖起了大拇指:"不愧是做生意的,处理方式就是高明!佩服!佩服!"

这时,童朵朵把视线移到普小萄的脸上,憋了好久没有问出口的问题,终究还是问了出来:"你和蓝浩阳……到底是怎么回事?"

事到如今,一切都已经败露了,普小萄在童朵朵面前努力隐藏的秘密也隐藏不住了。她叹了一口气,把事情的前因后果从头到尾讲给了童朵朵听。虽然童朵朵已经猜到了十之八九,但是当普小萄说完了她的经历以后,童朵朵还是捂住了惊讶的小嘴,带着不可置信的口气道:"这……这么说,逃逃……逃逃是你和蓝浩阳的孩子?蓝浩阳是逃逃的亲生爸爸?你没搞错吧?不对啊,你不是说孩子的爸爸死了吗?"

"废话!我就交过这么一个男朋友,不是他的还能是谁的?"普小萄头顶一阵乌鸦飞过,她张开嘴继续道,"说他死了你就相信,真是好骗……"

"简直太不可思议了……"童朵朵暗自嘀咕着,"普小萄岂不是飞上枝头当凤凰?星璨音乐传媒公司的总裁夫人,这个头衔可不是闹着玩儿的!"

想到这里,童朵朵一把拉着普小萄的胳膊,一脸郑重其事地道:"亲爱的,我也算是在你困难的时候帮过你一把。想当初如果不是我给你衣服穿,你就要裸奔在街头了;如果没有我和你一起打发时间,你也不会这么健康快乐地成长。等你以后飞黄腾达了,千万不要忘了我童朵朵!记住了吗?"

普小萄甩开童朵朵的手,故作生气地道:"还要这么落井下石?你该不会是想让我帮忙把你带进星璨音乐传媒公司,再让蓝浩阳签你做艺人吧?"

平时反应迟钝的普小萄难得脑袋这么灵光,她一下子就猜中了童朵朵心中的小澎湃。只见童朵朵有些不好意思地捂嘴偷笑道:"哎哟!这都被你看穿了,其实我觉得林婉茹也不比我好看到哪儿去,至少她的身材没有我的好……"

就知道童朵朵会这样自说自话,普小莓懒得搭理这个做白日梦的女人,于是拎起包走到门口道:"朵朵,醒醒吧,我现在和蓝浩阳之间一丁点儿关系都没有。"说罢,她就迈开步子走出了服装店。

回到家中的普小莓四仰八叉地躺在沙发上,她手里拿着的是不劳而获的两千五百元钱。下个月的房租有着落了,但是她并没有显得多么开心。

今天发生了太多的事情,蓝浩阳向她求婚的场景还依稀在眼前浮现:"普小莓,我蓝浩阳愿意与你看尽繁花似锦,愿意与你共享似水流年。无论你在哪里,无论你眼中是怎样的风景,在我的眼中,所有的风景都是你。你是愿意嫁给我,还是愿意让我迎娶你?"

这句话一直回响在普小莓的耳边,和六年前一模一样的话,回忆了六年,今天再次听到。只是一样的开头,换回的是不一样的结局。

普小莓把杯中的凉白开一饮而尽,水流淌在喉咙像一股清泉,丝丝凉凉,却没有释放出普小莓压抑着的心。

"不能再想了……"普小莓告诫着自己。她站起身,蹑手蹑脚走进卧室,走到早已熟睡的逃逃身边。

逃逃依旧是那副与世无争的模样,幽暗的灯光下,长长的睫毛随着梦境微颤,夹在胖嘟嘟的脸颊中间那粉嫩的小嘴微张,均匀地吸着气。

普小莓认为,逃逃就像个天使,如果不是因为逃逃,为了不想让逃逃过那种四处流浪的生活,她想她会再次逃跑的吧。

她伸手摸了摸逃逃的脸颊,忽然间把手移开,滚烫!为何会如此滚烫?

瞬间心跳加速的普小萄俯下身子，掀起刘海儿把自己的额头与逃逃的额头碰触，这才证实了自己的触觉没有偏差。

　　来不及多想，普小萄跑回卧室拿出那两千五百元钱，一把抱起逃逃，冲出了家门。

　　黑暗中，似乎哪里都找不着方向，普小萄焦急地徘徊在路边，等了五分钟也没有找到一辆可以载他们去医院的出租车。

　　普小萄急得快哭了，她紧紧地把逃逃搂在怀里，用自己的外套包裹着他，就好像她会失去他一样。

　　她的世界里只有他了，她不允许他有任何差池。

　　此时，满心沮丧的蓝浩阳正开着车在马路上奔驰，似乎想用这急速的刺激让自己的心得到少许的释放。被普小萄拒绝后，他就像变了一个人似的，沉稳的他开始变得有些疯狂。

　　又是一个急转弯，他突如其来的漂移让路边的行人仓促而逃，还有人指着他的车子骂："神经病！开好车了不起啊！早晚会出事！"

　　可是驾驶座上的蓝浩阳并不在意那些，因为他车内震耳欲聋的音乐声早已盖过世间的尘埃。这个小小的空间，才是属于他的小宇宙。

　　很远就听到发动机呼啸而来的普小萄抱着逃逃往后挪了一大步，生怕那个不要命的主儿撞着他们，果然三秒钟之后，一辆连颜色都没有看清楚的轿车迅速划过普小萄的眼前。普小萄也忍不住咒骂道："赶着去投胎啊，这么着急！还不如先送我们去医院！"

　　说时迟那时快，在普小萄一边骂骂咧咧一边抱着逃逃试图朝医院的方向移动时,那辆汽车却飞快地倒退,一个急刹车停在了普小萄身边。

普小萄吓了一跳,如果她再往前走两步,汽车一定会撞着她。只见她不顾形象地冲到驾驶座外边,隔着车窗朝里面嚷道:"你的眼睛是用来喘气用的吗!要是吓坏了我儿子,我要你好看!"

车内的蓝浩阳看着车窗外张牙舞爪的普小萄,先是露出一丝惊奇,接着心里瞬间平静了。

没有时间在这里斗气的普小萄狠狠朝着车内的黑影瞪了一眼,气急败坏地迈开步子继续向前走。这时,蓝浩阳猛然推开车门走下车,并一把抓住了普小萄的一只胳膊。

普小萄惊愕地转过头,看到了一张墨镜下依旧棱角分明的脸,看得出他欲言又止的模样。

蓝浩阳缓缓摘下脸上的墨镜,那黑夜中依然深邃的眸子,直直钻进了普小萄的瞳孔里。

毫无征兆地出现,使得普小萄踉跄地后退。她紧紧抱住怀里的逃逃,想要逃跑,却力不从心。

这个男人,为什么又出现了?她明明已经拒绝了他!她明明想要忘记他……

可是蓝浩阳并没有在乎她那复杂的目光,只见他向她逼紧,似乎这样就可以拥有她。

"有话改天再说。逃逃生病了,我要带他去医院。"普小萄紧盯着蓝浩阳的眼睛,冰冷的口气好像在刻意回避。

这时,蓝浩阳才注意到了普小萄怀中逃逃那通红的小脸。紧闭的眼睛上长长的睫毛忽闪忽闪，无精打采的样子让蓝浩阳感到心痛。

来不及多想，只见蓝浩阳把大手一挥，说出两个字："上车！"就头也不回地来到车前，打开了后门。此时的普小萄愣在原地有些不知所措，为什么是他？为什么一定要上他的车？

顾不了那么多了，蓝浩阳一个大步向前，把普小萄怀中的逃逃抢过来，放到后座上。再次对着普小萄道："上车，再不上车，我自己带着逃逃去医院！"

他忽然间的举动和加重的口气，让普小萄的心为之一颤。没有别的选择，普小萄忍气吞声地坐上车，把逃逃拥入怀中。

汽车发动了，"谢谢"两个字淡淡地脱口而出。说罢，普小萄把视线移向窗外，避免看到后视镜中的蓝浩阳。

"谢什么！"蓝浩阳看着后视镜中她躲闪的目光，苦笑一声道："逃逃是我们的儿子。我是他的爸爸，照顾逃逃是天经地义的事情，用不着谢。"

这句话让普小萄语塞。在她的印象中，她从来没有提起过逃逃是他的儿子这件事情。顿了五秒钟之后，普小萄抿抿唇问道："你哪儿来的自信？你凭什么说逃逃是你的儿子？"

"算的。"蓝浩阳轻言道，"算的时间，刚刚好。"

只见普小萄冷笑一声，嘴角上扬道："太天真了，你可以出去胡作非为，难道我就不能出去水性杨花？"

这句话有些激怒了蓝浩阳，在他的心中，普小萄一直是一个老实本分的小女人，怎么能说出这种话。但是他忍住了，只见他深吸一口气，继续道："我不知道你都听说了些什么，但是我向你发誓，我从来没有做过任何对不起你的事情！六年前，我拥有过的女人只有你一个，到今天为止也是一样……"

"可笑！"普小萄打断了他的话，冷眼望着车窗外那五彩斑斓的霓虹灯道："我亲眼所见，你还说谎，看看你的谎言有多廉价。"

"你看到了什么？"蓝浩阳止不住皱起眉头问道，"我从来不曾知道我做过什么伤害你的事情！直到现在也不知道！"

"好，既然你都这么说，那我就告诉你，那天你和林婉茹一起去电影院，你把她带到了你的家，你把她按在墙角里亲吻，然后……然后发生了什么，就不用我一一细说了吧……"普小萄忍住心痛，咬着牙诉说道。

蓝浩阳努力回想，六年前他确实和林婉茹去过一次电影院，为的是配合她新片上映炒作绯闻，但是他们什么都没有做，更从来没有把她带进他的家。

只见蓝浩阳冷笑一声，无奈地摇摇头道："你确定你亲眼看到我把她领回家？你确定那不是你的妄想症？"

妄想症？普小萄晃晃头，蓝浩阳的一句话，让普小萄忽然想起六年前决定和蓝浩阳结婚之时，自己因为压力太大，患上了间接性妄想症。曾经有段时间，她认为蓝浩阳和林婉茹之间有染，于是一直偷偷跟踪他们。

难道……难道那个常常出现在梦境中的现实，都是自己妄想出来的？

第四十三章 这是我的儿子

"你太累了……"蓝浩阳的声音再次响起,"都是我的错,当初因为工作太忙,没有照顾好你。如果那时候我多抽出时间来陪陪你,说不定就不会发生那些事情。"

"不!"普小萄感到头痛得快要炸开,她捂住自己的脑袋,颤抖着声音道:"不是这样的!是我亲眼所见,我亲眼看到你领着她进了你的家,你关上门,吻她,脱了她的衣服,你们在我精心布置的那张床上发生的一切……"

蓝浩阳禁不住哑然失笑,听了普小萄的描述,他再次相信了自己的判断,只见他一语戳破道:"你看着我把她领回家,看着我关上门,那你怎么可能会看到我们在门里面发生的一切?普小萄,不要自欺欺人了好吗!这一切都是你的幻想,除了你之外,我从来没有领过任何一个女人进过我的家门。那张床,那粉红色的床单,我到现在都一直珍惜着,舍不得弄脏,怎么可能让别人碰它!"

蓝浩阳的一席话,犹如晴天霹雳一样,彻底震碎了普小萄一直伪装着的坚强。她开始有些动摇，开始有些怀疑自己，甚至开始怀疑眼前的一切会不会真的是自己的妄想。

只见蓝浩阳忍住心中的酸痛，感慨道："就因为这件子虚乌有的事情，你对我越来越冷漠，直到最后选择了逃婚，是吗？"

普小萄没有回答，她只是握住了逃逃的小手，泪水顺着眼角流下。

"不是这样的……不是这样的……"普小萄试图说服自己，"是你不爱我了……是你背叛我了……是你离开我了……"

"离开的人是你不是我！"蓝浩阳克制着自己的情绪，打断了普小萄的话，"这么多年了，我从来都没有放弃寻找你，即使你一次次地逃跑，我依然爱着你，你有什么资格说是我离开你了！"

普小萄泣不成声。是啊，逃跑的人是她，逃避的人也是她。原来这些年来，错的人不是蓝浩阳，而是她。

逃避……逃婚……这一逃就是六年，只因为一个妄想，值得吗？

趁着车子在等红灯的间隙，蓝浩阳转过身递上纸巾，强颜欢笑道："好了，都过去了，况且现在不是哭哭啼啼的时候。等逃逃的病好了，我会给你时间发泄。"

颤颤巍巍地接过纸巾，普小萄默默地点点头。有些事，或许时间不一定可以证明，但唯一可以证明的，是彼此坦然面对。

车窗外，鸣笛声四起，普小萄看着车子一辆挨着一辆动弹不得，再看看怀中的逃逃，忍住哽咽道："这里离医院还有多远？"

"不远了。"蓝浩阳应声回答。

普小萄垂下眼帘，看得出她心急，只见蓝浩阳解开安全带，对着普小萄道："不要等了，逃逃要紧，我们跑过去吧。"

难得两个人在六年后再一次达成了一致，普小萄跟在蓝浩阳身后，拎着包在密集的车辆中穿行。看着前面这个男人高大的背影,这一刻她意识到,这个男人依旧深深存在于她的脑海中,给予她别人给予不了的心安。

很多人认出了他们,并指着他们的背影喊:"这不就是蓝浩阳和他求婚的女人吗?那孩子是谁?"

"这是我的儿子!"蓝浩阳朝着远方大喊,"这是我最宝贝的女人给我生的宝贝儿子!"

不知为何,面对蓝浩阳如此疯狂的举动,普小萄竟然没有抗拒,心中反而升起一股暖流。他如此信任她,相信逃逃就是他的儿子,那她为什么还要怀疑他,怀疑那个子虚乌有的梦?

各自怀揣着一颗不平静的心,两个人终于来到医院的门口。医生看在蓝浩阳的面子上,给逃逃做了加急检查,这才发现逃逃病得不轻,已经转成了肺炎。要知道五岁的孩子哪里抵抗得了这些,再拖延一点的话,就会有生命危险。

普小萄坐在特护病房门口的长椅上流着泪自责,如果不是她一意孤行地把逃逃扔在家里,如果不是自己没有意识到逃逃身体不舒服,那逃逃就不用遭受病痛的折磨,以致现在昏睡不醒。

蓝浩阳轻轻坐在她的身边,他没有做过父亲,但是他认定了逃逃就是他的儿子,所以那种骨肉相连的疼痛他也感同身受。

他轻轻拍了拍普小萄的肩,在她耳边轻声安慰道:"没事,医生都说他没事儿。逃逃身体健康得很,烧退了再休息几天,就又可以活蹦乱跳了。"

普小萄点点头,她抹干眼泪,千言万语化作了一声:"谢谢。"

蓝浩阳低头无奈地笑笑,这个女人,着实让他心痛。他希望以后自己会对她更好,但是不知道普小萄会不会愿意重新相信他。

与此同时,在夜间新闻上,星诚看到了蓝浩阳抱着逃逃在密集的车辆中穿行的画面。当看到他们去了医院的门口时,一种不祥的预感涌上了星诚的心头。

事不宜迟,星诚披上外套就冲出了家门,知道那里塞车就绕了小道,用最快的速度到达医院的门口。

由于蓝浩阳的关系,医院门口早已人山人海,星诚拼命挤到了队伍的最前面,却被医护人员拦下。

"先生不好意思,现在拒绝任何人进入。"

"我,我来看病!"星诚情急之下撒了个谎。

医护人员看看他,禁不住笑着道:"先生,这里是儿童医院。"

星诚犹如被泼了一盆凉水,情急之下,他拨通了普小萄的电话,正暗自神伤的普小萄掏出手机,看到了上面的来电显示:星诚。

是他?蓝浩阳皱起眉头,这么关键的时候怎么会来添乱。没有多想,蓝浩阳拿过普小萄的手机,接起了电话。

三言两语之后,蓝浩阳把手机还给普小萄道:"他会来,说明他真的在乎你。我希望你冷静一点,不要选错了对象。"

普小萄似懂非懂地看着他,现在的她满脑子都是逃逃,哪里还有心情想个人问题。

几分钟之后,气喘吁吁的星诚出现在了两个人的面前。他径直走到蓝浩阳面前,拽起他的衣领,怒气冲冲道:"你这个人渣,伤害普小萄还不够,现在又对逃逃做了些什么!"

"放开你的手。"蓝浩阳保持冷静地道,"我不想在普小萄面前出手伤人。"

"装什么绅士。"星诚冷哼一声道,"你去看看你的那些花边新闻,风流成性的你怎么还有脸站在普小萄面前。"

"他没有风流成性……"普小萄站起身,打断了星诚的愤怒,缓缓说道,

"一切都是误会，是我的错，你不要迁怒于他。"

星诚诧异地瞪大了眼睛，他把视线转向普小萄，质疑道："他伤你这么深，你还替他说话？"

"他没有伤害我……"普小萄重申道，"都是误会。"

这时，蓝浩阳对着星诚使劲一推，毫无防备的星诚一个踉跄撞到了墙上。

"星诚，"蓝浩阳转移话题道，"我对你说的事情，你考虑清楚了吗？"

"什么事情？"普小萄插言道。

只见蓝浩阳整理了一下自己的衣领，表情淡然道："我想邀请他做星璨音乐传媒公司的签约艺人。"

"这很好啊！"普小萄把视线移向喘着粗气的星诚道，"星诚，这是一个很好的机会，我觉得这一定可以实现你的梦想。"

"连你也这么认为？"星诚有些悲伤地抬起眼帘看向普小萄，不知为何，普小萄竟不敢直视他的目光。

星诚直起身子，缓步走到普小萄面前，低头看着她躲闪的目光道："我宁愿选择做一个流浪的吉他手，也不愿意做他的签约艺人。"说罢，他欲转身离开。

这时，特护病房里的护士走了出来。她摘下口罩，对着他们三个人道："哪个是孩子的家属？"

"我是！"

"我是！"

蓝浩阳与普小萄异口同声。

护士看着他们两个，对着他们道："孩子已经醒过来了，但只能一个人进去看望她，你们谁去？"

"我去！"

"她去!"

两个人又是异口同声,意见也是出奇地一致。普小萄目光复杂地看了一眼蓝浩阳,跟着护士走进病房。

病房里,浓浓的药水味儿充满了普小萄的整个鼻腔。病床上,小小的逃逃躺在正中间,手上打着吊针,看得普小萄着实心痛。

"妈妈……"逃逃虚弱地叫了一声,他虽然身心疲惫,但是当他看到普小萄的时候,他依然露出了天真无邪的笑容。

"妈妈在。"普小萄轻轻坐在她的身边,颤抖着的手慢慢覆上逃逃的额头,依旧很烫,但是已经不至于烧到烫手。

只见逃逃眨了眨有些睁不开的眼睛,张开小嘴对着普小萄道:"妈妈,逃逃做了一个很长很长的梦。"

"是吗?说来听听。"普小萄满眼含爱地看着他,僵硬的脸上挤出了一丝微笑。

"逃逃梦到了爸爸。他很高,很帅,很温柔,还给逃逃做了番茄炒蛋。妈妈,我的爸爸是不是那个哥哥?"逃逃问道。

"哪……哪个?"普小萄又慌了神。

只见逃逃轻咳了两声,吃力地说道:"送我回家,给逃逃做番茄炒蛋和糖醋排骨的那个帅哥哥……"

普小萄陷入回忆,那天,那个人,不正是蓝浩阳吗……

这时,护士匆匆地走了过来,拿着一杯水递给逃逃,然后对普小萄道:"孩子还很虚弱,不宜多说话,还需要更多的休息。"

普小萄心领神会,她起身对着逃逃道:"妈妈会一直守在外边,随时过来看你。"

逃逃忍住嗓子里的不适道:"妈妈,回家休息,逃逃不哭,逃逃很勇敢。"

这句话感动了普小萄,使她潸然泪下,同时也感动了值班护士:"多好的孩子。"

"给他找一个好爸爸吧。"她自言自语道。

第四十四章　下一秒就是未来

走出病房的普小萄一脸的魂不守舍，蓝浩阳及时冲到她面前，关切地问道："逃逃怎么样？有没有事？"

"没事。"普小萄摇摇头道，"只是需要静养，暂时不能再看他。"

听到逃逃没事，星诚也跟着松了一口气，他看着普小萄和蓝浩阳站在一起，想到了他们之间的那种复杂关系，再怎么不想承认，也必须要接受蓝浩阳才是逃逃的亲生父亲这个事实。

"你回去吧。"蓝浩阳对着普小萄道，"我在这里守着他，不会有事的。"

"不！"普小萄坐到长椅上，喃喃自语道，"我要一直待在逃逃身边，我欠他的太多，我要弥补。"

"欠他太多的人是我，不是你。"蓝浩阳接话道，"逃逃都五岁了，我都没有尽到一丝做父亲的责任。你放心，以后我会加倍补偿你们，不会让你们受到一丝一毫的伤害。"

或许是受不了两个人之间看似陌生却又牵肠挂肚的对话，内心煎熬的星诚选择了回避。他恋恋不舍地看着普小萄，最终一句话也没有说就走下了楼梯。

星诚想着，或许一切都已经成了定局。普小萄从不对他敞开心扉，一厢情愿或许只会困住自己，让自己无法自拔，或许他只是她生命中的一道光影，美丽却微不足道。

有时候，不去奢求，不去幻想，就不会伤到撕心裂肺。

医院的走廊上又只剩下蓝浩阳和普小萄两个人，再次面对彼此，他们的身心都产生了极大的变化。

蓝浩阳不让普小萄从他的眼前离开，只是普小萄自始至终都没有抬头看蓝浩阳一眼，不是因为害怕，只是不知如何面对。

"答应我，不要再逃了，好吗？"蓝浩阳温柔的声音再次响起，很久以前，他也曾对她这么温柔过。

普小萄依旧沉默不语，她的心好乱，如果可以，她真的会选择逃避。

"其实这些年来，我一直在想你会不会出现，日复一日，年复一年，从失望到绝望，但是我一直都没有放弃，因为我怕哪一天会碰到你，我怕那时候的自己会配不上你。"蓝浩阳轻声道。

"你所有的东西，那些毛绒玩具，你的衣服，我都好好珍藏着，脏了就清理干净，清理干净了再重新摆上，连位置都不曾改变，我想着有一天你会回来。看着它们就像你不曾离开一样……普小萄，其实冷静下来细想，我觉得自己从来没失去过你，因为我一直爱着你，所以无论在哪里，你都像在我的身边一样。"说到这里，蓝浩阳从口袋中拿出了那枚曾属于普小萄的钻戒道，"就像它一样，不曾离开……"

"不要再说了……"普小萄哽咽着打断了他的话，"我说过，过去的都过去了，未来的事情未来再说，但是现在，我不会接受你……"

"现在不会，那就未来好了。"蓝浩阳抿嘴一笑道，"每一个下一秒都是未来，或许下一秒，我们就会在一起。"

"不会了……"普小萄站起来走到窗前，把背影留给蓝浩阳，捂着嘴道，"你走吧，我一个人守着逃逃足够了。"

"你守着逃逃，我守着你。"蓝浩阳意味深长地道，"我不会让你再逃了，逃来逃去，也逃不出我的心。"

不知道蓝浩阳何时学会了这些浪漫到骨子里的话，这些曾是普小萄期待听到的，没想到今天，她的心已经融化，但是理智告诉她，一切已经回不到从前了。

花言巧语、天涯海角、海誓山盟已经成为过去，即使是场误会，普小萄也没有勇气再续前缘。

整整一夜，两个人再也没有说过一句话，其间蓝浩阳把自己的外套脱给了普小萄，却被普小萄冷漠拒绝。蓝浩阳只好默默回到原处，看着墙上的时钟发呆。

从夕阳西下到繁星点点，再到阳光普照，普小萄从没如此仔细地观察过时间变化，其实当思绪停留，时间就会加快脚步。

特护从病房里走了出来，看见两个人都在眺望远方，便打断了他们的思绪道:"有五分钟的时间探望,你们谁去?"

"我去。"

"我去。"

两个人又是异口同声,但这次他们的意见没有一致。

两个人面面相觑,最后护士道:"算了,你们两个都进去吧,切记不要大声喧哗,别让孩子的情绪受到影响。"

蓝浩阳感激地点点头,没等到普小萄抗议,他就步履匆匆地走进病房,普小萄无可奈何地跟在他的身后,轻轻地走了进去。

"哥哥!妈妈!"逃逃的精神看起来不错,小眼睛一眨一眨,就连说话的声音都有了力气。

普小萄走到逃逃身边,用手碰触了他的额头,烧已经退了,这下子普小萄算是放心了。

"妈妈和哥哥怎么会在一起?"逃逃看向普小萄,一脸疑惑道。

"是哥哥送你来的医院。"普小萄柔声细语道,"现在感觉怎么样?哪里还难受?想吃什么?都告诉妈妈。"

只见逃逃摇了摇头,咧开恢复血色的小嘴道:"看到哥哥和妈妈在一起,逃逃哪里都不难受了。妈妈,逃逃想要告诉妈妈一个小秘密。"

"什么秘密?"普小萄饶有兴致地问道。

逃逃有些犹豫,但他像是做出了一个重大决定一样说道:"妈妈,逃逃其实让那个帅哥哥做了逃逃的代理爸爸,可是逃逃现在反悔了,逃逃想让这个哥哥做逃逃的代理爸爸,你说帅哥哥会不会生逃逃的气?"

逃逃的这个秘密让普小萄哭笑不得，只见她用手亲昵地刮了一下逃逃的鼻尖，略带埋怨道："好啊，你这个臭小子！又自作主张！拉着我相亲不说，还瞒着我认了个爸爸！你有没有考虑一下你亲妈我的感受？"

一直没有说话的蓝浩阳听到这儿，急忙插嘴道："相亲？相什么亲？和谁相亲？什么时候？"

普小萄翻了个白眼，无视蓝浩阳，对着逃逃继续道："等你出院了，你自己和星诚说吧，这件事情我可帮不了你！"

逃逃点点头，接着把视线转向蓝浩阳说道："那，哥哥，你愿意做我的代理爸爸吗？"

"当然不愿意！"蓝浩阳脱口而出，这个答案让普小萄的心里一颤。

只见蓝浩阳清清喉咙，继续说道："我不要做逃逃的代理爸爸，我要做逃逃的正牌爸爸，亲爸爸！"

这个回答让逃逃为了难，只见他皱起小眉头对着蓝浩阳道："我怕妈妈不会同意呢！"

"对，我不同意！"普小萄抢着说道。

几个人的谈话逗笑了一直守在他们旁边的值班护士，只见她忍不住插言道："你们还真像一家人，时间到了，孩子要换药了。"

在值班护士甜甜的笑意中，蓝浩阳和普小萄走了出去。刚走出病房，普小萄就狠狠地瞪了蓝浩阳一眼。

心情无比美丽的蓝浩阳莫名其妙地眨眨眼，对着普小萄道："凶我做什么，是逃逃说的，是逃逃要认我做爸爸。"

"无聊！"普小萄吐出两个字，就转身不再理蓝浩阳。这时，不远处传来了匆匆的脚步声，朝着他们跑来的，是童朵朵和孔烨。

"你们……怎么来了？"普小萄看着他们。

"我才知道你们的事情，所以赶过来看逃逃，真是对不起。"童朵朵一脸歉意道。

普小萄则指指童朵朵，再指指孔烨，重复了一遍道："我是说，你们！你们怎么一起来了？"

只见童朵朵难得羞涩地抿嘴一笑，蹦蹦跳跳到孔烨的身边，拉着他的手道："我决定了，我要和他正式交往！"

虽是意料之外，但也是情理之中，普小萄一把将童朵朵拉到一边，对着她耳语道："你可考虑清楚了！这可不是过家家闹着玩的！"

"考虑好了，还不是你劝我说喜欢一个人就要选择相信他吗？你不会忘了吧！"童朵朵道。

这时孔烨走到蓝浩阳的面前，伸出一只手道："蓝总，又见面了。"

蓝浩阳伸出手来与他相握："没想到会在这里见面。"

"没想到的事情太多了，一切都像一场梦一样，我没想到朵朵真的会接受我，更没想到你蓝总竟然做出这么惊人的事情。"孔烨道。

"惊人有什么用，我还没追上她。"蓝浩阳苦笑一声转移话题道，"对了，你的事情我考虑了一下，我决定签你做星璨音乐传媒公司的艺人，以原创歌手的身份做包装，公司会帮你出唱片。"

"不用了。"孔烨想都没想就拒绝道。

"怎么？"蓝浩阳诧异地皱起眉头道，"不是你要进入我的公司，想要和我们签约吗？"

"那是昨天以前的事情。"孔烨淡然地笑笑道，"现在和朵朵在一起，我想保持现状，免得朵朵起疑心，怀疑我和她在一起是为了接近你。"

听了孔烨的解释，蓝浩阳恍然大悟，原来爱情可以比事业更重要，如果自己以前能意识到这一点就好了。

第四十五章 解除合约

童朵朵牵着普小萄的手来到孔烨身边,都说恋爱中的女人是最美丽的。她脸上的笑,让普小萄都觉得有些羡慕。

与此同时,坐在办公室里盯着那个空荡荡的角落而闷闷不乐的庆天举,已经持续这个状态差不多半个小时了。

今天普小萄没有来上班,这是他早就预料到的事情,逃逃生病住院的新闻他也在来公司的路上听说了。他曾有一个冲动想去看她,可是他以什么身份去看她呢?公司领导,好友,还是以小美父亲的身份?

仔细想想,似乎哪个都站不住脚,他与普小萄之前或许什么关系都没有。庆天举叹了一口气,他把视线移向桌子上成堆的文件,第一次有了一种厌恶工作的情绪。

他把笔丢在一边,径直走到窗边,看着楼下熙熙攘攘的人群,昨晚就是在那里上演了一场求婚仪式。

庆天举不愿再想了,他拉上窗帘,阻挡住刺眼的阳光。这时,办公室的门被敲响,熟悉的敲门声使庆天举回过神来,难道是她?

情绪有些激动的他一个箭步跑去把门打开,却差点撞着前来送资料的蔡小琴。

"庆董事长,您没事吧?"蔡小琴看着他不同寻常的模样,关切地问道。

"没事。"庆天举摆摆手,拿过她手里的文件道,"普小萄今天有没有给前台打电话请假?"

"没有。"蔡小琴轻笑一声道,"她没来吧?我猜也是,蓝浩阳都亲自求婚了,她怎么还可能来上班……"

似乎意识到庆天举脸上那急剧下降的温度,蔡小琴才知道自己一不小心把心里话说了出来,她急忙欠身道:"没什么事我就先走了。"然后就逃避一般地消失在庆天举的视线里。

庆天举狠狠地关上门,他从心里觉得蔡小琴说得有道理,她怎么可能会再来上班?只见庆天举苦笑一声,坐回办公桌旁,重新拿起文件审阅起来。

一切,都已经结束了。

此时的蓝浩阳,手里提着两袋快餐来到普小萄面前,不吃不喝不睡,就连身体健壮的蓝浩阳都扛不了,何况身材娇小的普小萄?

他把其中的一盒递给普小萄,细语道:"发什么呆,他们约会去了,你的心也跟着飞走了?"

虽是一脸的不情愿,但普小萄还是犹豫地接过了饭盒。

普小萄打开一看,糖醋排骨,她愣住了。

"尝尝饭店的手艺,和我那天做的有什么差别。"蓝浩阳故作轻松地道。

"那天的……我没吃。"普小萄一边说一边吃了一口米饭。

蓝浩阳垂下眼帘,但是下一秒又元气大增地道:"没关系,我以后会做给你吃。"

普小萄没有拒绝,也没有反对,她慢慢夹起一块排骨放在嘴里,好吃,但不是她最爱的那个味道。

往事浮现,并在她的脑中辗转成歌。她想起了蓝浩阳以前对她的好,而对他的那些憎恨,随着误会的化解,仿佛也烟消云散了。

她偷偷用余光瞅向专心吃饭的蓝浩阳,赫赫有名的星璨音乐传媒公司的蓝总,居然为了她而拒绝了身边的如云美女,竟然当着那么多人的面向她单膝下跪,竟然坐在医院的角落里陪她吃十几元钱的快餐……

难道他做得还不够多吗?

这时,蓝浩阳把一块肉夹到普小萄的饭盒里道:"多吃点,这样才有力气照顾逃逃。"这个贴心的动作,让普小萄很感动,但是她克制住自己的情绪,忍住了心中的波澜。

时间一分一秒地过去,普小萄埋头吃完了手中的快餐。她起身走向病房门口,透过那小小的玻璃看着躺在病床上睡得正熟的逃逃,他小嘴微张,模样看起来很可爱。

一直守在里面精心照顾的值班护士拿着病历悄悄走了出来,她轻轻关上门,对普小萄道:"孩子比我想象的要顽强,炎症全部消退了,下午再扎个吊针,差不多就可以办理出院手续了。"

普小萄连连道谢,她目视着护士离开,自己偷偷地钻进了病房。

"妈妈……妈妈……"逃逃轻叫着普小萄。普小萄知道他说的是梦话，但忍不住回应："逃逃乖，妈妈在这里。"

看着这个小小的生命一天天长大，想着一路走来，逃逃带给她的喜怒哀乐，普小萄的嘴角挂上了幸福的笑容。

下午，蓝浩阳帮逃逃办理了出院手续，并开车把她们送回家。在家的楼下，普小萄转过头说："要不要……上来坐坐？"

蓝浩阳有些受宠若惊，但还是摆摆手道："我有个重要的事情要回公司处理，下次我一定上去。"

普小萄理解地点点头，蓝浩阳目送着她们上了楼，然后开着车离开了。

星璨音乐传媒公司的会议室里，林婉茹早早就等在了那里，今天的她打扮得格外隆重，感觉像是要出席一个舞会一样，只是紧紧攥在她手里的不是宝石镶嵌的手包，而是一份连夜印好的文件。

董事长蓝浩阳要与她解除合约以及与普小萄针锋相对这两件事情之后，回到公司的林婉茹自我检讨了很久，她意识到自己在蓝浩阳心中那微不足道的分量。同时也预料到了自己如果与星璨音乐传媒公司解除合约之后，自己的人生会发生怎样的转变。

深思熟虑了好久，虽然心里有千万的怨恨和委屈，但她最终还是决定，无论如何也要再努力一次，即使做不了蓝浩阳的女人，她只求能够继续留在星璨音乐传媒公司，继续待在蓝浩阳身边就好。

足足做了一个多小时的准备，蓝浩阳终于姗姗而来，林婉茹立刻起身迎接，她放下了心中所有的戒备与不安，用最甜美的笑容对着蓝浩阳说道："蓝总，您来了。"

"不好意思,我迟到了。"蓝浩阳一边说一边坐到了她的对面,面对林婉茹今天的精心打扮,他连看都没有多看一眼。

这一切,林婉茹早就已经习以为常,她尴尬地笑笑,然后优雅地坐下道:"蓝总,你要不要喝茶?"

"不用了,谢谢。"蓝浩阳一边说一边把一份文件扔到林婉茹的面前,对着她道:"这是解除合约的合同,违约金和声明,上面都写得明明白白。你看一下,如果没什么问题,就签字吧。"

林婉茹的眼中划过一丝失落,没想到蓝浩阳竟如此开门见山,一点安慰都没有。

用三秒钟的时间重新调整好心态,林婉茹把自己手里的文件递给蓝浩阳:"蓝总,您先看一下这个再做决定。"

蓝浩阳有些迟疑地看了看林婉茹那双充满诱惑的眸子,迟疑地问道:"这是什么文件?"

"你看一下就知道了。"林婉茹不由分说把文件打开,塞到了蓝浩阳的手上。她有些紧张地攥紧了拳头,等着蓝浩阳的回复。

这份文件,林婉茹也算是做了很大的牺牲,文件的大致内容就是说她愿意减少自己的个人利益,把大部分的利益让给公司,并且会减少自己的个人开销。看似只是退让了一步,但是上面具体的数字却让蓝浩阳都为之大吃一惊。

"百分之五十,让到百分之二十?"蓝浩阳念出声道,"你一个当红的艺人,竟然把酬劳让到赶不上一个三线艺人的程度?"

"我能做的只有这么多。"林婉茹看着蓝浩阳郑重其事地道,"而且我还可以向你保证，从今天开始，我会刻意保持我与你之间的距离，尽量不和你产生任何绯闻。"

面对林婉茹的退让，蓝浩阳的心有些动摇，剩下来的这些利润，再开一家分公司也绰绰有余了。

看着蓝浩阳有些犹豫的神情，林婉茹忐忑的心终于稍许平静了一些。她从座位上站起来，走到蓝浩阳面前："蓝总，你看看我的条件，想想我现在的知名度，如果你执意与我解除合约，我怕你的公司也会有损失，毕竟我现在签了好几十家广告代理，那些违约金也不是一笔小数目，而且如果我去了别人那里，我怕你会损失一大批客户，真的得不偿失。"

林婉茹说得有理，其实这些蓝浩阳早就在心里权衡过了，与林婉茹解除合约，他必定会少了很多赞助商和合作商，说不定会回到公司刚起步时的水平，就是因为在乎这些，他才一直配合着林婉茹，忽略掉了他们之间的绯闻。

见自己的文件起了作用，林婉茹得寸进尺地把手搭在他的肩膀上道："蓝总，你好好考虑一下，我的一颗心还是向着你的。"

或许林婉茹的举动使得蓝浩阳的心里重新升起了厌恶，他想到了孔烨和他说过的话："不要让自己的女人起疑心，不要认为事业比爱情更重要。"回忆到这里，蓝浩阳甩开了她的手，铁石心肠地道："内容我看过了，但我并不认同，签字吧。"

蓝浩阳的决定让林婉茹慌了神，她没想到自己的计划失败了。面对这么大的诱惑，蓝浩阳竟然不动心。

林婉茹看着静静躺在桌子上的那份合约，眼泪竟然浸湿眼眶，只见她把文件推到一边,用乞求的口气道:"蓝……蓝总,你再考虑一下,我……我所有的收入再让百分之五……"

没等林婉茹说完,蓝浩阳就打断了她的话:"我解雇你,和金钱无关。"

林婉茹彻底崩溃了,看来,自以为在蓝浩阳心中有微乎其微的地位,也算是高估了自己。

林婉茹颤抖着手,用自己的最后一点自尊,在合同上签上了自己的名字。这个名字她曾签过无数次,但是这一次用尽了她全身的勇气和力气。

终于都尘埃落定了,蓝浩阳拿着这份文件立即召开了记者会,当众宣布林婉茹已经与星璨音乐传媒公司解除合约这件事情,于是当晚诸如"为了挽回逃婚女友,不惜解约林婉茹"之类的新闻报道,在整个城市传得沸沸扬扬。

第四十六章　私房钱

在家里看新闻的普小萄看着屏幕中被记者层层包围的蓝浩阳,心中感慨万千。

"请问一下蓝总,你考虑过解除与林婉茹小姐的合约后,对星璨音乐传媒公司的影响吗?"

"考虑过。"

"蓝总,您与林婉茹小姐之间真的没有不可告人的秘密吗?"

"天地可鉴,真的没有。"

"蓝总,你是为了逃婚的女友才决定这么做的吗?"

"是!"

"……"

普小萄不敢再看下去,她怕自己会哭。于是她关掉电视,把旁边的逃逃搂在怀里。

"妈妈？"逃逃抬起脸，有些困惑地问道，"哥哥，为什么在电视里面？"

"因为……"普小萄语塞，"因为他很帅……"

"哦！"逃逃点点头，信以为真。

见时间不早了，普小萄把逃逃抱回卧室。她随手拿起一本故事书对着逃逃道："今晚妈妈给你讲这个故事好不好？"

"好。"逃逃乖乖地答应。

温暖的被窝里，普小萄把逃逃紧紧搂在怀里，她嘴里念的儿童故事，虽然逃逃早就可以倒背如流，但他还是静静地听着，直到进入梦乡。

看着窗外的月亮，似乎比往常更加明亮。夜空中，繁星闪烁着，但最亮的那一颗，永远都是默默守护在月亮旁边的木星。

蓝浩阳会是自己的木星吗？普小萄抿嘴一笑，或许是吧……

第二天早晨，普小萄没有让逃逃去幼儿园，一是怕逃逃的感冒没有彻底痊愈，二是怕碰见庆天举时会尴尬。

果真，普小萄还是喜欢逃避。

她的这个决定可害苦了早早爬起来开着车等在普小萄楼下的蓝浩阳，他在车上打着哈欠，看看时间喃喃自语道："应该出门了啊，怎么还没出门……"

按捺不住想见到普小萄的冲动，蓝浩阳三步并作两步地上了楼，但是站在普小萄的家门口，他又犹豫了。

贸然前来会不会太失礼？会不会打扰她们？无数个问号在他的脑中盘旋，可就在他转身时，一个不小心，竟然踢倒了普小萄放在家门口用来装垃圾的大花盆。

还躺在床上的普小萄吓了一跳，她赤着脚踱步到门口，听着外面微弱的声响，忍不住好奇心，把门打开了一条缝。

"是你？"普小萄惊叫出声来。她急忙用手捋了捋自己的爆炸头，对着蓝浩阳说道，"你怎么来了？"

"我来接逃逃上幼儿园。"蓝浩阳说得顺理成章，但是下一句他的声音却变小，"再送你去上班……"

"逃逃今天请假了。"普小萄抿抿嘴唇道，"工作……我也不做了，本来就是为了应急才去的，现在攒了点钱，就再找一个新的工作好了。"

听完这句话，蓝浩阳顿时开心起来，不去庆天举的公司上班，他求之不得！

站在门口半天，蓝浩阳问道："我可以进去吗？"

普小萄这才缓过神来，她急忙把门敞开，对着蓝浩阳尴尬地笑笑道："请进。有些乱，不好意思。"

此时的逃逃也被吵醒了，他揉着蒙的睡眼，拖着布娃娃从卧室里走了出来。当看到来者是蓝浩阳时，竟然兴奋地扔了布娃娃，扑进他的怀抱。

蓝浩阳顺势把逃逃举起，抱着他转了一圈后才把他放到地上。蓝浩阳心想："如果逃逃叫我爸爸，每天下班回家都可以这样抱着他转一圈，那该有多幸福。"

就在蓝浩阳想入非非的时候，逃逃端着水杯走了过来，递到蓝浩阳的手上，就像蓝浩阳第一次来普小萄的家里一样，招待得无比细心。

坐在一旁的普小萄看到这一切，禁不住对着逃逃竖起大拇指道："逃逃真棒！来！妈妈亲一口！"

逃逃屁颠屁颠地跑到妈妈身边，普小萄在他的额头上印了一个深深的吻，然后他挣脱了普小萄的怀抱，跑到了蓝浩阳的面前道："哥哥，哥哥，你也要亲逃逃。"

蓝浩阳求之不得，他在刚刚普小萄亲吻的地方又吻了一下，也不知道逃逃为何会这么开心，竟然手舞足蹈起来，逗得两个大人哈哈大笑。

在逃逃的"促使"下，普小萄和蓝浩阳肩并肩地坐在了一起。普小萄有些尴尬地往旁边挪了挪，对着蓝浩阳说道："无论如何，这次逃逃的事情我还是要感谢你，下午找个地方，我请你吃饭吧。"

蓝浩阳本想拒绝，怎么能让女人请自己吃饭呢，但是转念一想，这可是一个与普小萄拉近距离的好办法，于是他点头答应道："好，不过我来选地方。"

这时，传来了"砰砰砰"的敲门声，普小萄刚想着这么早谁会来找她，只见蓝浩阳一个大长腿迈出去，打开了房门。

本来以为会是星诚或是庆天举的蓝浩阳，在脑子里面已经想好了台词，但是把门一打开，一个驼背的老人出现在蓝浩阳的视线里。

"你……你是？"蓝浩阳凌乱了，原本就嫌普小萄认识的男人太多，怎么一大早又多出了一个年过六旬的老头……

而普小萄看到门口的老人，倒吸了一口凉气，但是下一秒就前去搀扶道："您怎么亲自来了，房租打个电话我就给您送去了，这么高的楼梯，上下多不方便……"

房租？蓝浩阳的脑袋如同旋转木马一样飞快旋转着，难道这个满脸褶子的老头是房东？真是人不可貌相！

房东坐到沙发上,拿出烟袋吸了一口烟,看了看蓝浩阳,再看了看普小萄道:"这是你的男朋友?不错不错,和我年轻的时候有一拼。"

普小萄尴尬地笑笑,话不多说,她急忙跑回卧室从抽屉里拿出了那分文没动的两千五百元钱,又打开钱包从里面抽出了最后两张"毛爷爷",这才发现离三千元的房租还差三百元钱。

情急之下,普小萄急忙把逃逃拉到一边,对着他小声说道:"喂!你有没有私房钱,借给妈妈一点!"

"逃逃没有,但是妈妈有。"逃逃一本正经道,"逃逃记得妈妈在厨房的柜子里藏了一个五百元的红包。"

这时,似乎看出了普小萄有些窘迫的蓝浩阳,上前一步对着房东道:"房租一共是多少?"

"两个月,三千块。"房东回答道。

蓝浩阳若有所思地点点头,顿了三秒钟,接着道:"这房子我买了,你说个数。"

就在这时,普小萄拿着凑齐的三千元钱冲了过来,她把那摞钞票塞到房东的手上道:"别听他胡说八道,我们不买,我们租。"

房东把钱揣进口袋里,这才抬起身子缓缓离开,见房东走远了,普小萄对着蓝浩阳说道:"你疯了,我租得好好的,你买了我住哪儿!"

"我买了送给你,这样你就不用攒房租了。"蓝浩阳解释道。

普小萄哑口无言,原来蓝浩阳并没有无理取闹,他是为了她好,但是无功不受禄,她也不可能会收蓝浩阳送给她的房子。

不过这下可好了,本想着下午请蓝浩阳吃顿大餐以表示自己的感激之情，现在看来已经不现实了，全身上下加上私房钱才两百多元，看来只能请蓝浩阳去吃路边摊了。

想了想，普小萄道："我认识一个地方，叫'美食一条街'，那里的小吃还不错，下午我请你去那里吧。"

"说好了我选地方。"蓝浩阳打岔道，"再说了那种地方，你确定我们去了那里还走得出来？"

蓝浩阳此话有理，反应迟钝的普小萄这才意识到自己已经和以前不一样了，虽然自己不是明星，但是走到哪里都会被人当作外星人一样围着看的架势也不容小觑。

想到这里，普小萄犯了难，身上只有两百元钱，如果到时候请不起蓝浩阳，岂不是让她颜面尽失？

似乎是意识到了普小萄的为难，只见蓝浩阳轻笑两声，道："你放心好了，你请客，我埋单。"

第四十七章 莫名酸楚

与此同时，在一个高架桥上，一个身穿红色长裙的女子爬到了最高的护栏上，坐在上面看着桥下的车水马龙。

坐在那么高的地方，她的脸上却没有一丝害怕，反而时不时地张开双臂，沐浴着风带给她的温柔。

桥下已经挤满了人，其中一个拿着望远镜的游客仔细一看，大声叫道："林……林婉茹！那是林婉茹！"

一传十，十传百，很快新闻记者和警察都相继赶到，他们看着高处的林婉茹，有些手足无措。

昨天才爆出她与星璨音乐传媒公司解除合约的事情，今天就爬到这么高的地方，不是一心寻死还能是什么？

"林小姐，你冷静一下，没有什么是解决不了的，你千万不要冲动！"一个警察拿着大喇叭在桥下喊道。

林婉茹听得真真切切，但她无动于衷。她闭上眼睛，倾听着耳畔小鸟叽叽喳喳的叫声，嘴角挂上了一丝苦涩的笑。

现在的她，心无他念，只想一个人静一静，人在光芒下站久了，忽然之间陷入黑暗，会痛不欲生。

救护车及时赶到，桥上也让出了一条路，几十个人拉起一张大网举在林婉茹会掉落的着陆点。这时，林婉茹扶着栏杆颤颤巍巍地把双脚挪在了不足两个脚掌宽的架子上。她慢慢站起，并伸开双臂保持着平衡。

这一举动让所有人都大惊失色，尤其是那些警察，他们冲着上面大喊："林小姐，你不要乱动！上面很危险！"

与此同时，消防车也派上了用场，它把几个警察送到了离林婉茹不远的架子上，由于结构的特殊性，使得他们心有余而力不足，这么狭窄的空间，自己走在上面都觉得摇摇欲坠，又怎么可能去救人。

林婉茹没有在意这一切，她缓缓地在支架上行走，就像一个美丽的芭蕾舞演员踮着脚尖走在钢丝上一样，画面虽然美好却让人心惊胆战。

这时，一个高大的身影从人群中蹿了出来，他抢过警察手里的大喇叭对着上面喊道："林小姐！我懂得你的痛楚！我和你一样，在同一时间失去了自己最爱的人！这不是我们的错，不要在别人伤害了自己之后，又选择自己伤害自己！不要让自己连追求的权利都没有了！留下的遗憾他们是不会明白的！"

林婉茹停下脚步，她的心被触动了，在无数人认为她是因为失去大好前程才会选择轻生的时候，只有他懂她，其实她是因为失去了一个人，才会这么无助。

"林小姐！"下面的人不顾警察的阻拦继续喊道，"没有谁离开谁是活不下去的,这么重要的回忆,怎能说抹杀就抹杀呢?我们都还这么年轻,有什么是争取不来的呢?连你自己都不珍惜自己,以后还指望他会珍惜你吗?"

风,吹乱了她的发,也吹动了她的心。他说得没错,自己还这么年轻,为什么要这么极端呢?她想后退,可后方的路看不见,唯一能做的,只有待在原地,或是继续向前。

桥下的男人似乎感受到了她的犹豫,他看看前方遥不可及的大桥,然后对着上面喊道:"你不要动,消防车会去支援你!"

这时,只听上面的警察向下喊道:"不行,太高了,支援不到!"

这句话像一桶凉水一样浇在了男人的心里,他看着站在上面体力有些不支的林婉茹继续道:"林小姐,不要怕,什么困难都不会打败你,你先坐下,就像最开始坐在上面一样,再站起来,走回原处……"

没等男人说完,警察一把夺回大喇叭冲着男人道:"乱指挥什么,你知不知道一个闪失就会出人命的!"

只见男人皱起眉,对着警察道:"难道你还有什么更好的办法吗?支援不到,又不让她自己救自己,现在阳光还这么毒,你要让她因为体力不支而摔下来吗?"

男人的分析让警察哑口无言,当了警察十几年,见过类似的事件大大小小也有几百次,但是他没有像这个男人这么冷静。

警察自叹不如,把大喇叭交给男人道:"信你一次,我看她挺听你的话。"

果然,此时的林婉茹顶着烈日缓缓坐了下来,她把头转到另一边,看到了几个趴在支架上等着她的警察。

不知为何，冷静下来的林婉茹变得紧张起来了，她看着下面那黑压压的一群人，小得像蚂蚁一样，心跳不自觉地加速。

"不要看下面！"男人继续冲着她喊道，"你想想那个伤你的人！想着要回去好好做自己，做给他看，让他后悔！"

男人的话再次激励了林婉茹，她深吸一口气，慢慢地把一条腿踩到架子上，接着小心翼翼地把另一条腿踩上去，咬着牙站起身子。

胜利就在眼前，林婉茹迈出腿，一边做着深呼吸，一边向前移动，即使已经大汗淋漓，但她依旧坚强地忍着不适，走到了终点。

在两个警察的帮助下，林婉茹的双脚终于落在了地面上，她抬头看看自己刚刚待过的地方，仅仅是一抬头，就已经头晕目眩。

她在人群的裹挟下努力平复着自己的心情，待气喘均匀之后，林婉茹直起身子，奔跑在人群中，但始终没有找到那个在关键时刻给予她力量的男人。

此时的星诚已经开着车子行驶在路上，他的嘴里嚼着口香糖，就像什么事情都没有发生过一样。今天，是他在梦匣子酒吧的最后一场演出，他已经决定，要像对蓝浩阳承诺的那样，四处流浪。

随着林婉茹的平安落地，城市里恢复了平静，马路上又变得畅通无阻。

与此同时，蓝浩阳载着普小萄和逃逃行驶在高速公路上。蓝浩阳说，他要带他们去一个神秘的地方。

坐在后排的普小萄看着周围渐渐熟悉的一切，心里百感交集，离开这里已经很久了，即使同一座城市，在她的心中，这里却是她不想再次触及的地方。

五年了,普小萄没有回过这里,有的地方已经变了模样,但是有些地方,那些破旧的小巷,还是依稀可见。

逃逃一脸好奇地趴在窗户上看着外面陌生的一切,稚嫩的声音响起来:"妈妈,这是哪里?"

"这是我和你妈妈相识的地方。"蓝浩阳抢着回答道。

聪明的逃逃立刻凑到普小萄的身边,他仰脸看着普小萄道:"妈妈,原来你们以前就认识,是不是没有逃逃的时候,你们就认识?"

"算是吧……"普小萄尴尬地回答。

逃逃似懂非懂地点点头,忽然间,他灵机一动,冲着蓝浩阳问道:"哥哥,没有逃逃的时候,你们就认识,那你一定知道我的爸爸是谁了,你告诉我好不好?"

"小孩子不要乱讲话!"普小萄把逃逃拽到自己身边,打了一下他的脑袋道,"再胡说八道,等会儿不给你吃冰激凌!"

食物的诱惑再次奏效,在冰激凌的引诱下,逃逃老老实实地闭上了小嘴巴,一路上傻笑着都没有再说话。

终于到了蓝浩阳口中说的那个神秘的地方,普小萄下了车,看到了眼前的西餐厅,竟然再也迈不动步子。

这个地方她记得,在她的内心深处也曾深深回忆过,这是蓝浩阳第一次与她约会时选择的地方。

那时的普小萄从没有来过这么华丽的地方,她坐在蓝浩阳的对面,手里拿着的菜单都止不住地颤抖。

"吃什么,你点。"蓝浩阳抿了一口柠檬水,把选择权交给了普小萄,可是普小萄看了半天的菜单,也看不明白上面那些华丽的名称都各自代表着什么东西。

普小萄把菜单推给蓝浩阳,面有难色道:"你来点,我……我看不懂……"

蓝浩阳只是抿嘴一笑,拿着菜单熟练地报出了菜名。点完后,蓝浩阳抬起头对着普小萄道:"这些可以吗?"

普小萄听得云里雾里的,自然点头赞同。记得那天他们等了很长时间,这些东西才上齐。蓝浩阳亲自帮普小萄把比萨切成一小块一小块的,并送到普小萄的嘴边。那时,普小萄真的很幸福。

收起对往事的回忆,普小萄领着逃逃跟在蓝浩阳的身后走了进去。这里的服务生似乎都和蓝浩阳很熟,他们看到蓝浩阳,便把他领到一个座位上,并对着他道:"蓝先生,还是和以前一样点餐吗?"

只见蓝浩阳拿起菜单,说道:"再加一份鸡翅和香草巧克力冰激凌,谢谢。"服务生微微欠身,随后端来了两杯柠檬水。

蓝浩阳垂下眼帘轻抿着柠檬水,这个无意的动作却让普小萄感到似曾相识,这么多年了,他的习惯依旧没有变。

这时,蓝浩阳放下杯子缓缓开口道:"我每周都会来这里一次,每次都会坐在这里。"

"每次都点一样的食物?"普小萄接过话茬。蓝浩阳没有说话,只是抿嘴一笑,默认了普小萄的推测。

这次也是等了好久才把食物上齐,当普小萄看着餐桌上渐渐摆满的一切,心中感到了一份莫名其妙的酸楚。

第四十八章 仿佛就在昨天

烤肉比萨、面包条、薯条和田园沙拉,就连那让普小萄曾经赞不绝口的苹果汁都没有少,最后端上来的才是后点的鸡翅和香草巧克力冰激凌。

拿到冰激凌的逃逃喜出望外,而普小萄陷入了深思。她看着餐桌上的一切,心中有千言万语,此时却一句话也说不出口。

蓝浩阳依旧是一副若无其事的模样,他自然地把比萨分成一小块一小块的,然后递到普小萄的面前道:"小心烫。"

普小萄再次哽咽,多么熟悉的场景,仿佛就在昨天。

"你……你平时一个人吃这么多,吃得完吗?"普小萄颤抖着问出口。

"我都会吃一半。"蓝浩阳淡然道,"另一半我只会切好,放在一边,放在你坐的位置上。"

蓝浩阳的专情让普小萄无言以对。这么多年了,他竟一直记着她,可她毫不知情,还一直误解他……

"逃逃，这是给你的。"蓝浩阳把另一块切好的比萨递到逃逃面前。此时，逃逃只顾着吃他最爱的冰激凌，嘴里忙活得连谢谢都只顾用一声傻笑来代替。

咽下酸楚，普小萄拿起叉子笨拙地吃了起来，一样的味道，却是不一样的心情；蓝浩阳也是一样，孤单了这么久，终于又盼到了她坐在他的对面。

悄无声息的午餐在浪漫的轻音乐中结束。下午，蓝浩阳领着普小萄来到他家的楼前，对着她道："既然来了，那就参观一下？"

"不……不用了！"普小萄急忙向后躲避，这儿是充满最多回忆的地方，普小萄根本就没有这个心理准备。

这时，逃逃一蹦一跳地跑到了蓝浩阳的面前，拉着他的手道："哥哥，哥哥，这里是你住的地方吗？"

"是啊，"蓝浩阳蹲下身子，看着逃逃，"逃逃想不想看看哥哥住的地方？"

"好的！好的！"逃逃欢呼了两声，就拉着普小萄的手道，"妈妈，我要去看，就看一下！"

普小萄有些为难地看着逃逃，她知道逃逃是很懂事的孩子，所以无论逃逃有什么请求都会依着他，但是这次不同寻常。

只见普小萄摸了摸他的西瓜头，对他说道："逃逃乖，你和哥哥去，妈妈在这里等着你，好不好？"

"不好，"逃逃晃晃普小萄的胳膊，嘟起小嘴，"妈妈一起去！"

"她不去算了，"蓝浩阳一把把逃逃抱起来，看着普小萄，"你去车里坐一会儿，不要乱跑，我们一会儿就下来。"说罢，他抱着逃逃朝着电梯口走去。

在独自回车上的路上，普小萄的心止不住地颤抖，这里的一草一木似乎都没有什么变化，五个春夏秋冬，它们竟然还在。

这时，在电梯中的逃逃趴在蓝浩阳的耳边，对着蓝浩阳说："哥哥，你就是我的爸爸，对吧？"

蓝浩阳大吃一惊，他不知道该如何回答，便反问道："证据呢？你是如何看出来的？"

"因为妈妈。"逃逃一五一十地回答道，"因为妈妈看你和看别人的眼神不一样，逃逃最清楚了。"

"真是人小鬼大。"蓝浩阳学着普小萄的样子刮了一下逃逃的鼻头。

而逃逃一脸天真地道："妈妈也是这么说我的，不过我觉得妈妈也是一个没长大的小孩子，我都看得懂的事情，她却看不懂。"

这时，电梯停下了，蓝浩阳领着逃逃来到他的家。一进门，逃逃惊住了，因为到处都是大大小小的毛绒玩具。

"这些都是妈妈的？"逃逃一边把一个大狗熊抱在怀里，一边猜测着问道。

"没错，她确实像个小孩子一样，就喜欢这种毛茸茸的东西。她说生活在到处都是毛绒玩具的房间里，自己就会变成公主，所以我就一直给她买，买到放都放不下。"蓝浩阳回忆道。

大人的世界逃逃不懂，但是从蓝浩阳的只言片语里，他却感到了满满的爱意。

独自站在车外的普小萄来回踱着步，她没有车钥匙，还竟然傻到想要上车一个人冷静冷静。她看着远处的高楼——在那个可以看见海的位置，想象着逃逃和蓝浩阳两个人是不是会参观得很开心。

想到这里，普小萄打了个冷战，看来是自己大意了，怎么能让逃逃单独和蓝浩阳在一起，用脚趾都能想象得到，逃逃一定会借此机会问东问西，而蓝浩阳就更加夸张了，逃逃不问，他都会说给逃逃听。

事不宜迟，普小萄快步跑到电梯口，进入电梯，按一下"18"这个数字，一时心急的她竟然没有注意到，五年了，她竟然会毫不犹豫地按下"18"这个楼层。

蓝浩阳的门是敞开的，就好像知道普小萄会随时进来一样。顾不得那么多了，下了电梯的普小萄就直奔着目的地跑去，相隔好远，就听到了逃逃和蓝浩阳的笑声。

普小萄放慢脚步，她踮起脚尖沿着墙壁悄悄地走向蓝浩阳的家，顺着门口向里面一看，两个人影在客厅的角落里，手里捧着毛绒玩具相互打闹，玩得不亦乐乎。

这时，她把视线移到客厅中茶几上放着的那盆鲜花上面，那盆蝴蝶花是普小萄自己栽种的，她离开的时候才刚刚发芽，没想到现在竟然开得这么漂亮，而且还开出了普小萄最喜欢的粉红色……

"妈妈。"逃逃的一声呼喊扰乱了普小萄的思绪，普小萄匆匆回过头，看到了蓝浩阳那张微笑着的脸。

逃逃拉着普小萄的手，把她拽到了卧室里。那粉红色的床单、床头那对可爱的娃娃，统统映入普小萄的眼帘。她伸出手去触摸，上面还有着阳光照耀下的温存，那温暖的触感告诉普小萄，这不是梦，这真的不是梦。

或许有些事情不需要去证明，蓝浩阳静静地站在普小萄身后，他没有说像"我没有骗你，我真的很想你，你的东西我真的保存得很好……"之类的话，因为他相信，当普小萄看到这一切，所有的花言巧语，都敌不过给她一个安静回忆的时光。

正如蓝浩阳所料，那些常常回忆或不常常回忆的事情全部在普小萄的脑海里回放。她慢步走到窗边，看着窗外的碧海蓝天。这一刻，仿佛回到了从前……

岁月如初，时光静好，花犹在，人未醉，是否待陀螺停转之时，再放回原点？

蓝浩阳轻轻地走到她的身后，用手为她遮挡着有些刺眼的阳光，五指的影子在普小萄的脸上停滞，一切看起来都是那么自然。

曾几何时，看着风景的他们，也是别人眼中的风景。

与此同时，在蓝浩阳家的楼下，一抹红色的身影正犹豫着在门口徘徊，不知为何，即使蓝浩阳那么伤害她，她却依然恋恋不舍。

习惯真的很可怕，当习惯了跟在一个人的身边而忽然离开时，就好像丢了自己的灵魂一样。

经历了刚刚发生的那一切，林婉茹也彻底清醒，虽然她已经下定决心要换个地方重新开始，但在临走之前，她还想见蓝浩阳最后一面，以免未来会后悔。

本想等着蓝浩阳下班之后在这里碰到他，但没想到电梯门一打开，她竟然迎上了他的视线。

蓝浩阳下意识地拉住了普小萄的手，普小萄看到林婉茹后，也下意识地把逃逃拉进了怀里。

"你怎么找到这里的？"蓝浩阳眯起眼睛，一脸警惕地看着林婉茹那双有些复杂的大眼睛。

林婉茹把自己的视线从他们相牵的手上移开，忍着心中的酸痛道："其实我早就知道你住在这里，我偷偷跟过你几次，只是你没有发现罢了。"

偷偷跟踪……这个讯息传到了普小萄的耳朵里，让她更加相信了蓝浩阳的话，原来真的是自己在妄想，蓝浩阳真的没有把林婉茹带回家里。

蓝浩阳没有再理睬他，他准备带着普小萄从她的身边绕开，可是林婉茹挡住了他们的去路："蓝浩阳，这是我第一次叫你全名，也会是最后一次，你不会知道当一个人徘徊在生死之间的时候，使他犹豫的不是胆怯和恐惧，而是不舍和留恋。今天我来找你，用尽了我全身的力气，只为了和你说一句'再见'，你可以让我不留遗憾吗？"

她的眼里满含泪珠，声音颤抖着，但字字透露出真情实意，就连一直视她如敌人的普小萄也为此动容。

而蓝浩阳似乎听够了林婉如对他的甜言蜜语，面对她深情的表白，依旧无动于衷。

看着蓝浩阳如此冷漠，林婉茹心痛到了极致，一次又一次的打击让她好不容易建立起的自信心轰然倒塌，只见她垂下头，嘴角弯起道："再见！"

蓝浩阳没有多做停留，他张开唇欲言又止，最终还是拉着普小萄从她的身边擦肩而过。

泪，含在眼眶，随着时光慢慢蒸发，变成了谁也偷不走的回忆。

第四十九章 疯狂的决定

回到车上,气氛变得格外凝重,普小萄咬着唇,打破了平静道:"这么做……对一个女人来说会不会太残忍?"

"不知道。"蓝浩阳发动起汽车,"但我不会后悔,唯一后悔的是我早先为什么没有这么做。"

普小萄抿抿唇,她看着蓝浩阳的背影,心中思绪万千。如果当初没有林婉茹,没有那些绯闻,那他们是不是就不会各自空守五年的时间?

折腾了一圈,虽然没去几个地方,但也从白天变成了黑夜。普小萄回到家,对着站在门口的蓝浩阳说道:"今天谢谢你,我和逃逃已经好久没有出去郊游了。"

郊游?蓝浩阳笑了,她竟然把他的一番心意当成了郊游?心里虽然这么想,但他嘴上半开玩笑地道:"既然你们还满意,要不请我留宿一晚,可以吗?"

"妈妈，妈妈！让哥哥睡在逃逃旁边！"逃逃抢着道。

普小萄瞪了逃逃一眼，对着他低声道："小孩子不要乱说话！他睡你旁边！我睡哪儿？"

"妈妈可以睡逃逃的另一边。"逃逃一脸天真地道。

门口的蓝浩阳听到后，忍不住冲着逃逃偷偷地竖起一个大拇指。

不知为何，普小萄竟然红了脸，只见她嘀咕了一句："开什么玩笑！"就急匆匆地关上了门，丝毫不留情面地把蓝浩阳关在外面。

小心机没有得逞的蓝浩阳挠着头傻笑。虽然今天没有和普小萄重归旧好，但是已经化解了两人间的误会和仇恨，这已经比想象的要好很多了。

为了不让自己继续胡思乱想，普小萄一下坐到沙发上，顺手打开了电视，但是电视的内容并没有让她缓解心中的情绪，却让她更加感到心跳加快。

只见电视里的林婉茹正在警察的帮助下从桥上走下来，她蹲在原地，接着又在人群中奔跑，最让普小萄感到惊讶的是那下面引人注目的大字："当红艺人林婉茹欲跳桥。"

此时的普小萄忽然想到了林婉茹刚刚和蓝浩阳说的那段话："你不会知道，当一个人徘徊在生死之间的时候，使他犹豫的不是胆怯和恐惧，而是不舍和留恋……"

当时普小萄没在意，但是现在想想，刚才徘徊在生死边缘的她，到底是用了多大的勇气才会说出那段话的。

这时，逃逃指着电视机的屏幕道："妈妈，那不是刚才那个漂亮的姐姐吗？"

只见普小萄微微点点头道："好像是吧，或许只是长得有些像……"

逃逃有些自知没趣，就没有再问，而是摸摸自己的肚子蹦蹦跳跳地跑到了厨房。

今天中午，虽然吃了一顿大餐，但是为了消灭一整个冰激凌，他没有吃一点儿主食，现在才知道饿的他翻了半天，才从箱子里拿出一袋方便面递给普小萄道："妈妈，你做这个给逃逃吃！"

普小萄想都没想就把方便面扔到桌子上，对他说道："小孩子不能总吃这么没有营养的东西，走，妈妈给你做番茄炒蛋。"

说罢，她直起身子，走进厨房。在逃逃的期待下，十几分钟过后，一大盘热腾腾的番茄炒蛋被端上了餐桌。

逃逃迫不及待地用手抓了一块放进嘴里细细品尝，抿抿小嘴评价道："妈妈，逃逃觉得哥哥做的比你做的好吃！"

"你这个忘恩负义的小家伙，才认识人家几天就学会拍人家马屁了。"普小萄故作生气地嘟起嘴，"下次你找哥哥做吧，妈妈伤心了！"

只见逃逃眨眨眼睛意味深长地道："说不定哥哥还没有离开哦。"说完这句话，逃逃才乖乖低下头狼吞虎咽起来。

普小萄忽然间心跳加速，她双腿不听使唤地快步走到窗边，拉开窗帘往下一望，果然蓝浩阳的车子还停在那里，只不过车窗太黑，普小萄不知道蓝浩阳在不在里面。

这时，车窗忽然降下来，蓝浩阳从里面探出头，笑着和她摆摆手后，开着车扬长而去。

他那张帅气逼人的脸上的笑容，深深地刻在普小萄的脑子里，原来他真的没有离开，只为了看她一眼。

爱,或许有时最让人难忘的就是彼此间互看的最后一眼。不知道为什么,普小萄竟有些恋恋不舍,难道这就是爱?

重新拉上窗帘。这么多年以来,她一直有着拉窗帘的习惯,她觉得这样会给自己一种莫名的安全感,可唯独这一次,蓝浩阳一走,即使拉上了窗帘,她依旧觉得自己的心里空落落的。

此时,在梦匣子酒吧里,五彩斑斓的灯光和人声鼎沸的欢呼声,把整个气氛推到了高潮。童朵朵站在人群中,扯着嗓子呐喊着。

台上的孔烨今天格外引人注目,他按照童朵朵的指示,戴着一款红色的大边框墨镜,手腕上缠着白色的绷带,再配上一身朋克的造型,整个人都变得与众不同。

这时,一个强壮的男人拿着一杯酒缓缓朝童朵朵走来,他的眼睛小到在这个昏暗的地方很难让人看到;他嘴角荡漾着的笑,却格外明显。

他停在童朵朵身边,把嘴凑到她的耳边,用挑逗的口吻道:"小姐,一个人?一起喝一杯怎么样?"

童朵朵停下了呐喊,她皱起眉转过脸来,当看到一个泛着油光的男人那张邪恶的嘴脸时,点燃的兴致瞬间被一扫而空。

原本只是看中了童朵朵前凸后翘的身材,才想前来搭讪的男人,没想到童朵朵竟然还长着这样一张艳丽的脸,如获至宝的他禁不住露出了镶在嘴里的金牙道:"美女,跟我走吧,我会好好待你的。"

童朵朵只是冷笑一声,嘴里甩了一句:"本姑娘有相好的人了,就算没有,你也别奢望。"说罢,转过身就要离开。

这种男人她见得多了，如果计算的话，和她搭讪过的男人应该比她服装店里的衣服还要多。

男人似乎很不满意童朵朵对他的态度，只见他跟在童朵朵身后，几次伸出手想要拉童朵朵，可是都被童朵朵灵活地躲开。

站在台上刚刚唱完一首歌的孔烨放下话筒，他在人群中搜寻童朵朵的影子，却意外地看到她被一个男人纠缠的这一幕。

只见他三步并作两步地跳下舞台，不顾旁人诧异的神情，用最快的速度穿过人群，跑到童朵朵的身边，一把将她拉到身后。

男人看着气喘吁吁的孔烨，再看看站在他身后冷眼看着他的童朵朵，终于明白了是怎么一回事，只见他对着童朵朵道："美女，有男朋友的人了，下次就别穿得这么火辣，会让人误会的。"说罢，他自讨没趣地转身离开了。

大获全胜的童朵朵冲着他的背影吐吐舌头道："要你管！哼！"

孔烨无奈地摇摇头，这个童朵朵还真能惹是生非。他没有责怪她，只是脱下自己的皮夹克披在童朵朵的肩上道："下次不要穿这么少了，小心着凉。"

童朵朵听后抿嘴偷笑道："吃醋就直接说吃醋呗，男子汉大丈夫，说话还这么酸溜溜的……"

面对童朵朵的直接，孔烨有些难为情地低下了头。他看了看围观他的那些人，最终选择拉着童朵朵逃离这个是非之地。

他们逃出酒吧，漫步在月下，童朵朵裹紧了孔烨给她的外套，小心翼翼地问道："这样出来可以吗？你不用回去唱歌了？"

"没关系。"孔烨回答道，"歌手不止我一个，他们会抢着代替我。"

这时,一个小男孩手拿着一支玫瑰从他们的身后追了上来,他拉住了孔烨的胳膊,对着他道:"哥哥,哥哥,买支玫瑰送给你的女朋友吧。"

孔烨停下脚步,看了看这个满眼充满期待的小男孩,再看看他手里的最后一支玫瑰,心一软,于是买了下来。

小男孩拿过钱,满脸灿烂地道:"谢谢哥哥,祝你们永远幸福!"说罢,他就跑了。

孔烨把那支玫瑰送给童朵朵,童朵朵有些羞涩地欣然接受。追求她的男人不少,但这好像是第一次收到鲜花,虽然是不经意间的水到渠成,但她的心依旧感到暖暖的。

童朵朵把玫瑰花放到鼻尖轻嗅,淡淡的花香沁入心田。她抬起眸,看向孔烨满眼的温柔,对着他道,"你觉得你做过的最疯狂的事是什么?"

孔烨想了半天,对着童朵朵道:"那天吻了你,我觉得自己已经很疯狂了。"说罢,孔烨反问道:"怎么忽然问起这个?"

只见童朵朵忸怩地晃晃身子,有些不好意思地看向孔烨道:"因为我想做一件疯狂的事情。"

"是什么?"孔烨饶有兴致地问道。

"我……"童朵朵欲言又止,只见她清清喉咙,拉住了孔烨的手,郑重其事地道,"我要和你结婚!"

面对童朵朵的直接,孔烨愣住了,但是下一秒就缓过神来,用激动又诧异的眼神看向童朵朵道:"你说的是认真的?你真的愿意和我结婚?"

"本姑娘难得想嫁给一个人。怎么!你还怀疑?哼!本姑娘不嫁了!"童朵朵故作愤怒地赌气着,转过身子假装不想理他。

突如其来的情绪转变,急坏了孔烨,他真后悔说出刚刚的疑问,和童朵朵结婚,他求之不得,怎么会不愿意。

"亲爱的,我只是太惊讶了,你不要生气了。女王,女王大人,您大人不记小人过!原谅我一次!"孔烨连连求饶道。

童朵朵的脸上浮现了一抹微笑,但她还是憋住了心里的小开心,装模作样地冷哼一声道:"没诚意,不可原谅!"

"诚意!你要有诚意是吗?"只见孔烨从童朵朵的手里夺过了那支玫瑰花,走到她的面前忽然间单膝下跪道:"这种事情应该是我先开口,亲爱的,你愿意嫁给我这个还没有准备好戒指的男人吗?"

孔烨忽然的举动让童朵朵目瞪口呆,在人来人往的大街上,他举着一支十块钱的玫瑰向他求婚!疯狂!简直太疯狂了!

但是童朵朵比他还要疯狂,只见她接过那支玫瑰,往天上挥手一扔道:"我愿意!愿意!愿意!"

在如雷贯耳的掌声中,两个人相视、相拥、相吻。这一刻,时光永远都不会老去。

第五十章 爱能改变一切

一个月后,童朵朵与孔烨的婚礼如期举行。

普小萄作为她的伴娘,早早到了童朵朵的家,她看着镜子中的自己,这种精美的晚礼服还是五年后她第一次穿在身上。

身穿婚纱的童朵朵手握着裙摆从卧室里小心翼翼地走出来,今天的她没有浓妆艳抹,配上洁白的婚纱显得清纯了很多,因为她说她想当一个如天使般美丽的新娘。

童朵朵走到普小萄身边,仔细打量了一下普小萄的装扮,紫色的抹胸齐膝礼服是童朵朵专门为她定做的,高腰的设计使她娇小的身材瞬间变成了黄金比例,配上一双银色的高跟鞋显得格外有气质,可是童朵朵对此似乎还是不太满意。

她仔细瞅了瞅普小萄,最后迈着艰难的步伐跑到卧室里,把自己藏在宝盒里一直珍藏着的宝石项链戴到了普小萄的脖子上道:"这样才对,画龙点睛！"

普小萄禁不住苦笑道："拜托！你才是今天的主角，干吗一直打扮我，不怕我抢了你的风头？"

"那样也不错！"童朵朵笑着半开玩笑道，"不然你和蓝浩阳商量一下，我们两对一起结了吧，正好你的那套婚纱还在这里，没准我还沾了你的喜气上一次新闻头条！"

"什么？"普小萄瞪大了眼睛道，"那件婚纱，你没卖？"

"当然没有卖。"童朵朵用一副理所当然的表情回答，"那么美的婚纱，千金难换，傻子才会把它卖掉。"

普小萄顿了顿，她鼓起勇气问道："那它……现在在哪里？"

童朵朵指指衣柜的最后面道："就放在那里，我都没有碰过。"

忽然感觉心跳加速的普小萄迈着有些沉重的步子走了过去，站在衣柜的面前，她竟然有些犹豫。

"不要怕……"她安慰着自己道，"一切都过去了……过去了……"

她做了一个深呼吸，最终紧咬着牙把衣柜的门拉开。瞬间，白色的婚纱映在普小萄的眼前，它的外面罩着一个透明的塑料袋，看起来童朵朵真的把它保存得很好。

普小萄颤抖着手摸向它，那熟悉的触感，那上面凸起的白色珍珠……普小萄禁不住湿了眼眶，那一天……那一天她曾穿着它，做出了人生中最任性的决定。

往事涌上心头，使得普小萄不能自已。童朵朵见状，立刻把她拉到一边，又把衣柜的门关上，挡住她的视线道："普大小姐，我今天结婚，给点面子！

一大早不要哭哭啼啼的好不好！"

普小萄点点头，使劲地吸了几下鼻子。她其实没有想要哭，只是眼泪实在太不争气，稍有风吹草动就会不听话地跑出来。

与此同时，孔烨和星诚已经到了童朵朵家的楼下，作为伴郎的星诚其实在一周以前才知道孔烨和童朵朵的婚事。

当知道了伴娘是普小萄后，他拒绝了孔烨三次，他不想当这个伴郎，他怕见了普小萄会尴尬。

可是就在孔烨第四次求他的时候，看不下去的普小萄也忍不住对着电话中的星诚大喊道："是个男人就大气一点儿！我带着孩子满脸起了褶子都没有拒绝童朵朵的一番好意！你还有什么理由拒绝！"

听了普小萄的一番话，星诚只好答应了。为了不让自己的好朋友颜面尽失，不让普小萄瞧不起他，他也算是豁出去了。

孔烨把普小萄接到车上，星诚则和普小萄肩并肩坐到了车的后座，没有烦琐的仪式，也没有豪华的车队，仅仅是一辆布满鲜花的轿车和他们认为最重要的朋友，他们就心满意足了。

轿车中的气氛既紧张又尴尬，普小萄抿抿唇，用余光瞅瞅依旧帅气到让人无法直视的星诚，清清喉咙道："好久不见。"

星诚似乎一直在等着普小萄开口，当普小萄说完最后一个字的时候，他迫不及待地轻声道："你还好吗？"

"比想象中要好。"普小萄抿嘴一笑。这些日子和蓝浩阳在一起，就好像找到了初恋的感觉一样，每天都很幸福。说罢，她反问道，"你呢？最近还好吗？"

"还不错。"星诚控制住自己失落的心情道,"我离开了这座城市,走到哪儿弹到哪儿,虽然不太稳定,但过得很充实,我想就这样走下去,总有一天能实现我的梦想。"

普小萄轻轻地点点头,即使作为朋友,她也替他感到高兴,还有什么比追求梦想更让人欣慰的呢?

就这样,他们一路来到了酒店。早早等在酒店门口的蓝浩阳牵着逃逃匆匆走下楼梯,当他看到同时从车子上走下来的星诚和普小萄时,虽然早有心理准备,但还是忍不住升起了一丝醋意。

"妈妈,你今天好漂亮!"逃逃忍不住飞奔过去,抱住了她的大腿。

普小萄却急忙蹲下身子捂住了逃逃的小嘴道:"嘘!告诉你多少次了!今天要做一个稳重的男孩儿!"

逃逃似懂非懂地点点头,然后照着妈妈的指示,走在童朵朵的后面,为她扯起了长长的裙摆。

婚礼还有半个小时才正式开始,平时大大咧咧的童朵朵坐在梳妆台前也禁不住一个劲儿颤抖,陪在她身边的依旧是普小萄。

普小萄牵着她的手,放在自己的手心里道:"不要紧张,深呼吸。"

"说得轻松……"童朵朵嘟着嘴道,"你坐这儿来试试!看你紧不紧张?"说到这儿,童朵朵忽然意识到了自己说错了话,于是急忙道歉道:"不好意思,我不是故意的,我忘了你曾经……"

"没关系。"普小萄微笑着打断她的话,继续道,"当初的我不知道珍惜,才会走那么多崎岖的弯路,浪费了人生宝贵的五年时光。你就不一样了,好好把握现在,珍惜眼前人,我相信你会是世界上最幸福的新娘。"

与此同时，星诚在酒店的门口找到了站在那里吹着凉风呆呆望着远方的蓝浩阳。他走到蓝浩阳的身后，故作无所事事地张口问道："怎么自己在这里？逃逃呢？"

"他在里面吃水果拼盘。"蓝浩阳依旧看着远方，轻描淡写地道。

看着蓝浩阳的背影有些落寞，星诚忍不住开始了话题："今天打扮得不错哦！深紫色西装，不常见，你穿着挺帅的。"

"开玩笑！"蓝浩阳轻笑一声挑挑眉，"我哪天不帅，你倒是说说看？"

星诚无言以对，蓝浩阳确实比较注意形象，这是人人皆知的事。见星诚停顿了，蓝浩阳转过身看着一身黑色西装的他说道："快回去吧，今天你不是伴郎吗？新郎应该已经在到处找你了。"

"伴郎……"星诚欲言又止，深思熟虑了三秒之后，他看向蓝浩阳略带忧郁的眼睛道，"伴郎你来当吧，我觉得普小萄应该更希望和你在一起做搭档，一起以伴郎伴娘的身份走上婚礼的殿堂。"

蓝浩阳承认星诚的提议让他动心，但转念一想，那是孔烨与童朵朵的婚礼，他们岂能擅自做主。

看得出蓝浩阳眼中的激动和为难，星诚咧嘴一笑道："放心好了，我已经和孔烨说过了，没想到孔烨那个忘恩负义的浑蛋小子竟然举双手赞成，估计他是怕请不着你所以才会找我的吧。"

蓝浩阳听后哑然失笑，这个孔烨还真现实。他低头看看自己的装扮，再走到玻璃前透过反光抓了抓自己的头发，这才转过身对着星诚道："我这样可以做伴郎吗？"

星诚点点头，一脸淡然道："普小萄今天刚好也是紫色的晚礼服，你俩刚好是一对,一切都恰到好处。"

星诚的回答似乎让蓝浩阳很满意,他走上前拍拍星诚的肩膀,意味深长地道:"不要四处闯荡了,或许我们真的可以合作……"

见星诚开口想要拒绝,蓝浩阳急忙补充道:"或许可以做朋友。"说罢,他大步流星地走进了酒店的大门。

距离婚礼开始还有十分钟,所有的宾客已经全部到齐,他们坐在会场看着大屏幕上投放的俊男美女的婚纱照,每一个人都在期待新郎新娘的出现,一些聊得来的聚在一起谈天说地,好不热闹。

蓝浩阳及时找到了站在角落里做着深呼吸的孔烨,他微笑着走到他的身边,轻声道:"紧张?"

孔烨看到蓝浩阳代替星诚前来找他,没有半分惊讶,只见他用拳头拍拍自己的胸脯,压低了声音道:"怎么不紧张?等你当了新郎,想着迎娶自己的女神,与她相伴终老的时候,你也会紧张。"

"我知道。"蓝浩阳抿嘴笑道,"这种感觉我能体会得到。"

说到这里,孔烨才想起蓝浩阳曾经也有过一次婚礼,他抱歉地一笑道:"不好意思。"

"有什么不好意思的。"蓝浩阳苦笑一声道,"真不知道为什么每一个人都会向我道歉。"

说罢他看看时间,还有五分钟就指向十点十分了,于是他开口道:"我先去会场,一会儿见。"

说罢,蓝浩阳迈开了步子,急匆匆地从侧门进入会场。

孔烨随着时间的临近显得更加紧张了,他深吸一口气,控制着自己狂乱的心跳，走到童朵朵的化妆室门口，停下了脚步。

化妆室的那个美丽女人，虽然与他只有一门之隔，但是孔烨知道，从今天起，她就是他的妻子，她就是他今生最重要的女人。

足足做了一分钟的准备，他才轻轻敲响门，早已经在里面等不及的童朵朵及时把门打开，当迎上他那灼热的视线时，竟像个小鸟依人的小女孩一样低下头红了脸。

连站在一旁的普小萄也为之惊叹，"爱情能够改变一切"，这句话真是说得太到位了。

第五十一章 时光不会老

这时,优美的轻音乐飘了出来,会场里的人都变得安静了,等待着见证这对幸福恋人的爱情。站在前方角落里的蓝浩阳心里也忍不住紧张起来,他有些期待等会儿普小萄见到伴郎换成是他之后的表情。

门外,童朵朵挽着孔烨的臂弯,洋溢着一脸的幸福。随着时间的临近,大门的打开,面对着如雷贯耳的掌声和所有人的祝福,他们缓缓踏上红地毯,踩着满地的玫瑰花瓣,向着舞台走去。

与此同时,普小萄也快速移到了侧门,准备在那里等着童朵朵和孔烨的到来。站在那里,看着他们渐渐向她走近的身影,那美好又浪漫的画面,使得普小萄禁不住幻想,如果自己和蓝浩阳也有今天,那该有多好……

早早就注意到了普小萄的蓝浩阳禁不住对她轻唤道:"小萄!小萄!"

如此熟悉的声音让普小萄瞬间回过了神,她四周一看,竟然在不远处迎上了蓝浩阳那无与伦比的温柔的眸子。

"你……你怎么在这里……"普小萄惊讶得说话也吞吞吐吐起来。

蓝浩阳朝着她走去，把性感的唇移到她的耳边道："都说我们今天特别般配，所以我代替星诚做了孔烨的伴郎。"

说罢，蓝浩阳在普小萄的身边转了一圈，口气中略带挑逗道："怎么样，对今天的伴郎还算满意吗？"

普小萄的心里虽有少许激动，但是看着新郎新娘缓缓靠近，她又难得理智地道："喂！你往旁边挪一点，现在还不是我们出场的时候！"

蓝浩阳对普小萄的话唯命是从，他乖乖地挪到起初的角落里，还不忘一把把普小萄也拉了过去。

脚穿高跟鞋的普小萄一个趔趄，差点跌倒在了蓝浩阳的怀里，她抓住了蓝浩阳的肩膀道："小心点儿！我今天穿的是高跟鞋，会死人的！"

只见蓝浩阳弯起嘴角，用深邃的眸子看向普小萄道："再坚持一下，马上就可以脱掉了。"

似曾相识的话，瞬间让普小萄的小心脏忍不住颤抖，她还记得在几年前那属于他们的婚礼上，蓝浩阳也说过这样的一句话……

他懂她，比她想象的更加懂她……

这时，童朵朵与孔烨已经站上了舞台。

"孔烨先生，您愿意娶这位美丽的女士为妻，一辈子忠诚于她，以她为荣，相信她、爱护她、理解她、包容她，因她之忧伤而忧伤、她之快乐而快乐，无论顺境逆境，无论贫穷富有，您都愿与她看尽繁花似锦，直到天荒地老吗？"

"我愿意。"孔烨郑重其事地道。

"童朵朵女士，您愿意嫁给这位帅气的先生为妻，一辈子忠诚于他，以他为荣，相信他、爱护他、理解他、包容他，因他之忧伤而忧伤、他之快乐而快乐，无论顺境逆境，无论贫穷富有，您都愿与他看尽繁花似锦，直到天荒地老吗？"

"我愿意。"童朵朵说罢，幸福地抿嘴一笑。

只见主持人把目光移向红毯的另一边并说道："那还等什么呢！有请我们的小花童闪亮登场！"

这时，所有人的视线都移到了闪光灯下的逃逃身上，作为特邀嘉宾的他穿着西装，打着领结，头戴绅士帽，一副小大人的样子。他端着两枚钻戒顺着红毯走到他们的面前，对着他们道："哥哥，姐姐，逃逃希望你们早日生个像逃逃一样的乖宝宝哦！"

逃逃的话逗得两位新人哭笑不得，他们相互交换了钻戒，最终在所有人的目光下深深相拥。

感性的普小萄被这一幕深深地震撼，不知道哪里来的冲动，她竟然冒出了一个惊人的想法。

只见她忍住了快要溢出来的泪水，对着同样感动在其中的蓝浩阳说道："喂！那枚戒指，你……你还带在身上吗？"

"当然！"蓝浩阳摸了摸口袋道，"我每天都带在身上。"

"那……"普小萄欲言又止，她深吸了一口气，扬起脸看着他的眼睛，下定决心道，"那我们现在就结婚！"

蓝浩阳大吃一惊，惊讶之余，更是满心的激动和兴奋。"此话当真？"他看着普小萄不再躲闪的眼睛，一脸期待地问道。

"嗯！童朵朵说过，人生总要疯狂一次！"

于是，那一天，蓝浩阳与普小萄在别人的婚礼上由伴郎伴娘晋升到了新郎和新娘，童朵朵与孔烨也如愿以偿地沾着蓝浩阳的光，登上了新闻的头条。

从那时起，他们开始相信，只要幸福在身边，时光就真的不会老去。